염탐자가 찾는 소리

염탐자가 찾는 소리

작품 설명

인간은 같은 장소, 같은 시간 속에 있어도 다른 세계에 존재한다.

서로 다름을 인정하고 적당히 타협하더라도 같은 세계에 공존한다는 느낌을 받지 못하는 경우가 있다. 그것은 외로움이 되고 우울함이 되어 지나친 고립으로 자신을 밀어 넣는다.

사랑받지 못한 외로운 남자가 있다. 사랑에 대한 정의 따위도, 자신에게 쏟아지는 누군가의 관심에 대해서도 그는 전혀 알지 못한다. 다만 본능적으로 따듯함만을 원할 뿐이다.

그는 듣지 못하는 세상을 향해 귀를 닫아버린다. 하지만 그의 진심은 세상을 지나치게 듣고 싶어 한다. 우연히 아름다운 여인을 알게 되고 사람이 사람에게 특별한 존재가 된다는 것에 대한 환상과 세상에 대한 거리감을 그녀를 통해 해결하려 한다. 하지만 지나친 의존은 파멸을 불러오고 결국 자신을 지켜낼 수 있는 것은 자기 자신뿐이라는 서글픈 현실을 깨닫는다. 경계를 풀고 외로움을 이겨내려는 그의 노력을 도와주는 사람은 없다. 하지만 그는 극한 외로움을 홀로 견뎌낸다. 모든 사물과 대화를 할 수 있다고 느끼고 꿈을 통해 자기 자신과 솔직한 대화를 하며 자아 성찰을 한다.

외로운 그의 미래는 결국 철지하게 자기 지신의 힘으로 만들어 간다. 온전히 자신만의 힘으로 자신을 일으켜야 했던 그에게 세상은 가능성을 비춰준다. 그리고 강해진 그의 미래에 대해 나는 기대하려 한다. 그의 멋진 미래를 상상하며 내가 창조해낸 그를 통해서 글쓴이 나 자신의 가능성 또한 함께 기대해본다.

차례

1

도망

토요일 오전 11시 1분 15초를 지나고 있다.

세상의 모든 움직임과는 인연이 닿지 않을 것만 같은 적막감이 흐르고 있는 이곳은 나만의 안식처. 소중한 나의 집이다. 아파트 10층이면 꽤 높은 편이지만 하늘은 멀고 땅은 너무나 가깝다. 땅은 내게 가까움을 지나쳐 내 영혼을 괴롭힌다. 내 어깨 위로, 내 머리 위로 나의 모든 것을 덮어두고 어두운 지하의 세계에서 고요함과 함께 나를 묻어두는 것 같은 기분이 걷잡을 수 없이 밀려드는 것만으로도 오늘이 토요일임이 분명하다.

차가운 거실 바닥 위에 내 몸뚱이는 그 흔한 이불 하나 없이 통째로 놓여있다. 놓여있다고 말하기보다는 피곤함을 이기지 못해

내던져있다. 텅 빈 집은 언제나 나를 비참하게 만들고 재미없이 누워만 있는 주말 속에 존재하는 나란 인간은, 어떤 곳에 있어도 춥고 불안하다.

불과 몇 시간 전 금요일 밤까지 기계처럼 일했다. 어떤 일이든 나 따위가 감히 할 수 있다는 것만으로도 너무나 감사해야 한다. 29살의 나이에 내세울 만한 능력이 없는 내가 일할 수 있는 곳이라고는 극히 드물다. 또한 나를 잘 모르는 사람들의 눈에는 평범하고 건강한 청년으로 비칠지도 모르는 나는 세상 사람들과 쉽게 친밀감을 느낄 수 없도록 벌을 받았다. 태어나면서부터 언제 어디서나 당당한 사람이 될 수 있는 용기 따윈 가질 수 없는 벌을 받았다.

난 아무 소리도 들을 수 없다. 바보같이 그 어떤 소리도 감지할 수 없다. 말은 할 수 있었던 것 같은데 그 기억이 희미하다. 언제부터였는지 잘 모르지만 아주 오래전부터 들을 수도 말을 할 수도 없었다. 아마 이 지구에 오기 전부터 들을 수 없는 존재였던 것이 틀림없다. 세상의 수많은 위험 요소로부터 민감하게 나를 보호할 소리도 없고 세상의 모든 경이로운 감동을 전해주는 소리의 존재를 귀에 담는 행복도 가질 수 없다. 세상은 내게 저자세로 살아가야만 하는 임무를 강요하며 나를 짓밟았다. 당당하게 사람의 눈을 보며 또는 도도하고 건방지게 딴 곳을 응시하면서도 그 사람의 말을 기꺼이 들어주는 그 표정은, 어두운 나의 얼굴에는 절대 담을 수 없는 너무나도 간절한 이룰 수 없는 꿈이다.

현실의 나는 언제나 사람의 입 모양을 뚫어져라 보고 눈빛 한번 마주치지 못한 채 그 사람의 목소리를 구걸하여 알아내야만 했다. 수화 따위는 배우지 않았다. 적어도 나를 처음 만난 사람들에게만큼은 정상인인 척하고 싶었기 때문이기도 했고, 손을 이용해서까지 사람들에게 말을 많이 하고 싶지도 않았다.

　언젠가 재수 없는 어떤 남자는 내가 청각 장애인이란 사실을 알고는 당연히 내가 수화를 할 줄 안다고 제 맘대로 판단해버렸던 적이 있었다. 오지랖 넓은 얄미운 그는 나를 배려한다는 가식적인 이유로 내게 수화를 보여주었는데 그 손짓이 어떤 뜻이었는지, 내게 어떤 말을 하고 싶었는지는 전혀 궁금하지 않았던 기억이 선명하게 떠오른다. 그는 분명 그 자리에 있던 많은 사람 앞에서 나를 장애인이라고 증명해 보이고 싶었던 못된 심술쟁이가 분명하다. 그때의 기분을 떠올리면 더더욱 수화라는 것은 절대 배우지 않아야겠다는 생각만 짙어질 뿐이다.

　매일 매일을 청각 장애 따위는 아무렇지 않은 척 살아가고 있지만 그것은 어디까지나 남들에게 불쌍히 비치는 것을 차단하기 위한 가련한 나의 몸부림이다. 언제나 들을 수 있는 사람들을 바라보는 것만으로도 지독한 고통스러움을 맛봐야 한다.

　나는 몇 년째 과자 공장에서 포장하는 일을 하고 있다. 이 일에 대한 자부심 같은 것은 없다. 마음을 주고받는 직장 동료도 없다.

단지 남는 것은 하루하루를 배부르게 보낼 수 있는 것. 돈뿐이다.

과자 공장은 돈을 벌기 위한 수단 그 이상도 이하도 아니다. 단하루도 과자 공장에서 일하는 것으로 인해 삶이 윤택해졌다는 생각 같은 건 하고 싶지도 않았다. 정당하게 일하는 대가를 받을 뿐이고 감사하다는 마음은 처음 취업이 되었을 때 그때뿐이었다. 지금은 오히려 공장 측에서 성실히 일하는 나를 고맙게 여겨야한다고 생각하고 싶다.

포장하는 시간은 나름 괜찮은 시간이다. 일에 빠진 내 모습은 일하는 도중에도 끊임없이 옆 사람과 떠들어대는 인간들보다 훨씬 성실하고 뭔가 우월하다는 착각이 들기도 하기 때문이다. 또한 일하고 있기 때문에 주변 사람들의 말을 나만 듣지 못한다는 것에 대한 소외감보다는 소음에 무관심하고 일에 집중하며 혼자만의 생각에 잠겨있는 분위기 있는 남자로 비칠 것 같기도 하다.

장애를 장점이라고 생각하기 위해 끊임없이 나를 괴롭혔던 지난 시간이 내려준 결론은 언제 어디서든 혼자 있을 수 있다는 거였다. 하지만 화창한 날씨가 고통스럽고, 서늘한 집안에서 육체적 피곤함과 함께 바닥에 누워있는 토요일이면 지난 일주일 동안 일했던 시간이 너무나 외로웠다는 결론이 나를 괴롭힌다. 그래서 다음 주에는 나도 일하는 틈틈이 그들이 하는 그 대화들에 끼어들어 보기 위한 노력을 해보겠노라고 머릿속으로 치밀한 계획을 짜보기도 한다. 열심히 일하다가도 잠깐 피곤한 것처럼 자연스럽게 손에서 일거리를 내려놓고 등을 벽에 기대어 사람들의 대화 분위기를 얼른 알아내고, 그들이 웃을 때 나도 웃고 그들이 또 일할 땐 나도 일을 하면 들리지 않아도 말하지 않아도 같이 대화하는 느낌이 들고, 일하는 중간중간 사람들과 마음을 나누는 재미있는 세상사를 함께 느낄 수 있지 않을까? 주말이면 언제나 이런 생각에 휩싸이지만 월요일이 되면 지난주와 똑같이 일만 하는 기계로 변신할 뿐이다.

보통 일주일이 시작되는 월요일이면 같이 일할 조를 짠다. 요번 주에 내가 속한 조가 맡은 작업이 끝날 때까지는 금요일까지든 토요일까지든 같이 출근하는 것이 예의라고 알고 있다. 작업 분량이 많을 때면 주 6일 근무가 될 수도 있다는 것은 익히 잘 알고 있으면서도 난 언제나 토요일엔 일하지 않았다. 토요일 수당은 적지 않은 액수였으므로 서로 토요일 근무를 하고 싶어 하기 때문에 나까지 일할 필요는 없었다. 물론 돈이라는 것은 많으면 많을수록 좋다고 생각하고 주말에 특별한 약속이 있는 것도 아니며 언제나처럼 집에 있는 토요일은 우울한 생각들이 나를 괴롭힌다는 것을 잘 알면서도 토요일에 일하지 않는다. 그건 아마 토요일 오전까지 일하고 나면 조원들끼리 삼겹살도 먹고 소주 한 잔도 하는 자연스러운 그 자리가 싫었기 때문일 거다.

난 사람들과 가깝게 지내지 않는다. 그것이 성격 때문인지 아닌지는 명확하게 정해두고 싶지 않다. 사람들 속에 있어도 어차피 혼자라고 생각한다면 차라리 혼자 있는 시간이 더 편한 것 같다고 믿기 때문이다. 사람들과 불필요한 대화를 나누지 않고 가깝게 지내지 않아도 충분히 평범하고 훌륭한 직장생활을 하고 있다고 말할 수 있다. 일 때문에 누군가와 의사소통을 해야 할 때면 나를 위한답시고 입을 크게 벌려 정확하게 발음하려는 그 주둥이늘이 싫다. 그 못난 주둥이들과 함께 사적인 사리를 만들고 내 마음을 내비쳐야 하는 것이 인간관계, 좋은 직장 동료, 친구라고 말할 수 있는 거라면 난 기꺼이 거절하겠다.

오전 일을 마치고 점심시간이다. 인간들이 음식을 먹어치우는 소리는 어떤 소리일까? 입안에서 음식물이 우적우적 씹히는 이 진동 비슷한 소리라고 할 수도 없는 느낌과는 분명 다를 거라 상상해 본다. 저 인간들은 모든 순간순간을 나와 달리 들을 수 있다는 것을 확인하는 의식이라도 하는 것처럼 잘근잘근 힘차게 씹어댄다. 들을 수 있는 사람들만의 그 게걸스러운 의식조차 그들의 눈앞에 있는 난 들을 수 없다는 것을 재차 확인하고 싶어 하는 듯한 저 눈빛들은 나의 점심시간을 조여 온다.

이런저런 불편함으로 인해 줄어드는 점심시간에 허기가 진다. 식사 후에 담배를 피우러 가는 저 사람들의 폐를 비난하며 공장을 둘러본다. 점심시간의 한산한 공장을 둘러보는 것은 모든 사람이 나처럼 어떤 소리도 들을 수 없다는 환상에 빠지게 한다. 상사를 비난하던 소리로 가득 메워져 있었던 것이 분명한 탁한 이 공장의 천장에는 오래전부터 내가 갖고 있던 익숙한 고요함이 나를 따뜻하게 하는 것만 같다. 모두가 배를 채워보겠다고 빠져나간 이 공장을 둘러보며 내가 바로 이 과자 공장의 주인이 된 것처럼 혼자만의 놀이를 시작한다.

현명하게 공장을 잘 운영하는 나를 모두 칭송한다. 아무도 나를 향한 비난 비슷한 소리도 내지 못한다. 평화로운 고요함 속에 오직 달콤한 과자 향만이 나를 에워싼다. 천천히 공장 안을 걸어가며 초코 과자를 뜯어 맛있게 먹는다. 바삭바삭 과자를 씹는 소리는 오직 사장인 나만 들을 수 있는 소리다. 몰래 뜯은 과자가 뱃속에 거의 다 숨어들었을 즈음에는 저 멀리 보이는 문틈 사이로 시끄러운 소리가 들리는 듯 보이며 인간들이 들어온다. 다시 시끄러운 사람들 사이에서 홀로 고요함에 젖어 오후 근무를 하고 있다.

오늘은 작업 분량이 적어 일찍 퇴근했다. 공장에서 나와 15분 정도 거리를 걸어간 후에 정류장에서 버스를 타고 집에 가는 것이 일상적인 나의 생활 패턴이지만 아침에 보았던 텅 빈 냉장고가 생각났다. 지하철역 근처에 있는 마트에 들러서 장을 본 후 지하철을 타고 집에 가야 할 것 같다.

대형 마트에서 물건을 마음껏 고른 후 계산 과정은 없이 모두들 편히 집에 돌아간다면 어떨까 하는 상상을 해 본다. 만약 내 상상이 현실화된다면 계산원도 없을 테고 매일 모든 상품이 누군가의 집으로 옮겨지겠지. 사람들은 이삿짐을 옮기듯 서로 많이 가져가려 기를 쓸 테고 매장을 운영하는 사람은 대단한 봉사자가 되겠지. 말도 안 되는 상상을 하며 마트에 도착했다.

주말도 아닌데 많은 사람이 물건을 신중하게 고르고 있다. 여기 있는 사람들은 모두 어디에서 와서 어디로 가는 것일까? 얼마나 많은 소리를 주워담고 얼마나 거친 말들을 내뱉을까? 태어나서 지금까지 모든 소리를 들어왔으면서도 가끔씩 들리는 소음에 미간을 있는 힘껏 찌푸리며 자신의 청력을 자랑해대는 저 사람들이 나는 싫다. 여러 가지 회사 제품들이 진열된 곳 앞에서 직원들은 서로 자신이 홍보하는 상품을 구입해 달라고 목소리를 높이고 있는 것 같다. 어차피 나에겐 누구 목소리가 더 큰지 들리지 않는데 왜 저렇게 눈에 불을 켜고 목이 시뻘게지도록 소리를 내뱉어대는지 모두 너무 가없다.

건물 내에 울리는 노래를 따라 부르는 저 사람은 가수지망생일까? 물건 사러왔으면 조용히 물건이나 살 것이지 왜 노래는 따라 부르는 건지, 뭐가 저렇게 즐거운 인생인지 짜증이 난다. 그리고 곧바로 깨닫는다. 이곳에서 가장 악마는 나라는 것을. 하지만 마음은 쉽게 달래지지 않는다. 저 사람들이 너무 싫다.

눈앞에 보이는 저 탐스러운 사과를 사서 혼자 다 먹을 생각을 하니 기쁘다. 백설공주처럼 사과를 한 입 베어 물고 곧바로 차가운 거실 바닥에 쓰러져 잠이 들면 아삭아삭 사과를 씹는 소리와 함께 어여쁜 여인이 내 품에 안겨 세상에서 가장 달콤한 목소리를 들려주는 꿈을 꾸고 싶다.

라면처럼 유통기한의 압박에 크게 신경 쓰이지 않는 음식들만 골라서 바구니에 담고 2층으로 올라갔다. 그동안 내가 사고 싶은 것을 사기로 결심했다. 얼마 전 과자 공장에서 멋스러운 소형 라디오를 들고 왔던 어린 녀석을 본 날 이후 나도 우아하게 음악 감상을 취미로 삼기로 마음먹었다. 물론 과자 공장에는 가져가지 않을 것이다. 그 이유는 고가의 제품을 구입할 것이기 때문에 잃어버리면 안 되기 때문이고, 난 그 녀석처럼 근무 시간에 음악을 듣는 저렴한 인격의 소유자도 아니기 때문이다. 절대 들리지 않는 내게 음악을 듣는 도구 따위는 어울리지 않는다는 그 눈빛이 무서워서가 아니다. 그것은 절대 아니다.

내가 구입한 MP3 플레이어는 고급스럽고 멋있어서 이 기계를 지니고 다닌다면 신세대 음악에서부터 팝송, 클래식까지 섭렵한 멋지고 감성적인 남자로 보일 거라는 막연한 확신까지 하게 된다. 멋진 이 MP3를 앞주머니에 넣고 이어폰을 잘 보이게 귀에 꽂는다. 음식을 구입한 봉지는 잘 보이지 않는 종이가방에 구겨 넣고 집에 가기 위해 지하철을 탄다.

지하철에 앉아 눈을 감고 있으면 모두가 나를 음악 감상 중이라고 생각할 것이다. 앉아있는 내게 거친 노인이 다가와 비키라는 말을 내뱉어도 들리지 않아서가 아니라 미처 듣지 못한 것처럼 보일 수 있겠다. 난 남에게 보이는 모습에 대해 신경이 곤두서 있는 사람은 절대 아니라고 생각한다. 단지 내게 잠시라도 평온과 안정감을 선물하고 싶을 뿐이다. 지하철에 앉아 눈을 감고 있다가 어느 정도 시간이 흐르면 눈을 뜨고 있어야 한다. 안내 방송을 들을 수 없어서 내려야 할 역을 지나치지 않았는지 유심히 두 눈으로 실펴야 하기 때문이다.

지하철에서 만난 사람들은 좀 전에 마트에서 보았던 사람들과는 또 다른 세계에서 온 사람들 같다. 모두 어딘가 목적지를 향해 전철에 몸을 실은 사람들이다. 예쁜 여자, 못생긴 여자, 아줌마, 할머니, 아기 등이 보인다. 혼자가 익숙한 내게 사람들은 쉽게 다가갈 수 없는 존재며 넘을 수 없는 높은 벽 건너에 있는 것만 같다. 하지만 이렇게 사람들 가까이에 앉아 있을 때면 저 사람들과 쉽게 어울릴 수 있을 것도 같다는 욕심이 생기기도 한다. 짧은 치마를 입은 저 아리따운 여인을 안아보고 싶기도 하고, 부유해 보이는 저 할머니 무릎에 누워 용돈을 달라고 조르고 싶기도 하다. 하지만 모두 내 헛된 욕망일 뿐. 난 이 전철에서, 이 세계에서 내려야 한다. 다시 나만의 공간으로, 저 깊은 동굴 속으로 혼자 뚜벅뚜벅 걸어가야만 한다.

29년째 차갑다. 우리 집은 차갑다. 우리 집이라는 말도 내겐 어울리지 않는다. 내 집. 그뿐.

가족이라는 것은 이 세상에 내가 존재했을 때부터 없었나 보다. 외로운 팔자를 안고 태어난 운명이라고 생각한다. 가족은 기억 속 그 어디에도 머물지 않은 채로 세상에 존재하지 않는 사람들이다. 가족을 찾아 머릿속 그 어디를 뒤져보아도 그들은 나타나 주지 않았다.

이불은 나를 따뜻하게 해주겠지만 거의 사용하지 않는다. 이불을 덮어도 미치도록 춥다면 나 자신을 위로할 말이 떠오르지 않기 때문인 것 같다. 이불을 덮지 않아서, 차가운 바닥에 앉고 누웠기 때문에, 분명히 그렇기 때문에 내가 추운 거라고 내게 말한다. 그 외에는 추울 이유가 없다고 강요하고 있다.

취침 전에 음악을 듣고 싶다. 자꾸만 들어야 습관이 되고 취미가 되고 그 음악의 느낌들이 내 것이 될 것이다. 내 집 안에서는 귀에 꽂아야 할 이어폰을 심장에 댄다. 이어폰은 내게 하트폰이다. 귀로 들어도 어차피 들리지 않아서가 아니다. 난 음악을 들을 수 있다. 귀로 들어도 어차피 그 음악이 들리는 것은 내 심장, 나의 마음 깊은 곳이다. 가사와 멜로디를 똑같이 뱉어낼 수 있는 청력이 없어도 이 노래를 만든 작곡가가 노래에 담은 그 느낌만은 내 가슴에 스며들기를 간절히 바라며 잠이 든다.

새벽인데 벌써 눈이 떠졌다. 눈에 깊이 감사한다. 눈 자체보다는 시력에 감사한다. 내 시력은 좌우 1.5. 가까운 것은 잘 보이지 않아서 멀리 떨어뜨려 보는 사람들 앞에서 난 으쓱한다. 이 기분을 그들은 모를 거라는 사실은 표현할 수 없는 쾌감이다. 만약 내가 보이지도 않았다면 얼마나 더 깊은 동굴에 갇혀 지낼 것인지에 대해 끔찍한 상상을 해 본다. 아마 세상 그 어떤 곳에서도 누군가와 함께 있을 수 없을 것이다.

누군가 이런 말을 한 적이 있었다.

"세상이 너를 멀리하는 것이 아니라 내가 세상을 멀리하고 홀로 숨어버리는 것 같다."라고. 인정하고 싶지도 않고 부정하고 싶지도 않다. 그런 것들을 명확하게 정의해 보이기에는 너무 지쳐있다. 아주 예전부터 오랫동안. 이유는 없었다. 그냥 그러하기에 그러했다. 태어났을 때부터 아무도 나를….

아무도 나를….

아무도 먼저 다가오지 않았기에 먼저 다가가는 법을 깨닫는 것이 너무나 무겁고 흐릿한 일이 되어 버렸나 보다. 기계처럼 반복된 생활은 지겹다. 지겹지만 벗어날 수 없다. 난 일을 해야 하며 돈을 벌어야 한다. 점심시간에 먹는 과자와 버스와 지하철에서 가까이 볼 수 있는 사람들, 그것만으로 내 일상에 아주 작은 호기심과 여유를 가져온다.

몇 년째 변함없이 출근을 한다. 그것이 몇 년째인지 정확히 세어보지는 않았다. 세어보지 않는다는 것이 모른다는 것은 아니다. 단지 지금 나를 필요로 하는 이 과자 공장에서의 인연이 어디서부터 닿았는지, 몇 년의 시간이 흘러 지금까지 이곳에 있는 건지를 따지려 들면 과자 공장과의 인연의 끝이 보일까 봐 두렵다. 과자 공장에 특별한 정이 들어서는 아니다. 절대 아니다. 다만 또 새로운 세계에서 내 장애를 새삼스럽게 밝혀야 하는 일이 두려울 뿐일지도 모른다.

과자는 참 맛있다. 과자 공장에서 일한 뒤로 과자를 먹을 기회가 더욱 많아졌지만 전혀 지겹지는 않다. 이따금 새로 나오는 과자의 맛에 대한 기대감은 나를 설레게 한다. 또래의 남자들은 대부분 술과 담배를 즐길 테지만 난 과자가 더 좋다. 술을 마시면 위벽이 고통스럽고 머릿속이 혼미해지는 소리가 들릴 테고 담배를 피우면 연기가 시야를 가렸다가 사라지면서 시력까지 빼앗아 가버릴 것만 같은 두려움이 있다. 달콤한 과자는 향과 느낌, 그리고 맛이 어우러져 동심의 소리와 비슷한 기분 좋은 소리를 볼 수 있게 해준다.

언젠가 과자 공장을 떠나게 된다면 그 어떤 곳에서 과자를 먹게 되더라도 과자 공장에서의 기분을 느낄 수 있을지 의문이다. 아주 멀리 떨어진 곳에서도 과자를 먹는 것만으로도 과자 공장의 모든 것을 생생하게 떠올릴 수 있게 되리라 확신이 들 때, 그때가 아마 과자 공장을 떠나도 되는 시기일 거라고 생각해본다.

오늘은 작업 분량이 꽤나 많은 편이다. 시끄러운 인간들도 틈틈이 떠들어대기를 일찌감치 포기한 듯 보인다. 연장 근무가 싫어서인지 나의 고요함을 따라 하는 것인지 모두가 각자의 고요 속에 갇힌 채 묵묵히 일하고 있다. 순간적으로 묘한 동질감을 느끼면서도 그들이 내 세계를 감히 침투했다는 유아적인 분노가 치밀어 오르기도 한다. 하지만 분노와 같은 감정을 표출하지 않으려 노력한다. 참을성 없이 화를 내지 않아도 충분히 난 감출 수 없는 거대한 단점에 둘러싸여 있다.

내일은 새로운 사람이 일을 시작한다는 정보를 입수했다. 제발 내가 속한 조에 들어오지 않기를 기도해야겠다. 새로운 사람이 나타나고 인사를 하고 나의 장애에 대해 알게 한다는 것은 여간 귀찮은 일이 아니다. 솔직히 나의 진심은 귀찮은 것 그 이상일 텐데.

다음 날이 되었지만 여전히 어제와 같은 장소에서 같은 일을 하고 있다. 어젯밤 늦게 퇴근을 하고 버스도 타고 집에서 잠도 자고 오늘 다시 출근했지만 무엇 때문인지 일상적인 그 과정이 흐려져 소멸한 느낌이다. 어제 퇴근하기 전부터 지금까지 흐트러짐 없이 연속으로 일하고 있다는 느낌을 떨칠 수가 없다. 늦은 퇴근으로 인해 충분한 휴식을 취하지 못했기 때문일 거라 나를 이해시키며 일을 하고 있는데 오늘 새로 온다던 녀석이 우리 조에 왔다. 새로 조를 짜는 월요일에 오는 것도 아니고 주중에 불쑥, 하필 우리 조에 왔다.

어젯밤 악몽처럼 내게 다가와 인사를 하는 그 녀석은 내 또래였다. 눈인사를 하고 곧바로 일하면서 그 녀석이 내게 건넨 인사의 목소리에 대해 실감 나게 상상하고 있다. 나에 대한 호기심이 담긴 목소리였는지, 이미 나에 대해 무언가 알고 있는 목소리였는지, 나를 불쌍히 여기는 목소리였는지, 마음 깊은 곳을 뒤적거려도 도저히 그 녀석의 목소리가 그 어디에도 들리지 않았다. 이럴 때면 마음으로 어떤 소리도 듣는다는 빛 좋은 환상 속으로 깊게 숨어들어 봤자 들리지 않는다는 사실이 미치도록 선명하게 나를 파고든다. 그래서 그 녀석도 마음에 들지 않는다.

그 녀석은 꽤나 시끄러웠다. 과자 공장 곳곳에 서려 있는 나의 지난 시간들을 말끔하게 무시하듯 새로운 주인 노릇을 하는 것만 같다. 점심시간 이후 오후 근무를 하기 전에 눈치 보며 먹기 시작했던 과자도 그 녀석에게는 너무나 쉽게 얻을 수 있는 당당한 간식이 되었다. 역시 숨어 사는 사람은 무엇을 해도 숨어 살고, 밝은 곳에서 많은 사람 속에 사는 것이 익숙한 놈은 어떤 경우에도 밝을 수가 있다는 사실이 더욱 나를 미치게 한다. 하루밖에 일하지 않은 저 녀석이 나보다 빠르고 편하게 일하는 것도 짜증 나고, 나에겐 생계유지와 직결된 이 일도 그에겐 그저 안 해도 그만인 잠깐의 아르바이트인 것도 짜증 났다.

저 녀석은 분명히 밖에 나가면 어여쁜 여자를 쉽게 유혹할 수 있으리라. 마음에 드는 사람이 있어도 뒤에서 바라보는 것 이외에는 할 수 있는 일이 없는 나와는 전혀 다른 인생을 살 것이다. 예쁜 여자에게 멋진 목소리로 말을 걸고 그녀의 예쁜 목소리를 들을 수 있을 것이다. 그리고 그녀와 같은 세계에서 행복한 공존

놀이를 할 것이다.

그 녀석에게 느끼는 것은 열등감, 질투 그 이상의 무엇이었다. 내 인생에 대한 한풀이일 수도 있고 격하게 짙은 부러움일 수도 있다. 세상에 존재하는 많은 남자가 대부분 나보다 더 나을 것이라는 생각은 언제나 하고 있지만 막상 나의 좁은 행동 범위 내에 나타난 저런 녀석을 가까이에서 선명하게 볼 때면 우울함은 끝없이 깊어진다. 이러한 우울함은 아주 자주 찾아오며 이것이 비정상인 증세라는 것을 인정하면서부터 나는 독서를 좋아하기 시작했다. 나보다 더 안 좋은 상황에 놓인 사람에 비하면 자신이 얼마나 행복한지를 알아야 한다는 내용, 겉으로 드러나는 것보다 내면을 가꾸는 것에 신경 써야 한다는 내용, 모든 것에 긍정적이어야 하며 어두운 생각은 버려야 한다는 내용 등의 책은 일말의 위로가 되어 내 눈물의 양을 줄여주곤 한다. 그러나 좋은 책들은 아주 많이 존재하고 그 책들을 읽을 때면 마음에 평화가 찾아오는 것 같기도 하지만 내 안의 모든 어둠과 과거를 깨끗하게 씻어 주지는 못한다.

소설책도 참 좋다. 재미있는 소설책을 보며 내가 존재하는 세계에서 벗어나 다른 세계에서 많은 감정을 느낄 수 있어서 환상 속으로 여행을 다녀온 기분이 든다. 나를 기쁘게 하는 책들을 읽을 때면 눈을 통해 그 글귀들이 서늘한 마음에 들어와 차곡차곡 쌓여가며 은은한 따듯함을 만들어 주는 것 같다. 그 따듯함을 느끼고 싶어서 읽은 책을 또 읽고 또 읽으며 취침 전에도 읽고 또 읽으면 따듯함의 터널을 건너 꿈나라로 갈 수가 있다.

행복한 꿈나라에서 깨어 출근을 하려다가 문득 오늘이 쉬는 날이라는 것을 깨닫는다. 달력의 숫자는 오늘이 내가 저세상으로 이사 가는 날이라고 욕지거리를 퍼붓는 느낌의 피의 색깔로 물들어 있다. 어제까지 나와 함께 작업하던 공장 사람들은 오늘 무엇을 하는지 문득 궁금해진다. 절대 그들에게 정이 들어서가 아니다. 왜 궁금해하는 건지 잘 모르겠지만 그렇다고 내가 전화를 해볼 수도 없는 노릇이다.

바깥 날씨는 따듯한데 혼자 사는 내 집은 마치 냉동 창고 같은 추위가 존재한다. 이 추위를 뭐라 표현할 수 있을까? 단순히 온도가 심하게 낮은 것은 아니지만 춥다는 표현밖에는 형용할 수 있는 단어가 떠오르지 않는다.

공휴일의 집은 유난히 너무나 춥다. 시간은 멈춰있는데 나까지 멈춘다면 이대로 부서져 버릴지도 모른다. 얼른 외출 준비를 하고 어디든지 나가야겠다.

막상 나오니 갈 데가 없다. 귀에는 이어폰이 꽂혀 있고 가방에는 과자가 들어있다. 너무 천천히 걷다 보니 주변 사람들이 나를 목적지 없이 떠도는 할 일 없는 사람으로 여길까 봐 빠르게 걷는다. 빠르게 걷다 보니 여유 없이 무언가에 쫓기는 신세라 여겨질까 봐 천천히 걷는다. 결국 적당히 주변 사람들의 걸음 속도에 나를 맞추어 간다. 내가 별로 좋아하지 않는 저 사람들의 속도에 천천히 내 걸음을 맞춘다.

카페에 들어가자니 글을 써서 주문하는 것이 귀찮다. 지독한 목감기에 걸린 듯 콜록대며 글을 써서 주문할까 잠시 생각하다가 지독한 감기를 달고 혼자 카페에 갈 이유가 없는 듯해서 그것도 그만두기로 했다. 영화를 보러 길까 생각하다가 특별히 보고 싶은 영화도 없는데 괜히 돈 주고 보는 것이 아까워서 그것도 하지 않기로 했다. 결국 이렇게 길을 걸어가며 사람들을 구경하는 것, 사람들 속을 걸어 다니는 놀이를 계속하기로 결정했다.

너무 사람들만 살펴보면 이상하게 보일지도 모른다. 상대가 눈치채지 못하게 사람들을 염탐하기로 했다. 공휴일의 거리는 많은 인파로 붐비고 특별히 만날 사람 없는 나는 염탐하는 자가 되어 사람들을 훔쳐본다.

한참을 걸어가다가 버스 정류장이 나왔다. 버스 정류장에 서 있는 어린 학생 커플이 어떤 이야기를 나누는지 궁금해졌다. 버스를 타지 않을 것이지만 그들의 말을 염탐하기 위해 그들 옆에 서 있다. 그들의 입 모양을 곁눈질하며 어떤 이야기를 나누는지 듣고 있는 나의 모습이 지나가는 버스에 비친다. 순간적으로 비친 나의 표정은 참 볼품없는 염탐자의 모습, 그뿐이었다.

어린 커플이 나눈 대화는 일상적인 대화인 듯했다. 어제 본 영화에 나오는 여배우의 외모에 대해 칭찬을 하는 여자는 자신이 그 여배우보다 예쁘다는 말을 듣기 위해 기다리고 있다. 그리고 곧이어 남자는 여자가 기다리는 말을 내뱉는다. 어이없는 웃음이 터져 나올 뻔했지만 염탐을 들킬까 봐 간신히 참았다. 상대방에게 어떤 말을 듣기 위해 기다리고 누군가가 기다리는 말을 들려주는 저 사람들 뒤에서 난 어떤 소리를 찾아서 이 거리를 누비는 것일까?

우울한 의문만 떠안고 버스 정류장을 지나쳐 걸어가다가 커피 전문점의 깨끗한 창 너머로 창가에 마주앉은 여자들을 보았다. 그녀들의 목소리는 들리지 않는다. 그것은 내게 청력이 없기 때문이 아니라 그녀들이 방음이 잘 되어있는 창 너머에 앉아있기 때문이다.

'내가 저곳에 가까이 가면 그녀들의 앙증맞은 목소리를 주워담을 수 있을 텐데….'

그녀들 중 한 명은 무척이나 아름다웠다. 사람의 아름다움을 표면적으로 드러나는 외모만 보고 판단해서는 안 된다는 것을 잘 알고 있지만 그녀의 눈부신 외모만으로 그녀의 모든 것을 긍정적으로 생각하고 있다. 그녀의 아름다움으로 인해 그녀들이 머무는 카페 앞을 지나가지 않고 계속 염탐하고 있다. 그녀라면 내게 아름다운 세상의 소리를 전달해 줄 수 있을 것만 같다. 나를 힘들게 하는 모든 날카로운 요인들을 부드럽게 변화시키고 아름다운 세상만을 보여 줄 수 있을 것만 같다. 하지만 그녀에게 다가갈 수 없다. 그 이유가 무엇인지 나 자신에게 되묻고 있다. 그러나 내 깊은 자아는 대답하지 않고 무언가 숨기고 있다. 그것이 무엇인지 나를 괴롭게 하고 있다.

혹시 그녀도 나와 같이 고요함 속에 사는 사람은 아닐까? 그렇다면 난 너무나 행복에 거울 덴데. 혹시 그녀의 직업이 사회복지사여서 나와 같은 사람들의 마음을 이해해주고 동정심이 아닌 사랑을 보여주지 않을까? 그녀가 매일 밤 내 방에 찾아와 따뜻하게 안아준다면 함께 잠들 수 있다면 내 집은 무척이나 따듯한 온기로 가득 찰 텐데….

그녀에게 말을 걸고 싶다. 누군가와 친하게 지낸 적이 단 한 번도 없었지만 그러고 싶다. 공장 사람들과 밥을 먹는 일 외에는 그 누구와도 함께 시간을 보내는 기적 같은 건 없었던 나였지만, 29살의 평범하게 생긴 남자가 저렇게 예쁜 여자를 좋아하는 것은 당연한 것이라고. 길에서 반한 여자에게 전화번호를 묻고 그 후 단둘이 만나고 영화도 보고 밥도 먹고 마음도 나누며 친한 사이가 된다는 건 누구나 가볍게 상상하고 도전해 볼 만한 일인데…. 말 대신 글을 전달하는 나를 본다면 저렇게 아름다운 그녀의 얼굴에서 당황의 눈빛이 발사될 거라는 것이 두려운 걸까? 난 대체 왜 아무것도 하지 못하는 걸까?

공휴일에 여자 친구와 함께 있는 것을 보니 애인이 없는 것이 분명하다. 꼭 그래야만 한다. 왜 그래야 한다고 생각하는 걸까? 내가 감히 그녀의 애인이 될 수 있다고 생각하는 걸까?

이 나이 먹도록 난 애인이라는 것을 만들어 보지 못했다. 과자 공장에서도 여자는 없었기 때문에 여자를 만나는 일은 창녀촌에서 만난 것밖에 없다. 하지만 지금 내가 우연히 발견한 저 여자는 반드시 인연으로 만들고 싶다는 욕구가 치밀어 올랐다.

일단 그녀가 있는 카페 안에 들어갔다. 카페라는 곳에 들어온 적이 언제였는지 기억이 잘 나지 않을 정도로 이런 곳에 온 것은 나로서는 기이한 현상이었다. 난 애써 평온하고 인자한 표정으로 나를 포장하고 가방에서 펜과 종이를 꺼내어 주문을 했다. 돈을 내고 이곳의 커피를 사 먹기 때문인지 종업원은 말하지 않는 내게 친절한 미소를 보여 주었다. 따뜻한 커피를 보니 가방 속의 과자와 함께 먹으면 여유 있고 행복한 공휴일이 될 것 같았다. 하지만 이곳에 온 이유를 자각하자. 꼭 커피를 마시고 싶어서 이곳에 들어온 것은 아니다. 가방 속에 며칠 전에 넣어둔 과자가 다행히 얌전히 잠자고 있었지만 이 과자는 지금 이 순간 내 배를 채우기 위한 것이 아니다.

가방 속의 과자, 편지를 쓸 수 있는 종이, 공휴일에 외출하게 된 이유, 버스 정류장에서 더 머무르지 않고 이곳에 걸어온 이유, 하필이면 그녀가 이곳에 와 닿은 시간에 내가 이곳을 발견하게 된 이유 등 모든 것이 저 여인을 내게 선물하기 위한 운명이라는 착각마저 들기 시작했다. 고요함 속에 살아왔던 지난 시간 동안 내 심장이 이토록 시끄럽게 울려댈 수 있다는 것을 알지 못했다. 저 여인을 향한 설렘이 내 심장 소리의 볼륨을 하늘 끝까지 올려 놓았다.

떨리는 손에 힘을 주고 예쁜 글씨를 써 나가기 시작했다.

"안녕하세요. 저는 커피를 마시기 위해 카페에 들렀다가 우연히 아름다운 여인을 발견했습니다. 사람의 외적인 아름다움에 매혹되어 악마에게 유린당하는 바보 같은 사람이 아니라는 것만은 너무나 확실합니다. 왜냐하면 당신의 눈빛과 미소와 모든 손짓, 향기에서 내면으로부터 뿜어져 나오는 아름다움이 당신의 외모를 더욱 빛나게 한다는 느낌을 받았기 때문입니다. 당신은 분명 겉과 속이 모두 아름다운 천사임이 틀림없습니다."

유치하고 쑥스러운 글귀들과 함께 달콤한 과자를 그녀에게 건넸다. 당신은 누구며 이것은 무엇이냐며 당황하는 그녀의 눈빛을 피하지 않았다. 나의 편지 맨 아래에 적혀있는 집 주소와 전화번호에 그녀가 연락해 주기를 간절히 바란다는 눈빛을 보내려 애썼다. 그녀는 뚜렷한 질문은 하지 않은 채 당황스러운 표정만 표출했고 나는 눈인사를 드린 채 카페 밖으로 나왔다.

어제 나의 용기는 대단했다. 그녀에게 연락이 올 확률은 제로에 가깝지만 그렇다고 해서 너무 슬퍼할 필요는 없다고 생각한다. 아름다운 여인을 얻는 것이 이렇게 쉬운 일이라면 난 또 다른 아름다운 여인에게 눈을 돌렸을지도 모르니까.

난 여전히 공장에서 일하고 있는데 이 시각 그녀는 어디에서 무엇을 하고 있을까? 어쩌면 그녀는 내가 주었던 과자 박스와 함께 편지도 버렸을지도 모른다. 하지만 지금 너무나 기쁘다. 아직은 그녀가 연락을 하는 기적이 일어날지도 모른다는 터럭만큼의 기대감이 내 안에 가득하며 생전 처음 타인에게 먼저 마음을 열려고 했다는 것 자체가 대단한 진보가 아닐 수 없다. 뿌듯하고 설레었다. 공장 사람들은 나의 미묘한 표정 변화를 알아차렸는지 좋은 일 있냐며 관심을 가져댔다. 그것이 평소 때라면 비아냥거림으로만 느껴졌을 텐데 오늘은 왠지 저들도 그 여인과 함께 내게 진심으로 다가오려는 것 같다는 생각도 든다.

다음 날, 그 다음 날도 그녀에게서 연락이 없다. 나의 장애를 알아차린 것일까? 그렇다면 그녀는 길을 걸어가다 빠른 속도로 달려오는 자동차에 치여 죽었으면 좋겠다. 그녀가 내 것이 될 수 없다면 처참하게 죽어버렸으면 좋겠다. 아니다. 장애를 가진 사람이 이렇게 악마 같은 생각까지 한다면 난 정말 쓰레기다. 역시 나에게 애인이나 친밀한 사람과의 교류 따위는 어울리지 않는가 보다. 그랬다. 내 처지를 잊고 욕심을 채우려고 했다니 이기적이었다.

그녀와 만나게 된다고 하더라도 그녀와의 만남이 평탄하기만 할까? 그렇지 않다. 상대방에게 불편함을 주면서까지 내 곁에 누군가를 묶어두려는 것은 이기적인 짓이다.

난 오늘도 예전처럼 작업에 몰두하고 월급날이 되면 돈을 받고 필요한 물건들을 구입하고 밥을 먹고 죽지 못해 살아가는 인간이라는 슬픔에 빠져 있다가 가끔 탈출하기 위해 책을 읽고 가슴으로 음악을 듣겠지. 이렇게 차가운 냉동 창고 같은 집에서 추위에 몸부림치며 외로운 밤을 보내겠지.

그녀에 대한 생각을 지우려 노력하며 일을 하다가 어느새 토요일 오후가 되었다. 토요일. 여전히 난 누워있다. 이어폰을 끼고 음악을 느끼며 책을 끌어안고 누워있다. 책은 따뜻하고 이어폰도 뜨겁다. 뒹굴뒹굴 굴러다니며 여유로운 주말을 즐기는 직장인 놀이에 푹 빠져있다. 배가 고프면 사과도 먹고 뜨끈한 흰 쌀밥도 먹고 고기도 먹는다. 먹고 싶은 것을 다 먹고 사는 편이지만 돈이 모자라지는 않는다. 그것은 나의 월급이 넉넉하지는 않지만 적지는 않으며 먹는 것과 생활필수품들을 제외하면 사치스러운 소비를 전혀 하지 않기 때문이다. 옷은 떨어질 때까지 입고 깨끗하게 빨아 입기만 한다면 계절이 바뀔 때마다 다시 살 필요는 없다고 생각한다. 술도 마시지 않고 흡연을 하지도 않으며 친구도 만나지 않는다. 오직 나 자신의 생계유지만을 위해 돈이 필요하므로 먹고 싶은 것을 그때그때 사 먹을 수 있다는 것과 점심시간에 과자를 먹을 수 있다는 것만 생각하면 나는 꽤 행복한 사람일지도 모른다는 생각도 한다.

우울한 토요일에도 맛있는 음식과 책과 음악만으로 이렇게 행복에 젖어있을 수 있다. 이러한 시간이 영원히 지속되었으면 좋겠는데, 월요일에는 또 우울한 마음이 날 찾아올 것이라는 생각이 편안한 지금의 마음을 꼬집는다.

어! 방금 어디선가 반짝이는 빛이 난 것 같다. 누워있던 나는 일어나 빛을 찾아 온 집안을 돌아다닌다. 누군가 내 집 현관문 옆에 달린 벨을 눌렀나 보다. 누가 벨을 누르는지 확인할 수 있는 화면을 보며 저 얼굴이 누구인지를 생각해본다. 이 화면의 용도에 대해서는 잘 알고 있었지만 이렇게 화면에 불이 들어오면서 밖에 있는 사람의 얼굴이 비치는 것은 처음 본다. 참 신기하다. 택배나 경비아저씨가 우리 집 벨을 누른 적이 있었던가? 잘 모르겠다. 지금 이렇게 신기해하는 것은 분명 처음이기 때문이다. 아니다. 저 화면에 비친 얼굴이 낯익기 때문에 너무 놀란 심리 상태는 당황스러움 그 자체였다.

내 집 앞에 서 있는 저 사람은 그 여인이었다. 카페에서 내게 편지와 과자를 받아간 그 여인이다. 지난 며칠 동안 공장에서 일하면서 끊임없이 내 머릿속을 비집고 들어오며 설렘과 실망감 등의 감정을 만들어낸, 카페에서 만난 그 여인이다. 문을 열어야 하는지 계속 이렇게 숨어 있어야 하는지 갈등 중이다.

그녀는 좀처럼 포기하지 않고 사라지지 않는다. 계속 문 앞에

서서 내가 나오기만을 기다리는 것일까? 덜컹하는 소리가 들린다. 물론 내가 문을 여는 소리를 들은 것은 아니다. 다만 문을 열고 있는 내 모습에 놀라워 심장이 터질 것 같은 소리다. 오직 나만이 들을 수 있는 덜컹 소리와 함께 그녀의 얼굴을 보았다. 여전히 아름다운 그녀의 얼굴에 감탄하는 동안 나의 손은 무거워지고 그녀는 사라졌다. 잠시 혼이 빠져나갔던 사람처럼, 나도 모르는 동안 전신마취를 했다가 갑작스레 풀려버린 사람처럼 그렇게 다시 차가운 거실 바닥에 홀로 앉아있다.

그녀가 내게 주고 간 물건들을 손에서 내려놓았다. 그것들을 확인하기까지는 꽤 오랜 시간이 흐른 듯하다. 그녀가 준 물건에 담긴 의미에 대해 마음껏 상상하고 싶었다. 하지만 상상의 시간은 넉넉하게 허락되지 않았다. 차가운 현실 속에서 좀 전에 건네받은 물건에 대해 확인해 볼 필요가 있다. 편지, 과자, 떡. 이것들을 어떻게 해석해야 할까? 그녀를 처음 본 순간과 카페에 들어간 용기, 그리고 그녀에게 내가 보여준 용기와 과자, 그리고 편지. 그 후에 오는 것들, 기대감, 실망감, 호기심, 욕심, 그리고 지금. 어떤 말로 정리하여 내뱉어야 할지 모르겠다.

지금의 난 그냥 그녀의 아름다움을 또 한 번 확인할 수 있다는 황홀경에 흠뻑 빠져 벗어나고 싶지 않다는 욕심뿐. 그녀가 방금 준 이것들은 어떤 의미로 해석해야 하는지, 그녀가 나에게 어떤 마음을 보여주기 위해 내 집까지 찾아온 것인지…. 우연히 이곳에 들른 것인지 모르겠다. 어쨌든 그녀가 나를 위해 직접 집에 찾아오기까지 했다면 나와 특별한 관계로 발전하고 싶다는 표현이 아니었을까? 그렇다면 그녀를 집 안으로 들여 따뜻한 차라도 대접했어야 하는 것이 옳은 일이었을까? 그녀는 처음부터 얼른 물건만 전해주고 곧바로 그녀의 세계로 도망칠 생각이었을까? 모르겠다. 난 정말 멍청한가 보다.

이런저런 생각에 혼란스러울 즈음에 문득 떡이 보였다. 자세히 보니 그것은 보통 떡이 아니었다. 이사를 할 때에 이웃집에 전해주는 떡이 아니던가. 그렇다면 그녀는 옆집, 또는 위층 또는 아래층 집으로 이사를 온 것이 분명하다. 그녀는 우연히 이 아파트에 이사를 오게 되었는데 알고 보니 내 집이 이곳이라는 것이 생각난 것일까? 혹시 처음부터 일부러 이곳으로 이사를 온 것일까? 그럴 리는 없겠지. 어쨌든 그녀가 내 곁에 가까이 왔다는 기쁨에 미소를 짓던 나는 문득 마음 한구석이 서운해졌다. 그녀의 집은 아주 먼 곳이며 일부러 나라는 존재와 접촉하기 위해 이곳까지 달려와 주길 바라왔나 보다. 바보 같은 상상, 헛된 욕망.

지난 며칠 동안 내가 했던 그녀에 대한 수많은 헛되고 지저분한 상상이 중요한 것이 아니다. 그녀가 내 곁에 왔다는 것만 생각하자. 자연스럽게 그녀와의 친분을 쌓을 기회만을 생각하자.

그녀는 나를 알아보지 못했던 것일 수도 있다. 눈에 띄는 외모를 가진 그녀가 뭇 남성들의 추파를 받는 일이 어디 그때뿐이었겠는가? 그녀는 단순히 이사했을 뿐이고, 모르는 사람들에게 떡을 주었을 뿐이다. 어쩌면 나의 존재는 까맣게 잊고 있었을지도 모른다. 그녀는 내가 주었던 편지를 그 카페 쓰레기통에 던져놓고 친구와 함께 공짜로 생긴 과자를 잘근잘근 씹어대며 나 따위에 대해 욕지거리를 퍼부었을지도 모른다. 그래도 좋다. 나도 한 번쯤은 그녀를 갖고 싶다. 그녀에 대한 욕심이 세상에 어떻게 비칠지는 생각하고 싶지 않다.

그녀는 어떤 사람일까? 조용한 사무실에서 남자들에게 귀빈 대접을 받으며 컴퓨터를 두드리는 평범한 직장인일 것 같다. 차곡차곡 돈을 모으고 남자들에게 정기적으로 선물을 받으며 기대감을 심어주지만 결국엔 모든 남자의 기대감을 배반해버리는 매력적인 여자일 것이다. 쉬는 날이면 친구와 카페에 가서 수다를 떨고 예쁜 옷과 예쁜 구두를 구경하러 다닐 것이다. 같이 다니는 친구에게 어울리지 않는 옷과 구두도 자신에게만큼은 훌륭하게 어울린다고 느낄 것이다. 달콤한 간식을 즐기면서도 늦은 저녁 시간에는 살이 찌는 것이 두려워 허기를 외면하고 잠에 들 것이다. 가끔은 무뚝뚝하고 조용한 분위기의 남자를 원할 것이다. 말할 수도 들을 수도 없지만 성실히 일하며 차가운 바닥에 잠드는 남자를 원할 것이다. 음악을 좋아하고 책을 좋아하며 근무시간에는 절대 떠들지 않는 그런 남자를 좋아할 것이다. 그녀는 곧 나와 친해지고 나를 사랑하며 오직 나만을 그녀 인생의 최우선으로 여길 것이다. 내게 열광하며 매일매일을 나에게 미쳐 살 것이다.

그녀에 대한 몹쓸 상상에 변태처럼 흐뭇한 표정을 짓는 나는 그녀가 준 편지와 과자를 살펴보기로 했다. 그녀 손끝의 향기가 어려 있어 함부로 그 향기를 소멸시킬 수가 없다고 판단했기에 들추어보지 않았나 보다. 하지만 지금 저 편지와 과자를 검사해야겠다. 더러운 내 손길에서 새어 나오는 냄새로 그녀의 향기가 포장되더라도 난 확인해야겠다.

편지를 보면 하나만은 확실히 알 수 있다. 그녀가 나를 어떻게 기억하고 있는 것인지를. 단지 이사를 오면서 모든 층 사람들에게 똑같은 편지를 주는 것인지, 그녀에게 편지를 주었던 내가 아닌 다른 남자에게 받았던 편지인지, 그날의 나를 기억하고 내게 써준 답장인지 너무나 궁금했다. 꼬깃꼬깃 작게 접힌 편지를 다림질하듯 조심스럽게 활짝 펴 보았다. 결과는 참담했다.

내가 쓴 편지였다. 그녀가 나를 정확하게 기억하고 있었다는 사실이 전혀 기쁘지 않은 지금의 마음은 어떤 마음인지 잘 모른다. 그냥 지난 며칠 동안 그녀를 향한 기대감을 실망감으로 고스란히 맞바꾸어 무언가 되돌려 받은 기분이 온몸을 휘감았다. 또한 그녀가 준 과자도 내가 준 그 과자였다. 그날 내가 준 과자는 맛있게 다 먹고 나서 똑같은 과자를 사 왔을지도 모르지만 분명 내가 준 그 과자가 전혀 훼손되지 않은 채로 다시 돌아왔다는 느낌이 들었다. 한 마디도 내뱉지 못하고 탄식 소리조차 들을 수 없는 내게 그녀는 그렇게 내 마음을 거절했다. 들려주지 않고 보여주는 방식을 이용한 거절. 현명하고 내게 꼭 맞는 방법으로 그렇게 그녀는 거절했다.

하지만 괜찮다. 너무 슬프지는 않다. 그녀가 떡도 주었기 때문이다. 과자와 편지를 돌려받은 것은 남녀관계에 선을 그은 의미였겠지만 떡을 준 것은 이웃이란 이름 안에서는 나를 받아줄 의사가 있다는 희망이 담겨있다고 믿고 싶었다. 짧은 시간 동안 수많은 감정에 휩싸이면서 그 떡을 먹기 시작했다.

그 날 이후 그녀를 볼 수 없었다. 그녀의 집이 정확히 몇 호일까? 이사를 온 것이 분명할까? 그녀가 보고 싶다. 그녀를 마주칠 수 있다면 종일 집 주위를 맴돌 텐데. 출근해야 하는 현실이 괴롭다. 돈을 벌기 위해 마땅히 해야 할 일이지만 이럴 때면 일을 하기 싫어진다. 부유한 부모님이 있었더라면 가끔은 일하지 않고 쉬면서 여가생활이나 하는 여유로운 삶의 시간을 누릴 수 있었을 텐데…. 내 모든 것을 지켜낼 사람이 나 자신뿐이라는 사실이 사무치게 슬퍼진다. 그녀에 대한 생각을 떨쳐 내려 애쓰며 출근을 했다.

과자 공장의 분위기가 뭔가 달라져 있는 것만 같다. 분위기라고 말하기보다는 색깔이라고 해야 하는 걸까? 무언가 공기가 달라진 것 같기도 하다. 그 재수 없는 녀석이 그새를 참지 못하고 사라져

버린 것이다. 쳇, 나처럼 성실하게 오래 일할 놈이 아니었다. 애초에 재미삼아 인생의 다양한 경험을 만들기 위해 반짝하고 나타났다가 홀연히 사라질 놈이었다.

과자 공장은 다시 평온해지고 점심시간 이후의 달콤한 휴식시간도 나만의 것으로 돌아왔다. 그러나 마음은 공허하다. 그녀 때문일까? 인생의 무언가 특별한 사건이 찾아오기를 기다려왔는데 그 사건이라는 것이 그녀를 만난 것일지도 모른다. 하지만 이미 그녀는 과거형으로 흐려지고 있다. 그녀를 다시 만나고 싶다. 아주 가까이에서 나의 두 눈으로.

그녀의 생각이 내 머릿속을 비집고 들어오면서부터 내 일의 능률은 쇠퇴해 가는 것 같다. 예전과 다름없이 열심히 일하지만 작업 분량은 왜 더디게 줄어드는 걸까? 오직 나만을 생각하며 열심히 일하는 기계였던 내가 처음으로 다른 사람에 대해 마음을 쓰고 있다는 것을 공장 사람들이 알아버린 걸까? 나란 놈은 개미처럼 일만 해야 하므로 저 인간들이 나 몰래 더 많은 작업 분량을 내게 퍼붓고 있는 걸까?

오전 근무가 하루처럼 느껴지고 드디어 점심시간이 되었다. 점심 메뉴는 분식집에서 배달시킨 음식들. 나는 제육 볶음밥을 주문했다. 밥과 고기를 맛있게 먹으며 오후 근무 때에는 일의 속도를 높여야겠다는 생각을 하고 있다. 그런데 내가 먹는 매콤한 메뉴는 과자 맛이 나는 것 같다. 그녀에게 주었다가 다시 되돌려 받은 과자 맛. 분명 그 과자 맛이다. 점심시간마저도 그녀 생각에서 벗어날 수 없는 걸까? 멀리서 그녀가 내게 주문을 걸고 있는 건 아닐까? 나의 일상에 깊숙이 관여하고 싶은 그녀의 은근한 바람이 이렇게 전해지고 있는 것일까?

밥을 먹은 것인지 과자를 먹은 것인지 분간할 수 없었지만 식후 과자 타임을 건너뛰는 일은 없을 거다. 내가 먹는 과자의 양은 극히 소량이며 돈을 받고 노동을 하는 것이지만 무료로 몰래 과자를 먹는다고 해서 내가 과자를 훔치는 것은 결코 아니다. 과자 공장에서 일하지 않는 자가 갑자기 공장에 들어와 과자를 뜯어 먹는다면 그 사람은 도둑이 되겠지만 열심히 일하는 내가 먹는 것은 일종의 보너스와 같은 거라고 생각한다. 새로운 과자가 들어올 때에 직원들에게 지급되는 과자와는 별도로 이렇게 점심시간에 뜯어먹거나 퇴근하기 전에 가방에 한두 개 넣어가는 것쯤은 당연히 내가 받아야 할 대우다.

오후 근무를 하기 전에, 담배를 피우러 나간 동료들이 들어오기 전에, 재빨리 가방에 과자를 챙겨 둔다. 맛있는 과자들만 넣어 둔다. 쉽게 부서져서 먹을 때 가루가 많이 생기는 과자 말고 우아하게 한입에 쏘옥 넣을 수 있는 간편하고 예쁘고 달콤한 향이 나는 그런 과자를 챙긴다. 이 과자들은 그녀에게 잘 어울릴 것 같다는 생각을 하면서.

오늘따라 퇴근 준비가 길어졌다. 일과가 피곤하여 빨리 집에 가서 누울 생각만으로 공장을 나서던 여느 퇴근 풍경과는 달랐다. 거울 앞에 다가가 머리도 빗어보고 얼굴에 뭐가 묻지는 않았는지 꼼꼼히 살펴본다. 바지 안에 상의 티셔츠를 넣었다 뺐다 반복하고 운동화 끈을 멋스럽게 묶는다.

버스에서 하차 후 내 집 대문 손잡이를 돌릴 때까지 그 짧은 순간들 속에 그녀가 등장해 주었으면 좋겠다. 아름다운 머릿결을 휘날리며 반짝이는 눈망울을 내 눈에 고정해주며 귀여운 미소와 흰 다리, 단정한 구두를 신고 나에게 따듯하고 평온한 온기를 전해주었으면 좋겠다. 그녀와 남은 미래를 함께 걸어갈 수만 있다면 세상을 향해 품고 있던 그동안의 모든 억울함 또한 너무나 감사했노라고 기도를 하겠다.

시간은 매정하게 빨리 흘러가고 내 손은 벌써 대문 손잡이에 닿아있다. 이대로 다시 나만의 차가운 세계로 들어가야만 한다는 것, 아무도 내 세계와 자신의 세계를 이어주려 하지 않는다는 것, 그녀를 보지 못한 것, 그 모든 사실이 편린이 되어 흩어져 공기 속으로 사라져 버렸다.

샤워를 하고 대충 밥을 먹고 꿈나라에 가기 전에 음악을 듣는다. 이어폰은 언제나처럼 심장에 꽂고 다양한 장르의 음악을 재생시킨다. 그녀는 어떤 음악을 좋아할지, 그녀가 듣는 음악은 어떤 느낌인지, 세상 사람들이 듣는 음악들은 어떤 느낌인지 모조리 파악한 사람인 듯 행세하며 꿈나라를 향해 발을 내딛는다.

희미한 새벽에 달나라로 날아가 태양이 다가오는 소리를 듣는 꿈을 꾸었다. 오늘과 내일 사이에 존재하는 꿈나라에서 얌전히 자고 있는 나에게 희미한 새벽은 잊고 있던 추위를 느끼게 해주지만 새벽만이 가진 그 무언가는 우울한 나에게 희망을 준다. 굉장히 운치 있고 목가적인 분위기. 새벽의 표정은 그러했다. 과자 공장도, 비어 있으면 안 될 나의 통장노, 차가운 내 집도, 그녀도 모두 망각한 채로 달나라로 날아가고 싶은 동심을 뿜어내게 만드는 힘. 그것은 새벽이었다.

또렷하게 보이지만 결코 만질 수 없던 달나라에 날아간 것은 대단히 황홀했으며 눈물겹게 감사하다. 부드러운 달빛 속에서 눈부신 태양을 기다리는 일은 곧 나를 안아줄 거대한 따뜻함에 대한 격한 희망이었다. 그 희망 속에 영원히 머물고 싶지만 야속하게도 아침은 여느 때와 다름없이, 여전히 예외 따윈 모른 채 쉬지도 않고 오늘도 역시나 불쑥 나타났다.

아! 허무하다. 좀 전까지 저 높은 하늘 위에 달과 태양의 관심을 받는 존재였는데 또 과자 공장에 가야 한다. 어제 가방에 넣어 둔 과자는 우울하게 잠들어 있고, 난 공장으로 가는 버스를 타러 집을 나선다.

집에서 밖으로 갈 때에는 엘리베이터를 거의 이용하지 않는다. 요즘은 고층 아파트가 워낙 많이 들어서서 10층 정도는 계단으로도 가뿐히 내려갈 수 있다고 생각한다. 물론 밖에서 집으로 올 때에는 계단보다 엘리베이터를 이용한다. 그것은 계단을 내려가는 것보다 올라가는 것이 훨씬 힘이 들기 때문이기도 하지만 종일 일한 후에 집 앞에 다다를 때에는 하루의 피로감이 한꺼번에 밀려들기 때문에 내일을 위해 체력을 비축해 두기 위해, 또는 편의를 위해 엘리베이터를 타는 것이다.

난 엘리베이터에 갇혀 본 적은 없다. 하지만 가끔 상상은 한다. 그리고 걱정도 한다. 불필요한 기우일 뿐일지도 모르지만 그것은 상상 이상으로 두렵다. 그 이유는 우리 아파트에는 엘리베이터 안에 카메라가 없으며 갇혔을 경우 비상 버튼을 눌러도 구조를 요청할 곳도 구조 약속 따위의 안심시키는 목소리도 들을 수 없기 때문이다. 아무 말도 할 수도 없고 들을 수도 없는 내가 엘리베이터에 갇힌다면 얼마 정도의 시간이 흘러야 극적으로 구조될 수 있을지에 대해 생각하며 거대한 걱정과 두려움을 지우려 애쓴다. 하지만 어떤 방도를 생각해 둔다 해도 갇히는 것은 두렵다. 난 이미 세상 사람들로부터 멀리 떨어진 곳에서 언제나 갇혀 사는 사람인 것만 같아서 춥고 외로운 세상 속에서 갇히고 또 갇힌다면 너무나 힘겨울 것이다.

날카로운 열쇠로 대문을 잠그고 손잡이를 돌려 잡아당긴다. 문이 제대로 잠겼는지 도둑이 침투해도 쉽게 열 수 없도록 재차 삼차 확인한 후에 계단을 내려간다.

9층에 있는 대문이 보인다. 저 안에 그녀가 있을까? 궁금하지만 출근 시간의 압박에 이끌려 머뭇거림을 멈추고 8층을 향해 걸어가는 그 순간, 어젯밤 들었던 사랑의 세레나데가 나의 마음속에 커다랗게 울려 퍼지는 소리가 들린다.

그녀를 보았다. 9층 901호에서. 그녀만의 세상에서, 그녀만의 아름답고 고귀하고 신비로운 세상의 문이 열리고 그녀가 나타났다. 난 순간적으로 "안녕하세요."라고 말했다. 물론 입 모양으로만 말한 거였지만 그녀가 분명 내 인사를 받아주었다. 그녀도 나처럼 "안녕하세요."라고 말해 주었다. 그녀의 목소리가 어떤 색깔이었는지 정확하게 들리지 않았지만 목젖이 울리고 경쾌하게 내뱉는 그 표정에서 그녀는 자신이 목소리와 청력을 가진 정상인이라고 증명하는 듯 보였다. 우리들의 짧은 인사만이 9층에 존재하는 것만 같았다.

그녀는 문 앞에 있는 신문 때문에 잠깐 문을 열었나 보다. 아주 잠깐, 찰나의 순간, 그 순간 나와 인사를 나누고 신문을 집어 들고 다시 문을 닫고 들어갔다. 이 모든 경이로운 사건이 불과 몇 초 동안 일어났다는 사실은 나에게 어젯밤 꿈속에서 기다렸던 태양과 같은 존재다. 8층을 내려가도 7층을 내려가도 2층을 내려가도 1층을 내려가도 난 여전히 9층에 머물러 있다. 나의 마음은, 나의 심장은 9층에 머물러 있다.

오늘도 공장의 공기는 맑다. 과자들은 유난히 달콤하고 동료들은 봐줄 만하다. 하늘을 찌르듯 고조된 나의 기분만으로도 모든 일상이 이렇게 한 톤 밝게 변할 수 있다는 사실이 놀랍다. 그녀가 내 집 바로 밑에 존재한다는 사실은 내 인생에서 가장 기분 좋은 정보다. 그녀 집에 놀러 가고 싶다. 그녀를 내 집에 초대하고 싶다. 얼른 근무가 끝나고 집으로 가고 싶다. 그녀가 머무는 건물, 내가 머무는 그 건물로 한걸음에 달려가고 싶다.

요번 주는 조원들이 게으름뱅이인 것 같다. 오늘따라 작업 분량이 가득 쌓여있다. 저 많은 양을 오늘 안에 다 포장해야 한다니 숨이 턱 막혀온다. 분위기를 보니 밤늦게까지 연장근무를 해야 할 것 같다. 서두르지 않으면 하늘에 닿을 듯 쌓여 있는 과자에 파묻혀 죽을지도 모른다. 푸념이나 늘어놓을 여유가 없다. 여기 이 공장에서 난 일하는 기계일 뿐이다. 그것만은 오래전부터 변함없는 진리다.

느려터진 인간들 속에서 산더미 같은 양의 일을 다 끝내고 시계를 보니 벌써 11시 41분을 지나고 있다. 오늘은 조원들이 모두 투명인간으로 변했는지 도통 제대로 된 일을 하지 않은 것만 같다. 모든 양의 작업을 나 혼자 다 해낸 것만 같다. 저 얄미운 인간들도 속으로 자신들만 열심히 일했다고 생각하겠지. 속으로 생각할 것이 아니라 겉으로 말했을지도 모른다. 나를 비난했을지도 모른다. 내가 그들의 입 모양을 보지 못하게 하고 큰 소리로 나의 모든 것을 비난하고 저주했을지라도 난 들을 수 없다.

퇴근 후 집에 도착하니 벌써 열두 시가 훌쩍 넘었다. 씻는 것도 귀찮고 허기를 채우는 것도 귀찮고 꿈나라로의 여행 시간이 단축된 것도 눈물겹게 슬펐다. 음악을 켜고 심장으로 들으며 꿈나라로 가는 티켓을 끊으려고 할 즈음 그녀가 자꾸만 떠오른다. 짜증 나는 작업 분량 속에서 힘들어했던 그 시간에는 어디로 갔다가 이제야 나타니는 긴지 모르겠다. 그녀는 나의 모든 순간 속으로 파고드는 것 같으면서도 유난히 밤에 더욱 선명하게 떠오른다. 피곤한 몸과 마음이 얼른 깊은 수면에 빠지고 그녀와 행복한 여행을 하는 꿈을 꾸었으면 좋겠다.

1초밖에 지나지 않은 것 같은데 벌써 아침이다. 난 다시 출근해야 하고 꿈을 꾸지 않았다. 그녀의 꿈을 꾸고 싶어 했던 지난밤의 나는 아무런 꿈도 꾸지 않은 채 이렇게 빨리 지겨운 아침 속에 놓여있다. 건조한 공기와 함께 몸을 찢어 놓을 것만 같은 기분 나쁜 바람이 부는 것 같은 아침이다. 오늘따라 왜 이렇게 출근길 발걸음이 무거운지 의문스럽다. 공장이 학교였다면 하루쯤 결석해도 짜릿한 휴식만이 남을 뿐 나의 경제적 상황에는 아무런 변화도 없이 유유히 흘러갈 수 있었을 텐데….

철없는 욕심을 억누르고 공장으로 향했다. 기분이 참 묘한 아침이다. 일어났을 때부터 기묘한 느낌이 감싸는 것 같더니 나를 둘러싼 공기는 건조하고 맡고 싶지 않은 냄새가 나는 것 같은 서늘함만이 공존하는 것 같다.

이상한 느낌은 현실로 다가왔다. 난 오늘 공장에 들어가지 못했다. 공장은 무언가에 반항하는 청소년처럼 이글이글 분노를 내뿜고 있었다. 지난 몇 년 동안 내가 드나들었던 과자 공장은 내가 원한다면 언제까지나 그 모습 그대로 내 일상 속에 얌전히 존재해 줄 거라 생각했다. 혹시 내가 공장을 떠나게 되더라도 떠나려는 나를 붙잡듯이 고요하고 든든하게 건강한 모습으로 서 있어줄 거라 믿어 의심치 않았다. 하지만 그런 소박한 바람을 가뿐히 배신하고 공장은 활활 타오르고 있었다. 퇴근할 때만 해도 멀쩡하게 서 있던 공장이 불과 몇 시간이 흐른 뒤에 이렇게 뜨거운 분노를 내뿜고 있는 모습은 너무 낯설고 두려웠으며 신기했다.

이 기분이 어떤 기분인지 파악도 하기 전에 사람들은 내게 화살 같은 말들을 찔러댔다. 가장 늦게 퇴근한 우리 조원들의 부주의함으로 인해 발생했을지도 모르는 실수를 찾아내려는 눈빛들은 무척이나 무서웠다. 그 눈빛을 가만히 해석해보면 어떤 실수를 찾아내는 것이 아니라 만들어낼 눈빛이었다.

나와 조원들은 잘못이 없음에도 불구하고 잘못을 만들어서 제출해야 하는 것처럼 불안에 떨어야 했다. 지금 상황이야말로 진정한 최악의 상황이라고 말할 수 있지 않을까? 푸념이 아니었다. 진지하게 급박했고 두려웠다. 공장이 사라진 것도, 화재 원인 제공을 의심받는 것도, 저 사람들의 눈빛들도, 들리지 않는 매서운 말투도, 내 두 눈이 보는 모든 것들은 두려움 그 자체였다.

다행히 오해는 풀리고 우발적인 사고였다는 판결이 나면서 나와 조원들은 안정을 되찾아 갔지만 그 안정이라는 것이 불안을 완전히 덜어냈다고는 말할 수 없었다. 아이러니한 것은 지금 느끼는 서운함이라는 감정이었다. 난 분명히 일할 때에 사무적인 의사소통 외에는 그 어떤 말과 감정도 동료들과 나누지 않았다. 하지만 그 사람들의 의심 가득한 그 눈빛에서 두려움 외에 왜 서운함이란 것이 들어있는 건지 도통 알 수가 없다. 어떻게 된 것인지 알 수가 없다. 불타버린 공장처럼 내 머릿속 어딘가도 타버린 것처럼 뭐라 설명할 수 없는 부분에 대해 당황스러울 뿐이었다.

건물 복원을 위해 일을 할 수 없었다. 당분간 임시 공장을 만들어야 하는 것 아닌가 하는 생각도 해보았지만 공장 사람들은 그럴 생각이 없어 보였다. 공장 안에 있는 것들이 모두 타 버렸다고 해도 계속해서 공장 사람들이 해야 할 일은 다른 곳에서 들어오고 그것만이라도 해결해야 하는 공장 상황을 눈치채고 있음에도 불구하고 난 그 어떤 말도 할 수 없었다. 높은 직위의 사람들만이 계속 공장 운영에 대해 고민할 때도 난 집에서 다시 일할 수 있기만을 기다리는 것밖에 할 수 있는 일이 없다. 공장이 예전 모습을 되찾기까지 얼마나 많은 시간이 걸리는지, 나의 월급은 어디로 증발하는 것인지, 다른 곳으로 재취업을 해야 하는지, 일단 집에서 쉬며 다시 공장으로의 복귀를 기다려야 하는지, 그것이 언제까지인지 궁금한 것은 수백 가지지만 난 집으로 가고 있다.

아무런 계획도 없이 구체적인 생각 없이 당분간 늘어나지 않을 통장을 야금야금 줄여가며 불안하게 살아야 하는 걸까? 갑자기 공장에 불이 나게 된 사건은 내 인생에서 어떤 영향을 주기 위해 계획된 일일까? 끝도 없는 생각과 걱정들의 무게에 짓눌려 무거워진 몸을 이끌고 내 집으로, 차가운 나만의 공간으로 또다시 이렇게 허무하게 들어가고 있다. 불타버린 공장이 내게 하고 싶은 말은 무엇이었을까? 불이 타는 소리는 어떤 소리일까? 내 몸은 집 안에 있는데 왜 온통 공장 생각으로 가득 차 있는 걸까? 이럴 때 그녀 생각이라도 불쑥 내 머릿속에 비집고 들어와 준다면 공장에 대한 걱정을 일순간이나마 덜어낼 수 있을 텐데….

그녀는 지금 어디서 무엇을 하고 있을까? 곰곰이 생각해 보니 그녀에 대해 아무것도 아는 것이 없다. 그 흔한 이름, 나이, 직업도 모른다. 그녀의 목소리도 모른다. 내가 그녀에 대해 아는 것이라고는 그녀 친구의 얼굴, 그녀가 갔던 카페, 그녀가 인사하는 표정, 이사한 날짜, 그녀의 집 주소, 그녀가 주었던 떡, 과자, 편지…. 그녀에 대해 더 자세히 알고 싶다. 그러기 위해서 무엇을 할 수 있는가?

그녀에 대해 생각하면 불에 탄 공장도 희미해지고 배도 고프지 않다. 그녀가 지금 집에 있다면 무엇을 하고 있을까? 어떤 옷을 입고 누구와 통화를 하고 텔레비전은 어떤 프로그램을 즐겨보는지, 어떤 배우를 좋아하는지, 어떤 음악을 좋아하는지, 애인은 있는지 없는지, 가족은 많은지, 가족이 곁에 있어 주는지, 친구는 몇 명이나 있는지, 친구들은 그녀에게 어떤 위로를 주는 존재인지, 궁금한 것은 지구 끝까지 나열할 수 있을 정도로 많지만 아무것도 물을 수 없다. 왜 물을 수 없는 걸까?

며칠이 지나야만 다시 일해야겠다는 상력한 의무감 같은 것이 또렷하게 떠오를까? 주말이 아닌데도 이렇게 집에 온종일 있다는 것이 지금은 좋은 것 같기도 하다는 생각이 든다. 세상을 살아가면서 돈이 필요 없다면 얼마나 좋을까? 이렇게 아무것도 하지 않고 가만히 집에만 있어도 되지 않을까? 아니다. 최소한 음식이라도 스스로 구해야 하겠지. 어찌 되었든 며칠은 이렇게 쉬는 것도 참 좋을 것 같다. 당장 통장이 바닥나지 않기 때문에 이렇게 생각할 수 있는 거겠지.

온종일 집 안에서 아주 느릿느릿 흘러가는 시간을 보내다가 음악을 듣지도 않았는데 그대로 잠이 들어 버렸다. 차가운 바닥에 누워 스르르 오는 잠을 기꺼이 받아들이고 온몸을 축 늘어뜨린 기분을 만끽하며 여유로움이라는 것을 찾아 눈을 감고 있다.

꿈을 꾸었다. 그녀의 꿈. 그녀의 목소리가 들린다. 그녀의 목소리는 맑게 울려 퍼진다. 오직 나만을 위해 끄집어내는 그녀의 목소리는 내가 태어나기 전의 세상에서부터 곱게 보호받아온 깨끗하고 고전적이면서도 아늑한 서정적인 목소리다. 꿈속에서 난 말을 할 수도 들을 수도 있다. 그녀의 목소리를 깊이 내 귓속에 저장하고 싶고 가슴에서 재청취하고 싶다. 그녀와 나는 지금까지 살아온 이야기를 나눈다. 글로 쓰지 않아도 전달되는 목소리라는 것이 너무나 소중하고 간절하게 느껴지는 순간이다. 그녀는 좋아하는 음식, 색깔, 향기, 소리 등을 내게 보여주고 들려주며 내가 절대 잊지 않도록 내 안에 깊이 새겨준다. 나 또한 그녀에게 내가 느껴왔던 거대한 외로움과 경계, 쓸쓸함과 추운 거실 바닥의 느낌과 향기, 그리고 내가 듣고 싶은 소리들에 대해 이야기한다. 마음속 가장 깊은 곳에 묻어 두었던 나만의 비밀들에 대해 일목요연하게 설명해 준다. 그녀만은 내 안에 모든 것을 이해해주고 어루만져 줄 것이라는 확신, 그 느낌을 선명하게 간직하기 위해 발버둥 친다.

그녀와 맛있는 요리를 만들어 먹고 포옹을 하고 서로를 위해 모든 것을 내던진다. 우리는 서로에게 함께할 수 있는 모든 것을 실행에 옮기겠다고 약속하며 격한 표현으로 서로를 재차 감싸 안는다. 그녀와 흥미로운 영화를 보러 간다. 아주 크게 들리는 효과음에 깜짝깜짝 놀라며 우리는 귀를 틀어막고 마주 보며 세상에서 가장 시끄럽게 웃어댄다. 그 시끄러운 소리가 조금 더 커졌다가 서서히 줄어들면서 귀를 막고 있는 손을 내려놓고 꺼져가는 소리를 듣기 위해 눈을 찌푸리며 귀를 기울인다. 하지만 작아지는 소리는 더 이상 들리지 않고 더 작고 작은 편린이 되어 고요함 속에 사라져 가고 행복한 꿈이 달아나면서 난 차가운 거실 바닥에 누워있는 현실로 돌아온다.

차가운 현실로 돌아온 것이 안타깝다. 이 꿈의 기억과 모든 기운이 달아나버려서 아무것도 할 수 없는 지나치게 제정신인 상태로 돌아오기 싫다. 나의 정신이 꿈에 살짝 젖어있을 때, 비몽사몽이란 이름 속에 어지러워 흔들릴 이때, 난 그녀의 집을 두드리기로 결심했다.

집안에 늘 넉넉하게 구비해 두는 화첩과 연필을 들고 현관문을 향해 걸어간다. 약간의 망설임과 부끄러움, 창피함 같은 단어들은 전혀 모르는 사람인 것처럼 내게 독한 최면을 건 채로 문을 열고 나와 그녀의 집으로 가는 계단을 내려간다. 계단은 오늘따라 가파르고 매끈매끈하다. 그녀에게 가는 길이 결코 쉽지 않지만 매혹적인 길임이 틀림없다고 계단은 내게 귀띔해주는 것 같다.

그녀의 집 앞. 초인종이 보인다. 이 버튼을 누르면 심장이 쿵쿵하고 흔들리며 굉음을 낼 것만 같다. 잠깐 3초, 4초 정도의 고민 끝에 그 버튼을 강하고 빠르게, 그리고 정확하게 눌렀다. 들리지는 않지만 분명 "누구세요?"라고 말하지 않았을까? 그녀에 대해서만큼은 듣지 않아도 다 느낄 수 있는 초능력을 지니고 있는 사람이고 싶다.

문이 열린다. 그녀가 문을 열기 전에 무어라 말을 했는지는 모르지만 난 알고 있다고 믿고 싶다. 그녀 앞에서 지나치게 특별한 존재이고 싶다. 어떤 방식으로든 특별한 존재이고 싶다. 동그랗게 뜬 그녀의 눈에서 '이 사람이 이 시간에 왜 내게 찾아왔을까?'라는 생각을 읽을 수 있었다. 그 문이, 그녀의 마음이 닫혀버리기 전에, 난 화첩 첫 장에 재빨리 글씨를 써서 그녀에게 보여주었다. 화첩에 적은 내용은 이러했다.

"저는 들을 수도 없고 말할 수도 없습니다. 하지만 당신과 친구가 되고 싶습니다. 당신에게 그 어떤 이야기도 들려줄 수 없고 당신의 모든 것을 들을 수 없지만 나의 좋은 시력을 앞세워 당신의 모든 이야기를 내 눈에 담아내어 마음으로 보고 느끼고 들을 수 있습니다. 당신과 나 사이에는 말하고 듣는 것 이외에 세상에 존재하는 모든 요소가 진실 되게 존재하리라 믿습니다. 당신을 처음 보았던 카페에서부터 난 당신의 곁에 있고 싶었습니다."

급하게 써낼 때에는 몰랐는데 시간이 흐르고 보면 꽤나 유치하고 문맥상 어색한 부분도 많을 거라 예상한다. 하지만 그녀에게 당당하게 보여주었다. 그녀의 반응이 냉담하리라 예상하고 그보다 더 가혹한 반응을 받을 것을 또 실감 나게 상상하려 애썼다. 그것은 아마 그녀에 대한 실망감을 줄이고 좋은 반응을 얻었을 때에 기대감을 더 큰 감동으로 받아들이기 위한 방어였을지도 모른다.

글을 읽은 그녀가 잠깐 고민하는 눈빛과 난감한 표정, 그리고 무언가 결심한 입 모양으로 조심스럽게, 그리고 천천히 내게 말을 내뱉을 준비를 했다. 뜻밖에도 그녀의 행동은 잠깐 그녀의 집 안으로 들어오라는 손짓이었다. 그 손짓은 앞으로 아주 오랫동안 내가 떠올릴 설레는 추억이 될 거라는 확신이 들었다.

그녀의 집은 마치 해피엔딩의 동화 속에 안전하게 쏙 들어온 착각을 불러일으켰다. 전체적인 인테리어나 가구, 색감 등을 보고 그렇게 느낀 것은 아니었다. 그녀의 집 안에 머무는 공기와 향기, 은은한 분위기, 그녀만의 손길이 닿은 벽면과 바닥은 너무나 따듯했다. 매일 밤 나의 축 늘어진 몸을 받쳐 꿈속으로 안내해주던 차디찬 바닥 밑으로 이렇게 따듯한 세상이 존재한다는 것은 믿을 수 없는 환상이었다.

그녀가 끓여준 김이 나는 달콤한 차, 그녀가 건네는 일상적인 말들, 날씨에 대한 이야기, 아파트 건물에 대한 이야기, 경비아저씨에 대한 이야기, 재활용 수거일, 엘리베이터 속도, 햇빛이 잘 드는 방, 화장실 방음 등에 대해 이야기하는 그녀의 목소리를 듣기 위해 가슴을 활짝 펴고 그녀의 입 모양에서 나오는 그 들리지 않는 소리들을 담아내려 애썼다.

그녀는 라디오를 좋아한다고 했다. 보통 사람들 같으면 내게 라디오를 좋아한다는 말은 절대 하지 않았을 것이다. 사실 아무렇지 않게 받아들일 수 있는 말임에도 상대방은 내가 들을 수 없다고 라디오를 싫어한다고 생각해버린다. 그래서 라디오에 대해 이야기하지 않으려 이리저리 말을 피해 다니고 골라 대는 것이 보인다. 그것이 싫다. 오히려 나라는 존재를 자신들과 분류하는 것을 보여주는 순간이기 때문이다. 하지만 그녀는 달랐다. 어젯밤 꿈속에서 느꼈던 그녀의 성격은 지금 내 앞에 있는 그녀의 성격과 같다. 기분 좋게 일치한다. 그녀는 라디오를 같이 듣겠느냐고 물어봐 주었으며 대답을 적는 나의 손길과 화첩, 연필심 끝을 아름다운 눈망울로 최대한 빠르고 정확하게 눈빛을 뿌려 주었다. 꿈같은 그녀와의 시간은 야속하게 빠르게 흘러가 버렸지만 내 마음속에 그 시간들은 생생하게 녹화되어 있다.

난 다시 차가운 내 집으로 돌아와 딱딱하고 서늘한 바닥에 누워있지만 여전히 그녀가 내 앞에 있는 것만 같았다. 일과 관련되지도 않았는데 다른 사람과 이렇게 마주앉아 사적인 시간을 보낸다는 것은 아마 처음인 것 같다. 게다가 그 상대가 나와 같은 성인 남자도 아니고 여자, 그것도 예쁜 여자, 그것도 그녀라는 사실은 너무 행복해서 이대로 죽어버리고 싶을 정도다. 내가 이렇게 행복해도 되는 건지 불안하면서도 나도 이렇게 행복함을 느낄 수 있는 인간이었다는 사실이 신기해서 견딜 수 없다. '이런 것이 설렘이고 행복한 감정이라는 것이구나!'라고 생각하면서 정말 죽고 싶다는 생각을 또 한 번 한다.

난 정말 죽고 싶은 걸까? 만약 이대로 죽는다면 정말 영원히 행복할 수 있을까? 행복한 기억을 모두 삼켜버리고 모든 사람에게 자신의 소중함을 알리며 새롭게 태어나려고 시도한 공장 건물처럼 나도 아름답고 서글프게 타오르는 만질 수 없는 불길 속으로 풍덩 뛰어들고 싶다. 최고의 행복함을 느꼈던 순간을 간직한 채로 최악의 불행을 맛봐야 한다면 그것은 결코 행복의 끝이 아니라는 슬픔이 거대하게 다가오면서 눈물이 난다.

죽고 싶을 만큼의 행복감을 생생하게 붙잡고 싶지만 자꾸만 흐려질 것 같은 느낌이 든다. 불안하다. 그리고 우울하다. 일하지 않아서 몸이 편안한 것도 스멀스멀 사라져 버렸다. 차가운 집 안에서, 쓸쓸한 나만의 작은 세계에서 나갈 기회를 찾지 못하고 있다. 이대로 집이 점점 좁아져서, 내 몸을 부숴버릴 정도로 좁아져서 더 어두운 곳으로, 더 추운 곳으로, 지옥으로 사라져 버리는 것은 아닐까 두려워진다. 느닷없이 백수가 되어 하루하루를 쓸모없는 인간이 되어 버려지고 있다. 기다리는 연락은 오지 않는다. 공장에서 건물이 거의 복구되었으니 다시 나와 달라는 연락을 기다리고 있다. 애타게, 간절하게, 격하게 미치도록 기다리고 있다. 하지만 그 연락은 도통 나타나지 않고 있다.

그녀의 집에서 따뜻함을 느꼈던 그 날 이후, 아주 오랫동안 그녀를 볼 수 없었다. 그녀의 집에 또 불쑥 찾아가는 무례함은 두 번은 할 수 없는 노릇이었다. 그녀가 먼저 내 집에 찾아와 주기를 바라지만 그런 일은 기적에 가깝다고 생각한다. 그녀가 보고 싶어 미칠 것 같지만 그녀의 집에 있었던 그 날의 기억이 나의 남은 미래를 모두 밝게 비춰 줄 거라 기대하고 의지하고 싶다.

공장에서 연락이 올 때가 되었다는 느낌이 그녀의 생각보다 더 자주 나를 괴롭혔다. 다른 곳에 취업해야 하는 걸까? 본격적으로 다른 직장을 알아보면서 과자 공장에 대한 원망을 키워나갈 때즈음, 기다리고 기다리던 연락이 왔다. 아주 오랜만의 출근에 어느새 난 들떠있었다. 공장이 활활 타오르는 것을 본 순간부터 공장에 대한 애착이 생겨난 것일까? 구질구질한 감정 따위는 지우고 냉정한 모습을 되찾아야 하겠다고 결심을 하며 출근을 서둘렀다.

백 년 만에 온 것 같은 느낌이 드는 공장은 고요했다. 불이 났던 것이 내 꿈은 아니었을까 하는 착각이 들 정도로 예전과 너무나 똑같았다. 변함없는 공장의 겉모습이 익숙하기보다는 낯설고 무언가 묘한 느낌이 드는 것은 왜일까? 공장 안은 무언가 달라져 있었지만 어색하지 않았다. 난 여전히 성실하게 일하는 직원이며 이 공장에 꼭 필요한 사람이라 자부심을 느끼며 일을 하고 있다.

그녀를 다시 만난다면 내가 얼마나 열심히 일하는 사람인지를 알 게 해주고 싶다. 그럴 수 있도록 더욱 열심히 일하고 있다. 그녀를 위해서라는 생각으로 일하면 에너지가 넘쳤다. 모든 것이 제자리로 돌아왔다고 생각한다. 과자 공장도, 이 공장에서 일하는 나도, 친하지는 않지만 특별히 내게 피해를 주지 않는 저 동료들도, 과자 맛도, 출근하는 시간에 느낄 수 있는 것들도, 퇴근할 때 느끼는 것들도, 점심시간도, 점심시간 이후의 쉬는 시간도, 조금씩 뜯어먹는 과자들도, 한두 개씩 가방에 넣어가는 과자들도, 모든 것이 자연스럽고 익숙해서 불이 난 사건은 까맣게 잊어버릴 수 있을 것만 같다.

점심시간 이후 예전과 별다를 바 없는 시간이 흘러 오후 근무를 하고 있는데 벼락을 맞아야 했다. 그다지 맘에 들지는 않았어도 꽤나 익숙하다고 느꼈던 동료들이 악마로 변해 나를 죽이려 들고 있다. 무언가 단단히 오해한 모양이다. 그 오해가 너무나 단단해서 절대 깨뜨릴 수 없나 보다. 불이 났을 때 받아야 했던 그 날카로운 눈빛보다 훨씬 강렬한 두려움이 밀려온다. 날 구해줄 사람은 아무도 없다. 아무도. 나를….

누군가 지갑을 잃어버린 것이다. 지갑을 가져간 사람이 나라고 모두들 확신하고 있다. 왜 그런 것일까? 난 지금껏 열심히 일하고 그 대가를 받아왔으며 남의 것, 일확천금 따위에 미쳐본 적은 없다. 난 지갑을 훔치지 않았다. 하지만 모든 사람은 극한 흥분 상태이며 점심 식사를 마친 후 모두 담배를 피우러 나갈 때 나만 일찍 들어와 머물렀다는 것이 말도 안 되는 증거가 되어 버렸다. 담배를 피우지 않고, 식사를 같이 하더라도 그들과 어울린다는 느낌은 전혀 없으며 언제나처럼 혼자 공장에 들어오고 혼자 과자를 먹고 약간의 과자를 챙겨갈 뿐 난 도둑이 아니다. 막무가내로 욕지거리를 쏟아내는 그들의 입 모양을 피해 침착하게 생각해 낼 여유가 필요했다. 무슨 말이든 그들에게 전해야만 했다. 그저 과자를 먹고 오후 근무 준비를 했을 뿐 그 누구의 가방도 만진 적은 없었다고 말하고 싶었다.

변명하기 위해 재빨리 가방에서 화첩을 꺼내 글을 적어야 했다. 그들의 괴물 같은 본성이 내 몸을 덮치기 전에 글을 보여주어야 했다. 말로써 빨리 이 상황을 진압하고 싶었지만 그들은 내 입 모양을 읽으려 하지 않았다. 난 재빨리 설명해야 했지만 운명은 나를 도와주지 않았다. 모든 것이 나를 도둑으로 만들기에 적합한 환경을 만들어 낼 뿐이었다.

화첩을 꺼내기 위해 급하게 가방을 열었을 때 오늘 공장에 도착한 새 과자들이 쏟아졌고, 분위기 탓에 과자를 챙긴 것은 귀엽게 봐줄 수 없는 도둑질로 정해지고 말았다. 그의 지갑은 어디에도 없었지만 그들은 내가 숨긴 거라 믿었다. 내 가방에서 쏟아져 나오는 과자는 짓밟혔고, 난 화첩에 하고 싶은 이야기를 쓰려 했지만 그들은 단 1초도 내게 허락하지 않았다.

악마, 괴물로 변한 동료들은 그동안 나를 때릴 건수를 찾아 헤매던 사람처럼 나를 때리기 시작했다. 맞는 것 이외에는 아무것도 할 수 없다. 그저 그들이 때려대는 내 몸 안에 숨어있는 그녀에 대한 행복한 기억이 다치지 않도록 지켜내고 싶을 뿐이었다.

일방적으로 당한 쪽은 오직 나뿐인데도 공장 측은 소란을 일으킨 원인이라며 나를 내쫓고 말았다. 그동안의 성실한 근무가 무시당하는 것은 물론이거니와 모두가 계획적으로 나를 몰아내려는 계략을 만든 듯이 일사천리로 나는 버려졌다. 화재 이후에 더욱 이익을 남기던 공장에 소속된 것에 으쓱하던 내 모습도 비참히 뭉개져 상처로 남았다.

도둑 누명을 쓴 것만이 억울한 것은 아니다. 언젠가 그 지갑이 나타난다면 얼마나 내게 미안해할지를 상상하면 애써 억울함을 잊을 수 있을 것 같다. 하지만 잊을 수 없도록 서글픈 사실은 공장이 바빠지면서 더 나은 조건의 사람을 고용하기 위해 나를 버렸다는 그 생각을, 비참한 이 의심을 지울 수 없다는 것이다.

화재 후 다시 공장으로 돌아오기 전에 연락을 기다리던 그 시간들도 눈물이 되어 가슴에 흘러내린다. 그는 지갑을 잃고 난 직업을 잃었다. 사람을 의심하고 폭력을 퍼부은 사람들은 왜 조용히 모든 것이 해결되었다고 생각하는지 알 수가 없다. 다만 나만 이렇게 겉과 속이 상처로 멍든 채로 아무렇게나 버려져 있다는 사실이 슬프다.

그녀의 미소가 떠오른다. 그녀만이 나를 구원해주리라. 그녀만이 아픈 내 마음을 알아주리라. 그녀만이 나를 위로해 주리라. 그녀가 나를 가엽게 여기고 사랑해 준다면 모든 불행에서부터 보호받는 느낌을 가질 수 있을 것이다.

오래갈 줄 알았던 그녀 집에서의 행복한 기억, 그 기억도 무거운 불행 앞에서 힘없이 무너져 가고 있다. 그녀가 끓여준 따뜻한 차의 맛과 향기만이 그립고 간절할 뿐 또다시 당면한 시급한 과제. 재취업에 대한 압박과 두려움, 과자 공장에 대한 원망과 그리움, 지갑의 행방에 대한 안타까움.

아팠다. 너무 아팠고 지금도 아프다. 내 마음은 형언할 수 없는 고통 속에 쓰러져 있고 몸에 박힌 상처들이 쉽게 나아주리라 기대했지만 좀처럼 상처들은 낫지 않았다. 취업하기 전까지는 비축해 둔 돈을 아껴야만 하는데 아픈 몸을 이끌고 자연 치유를 기다리는 것은 너무나 비참했다. 병원에 가야 했다. 버스와 지하철만 타던 내가 택시를 타는 것을 보니 몸이 꽤나 심각하게 아픈 모양이다. 마음이 너무 아파서 몸 아픈 것을 미처 자각하지 못했었나 보다. 진단은 처참했다. 그들에게 맞아 장기가 손상을 입었나 보다. 입원을 해야 했다. 죽을병은 아니며 완치될 수 있는 것이 분명한데도 왜 이렇게 폭풍 같은 눈물이 쏟아져 내리는 걸까? 사내새끼가 이깟 일로 질질 짜는 것은 볼품없는 일이라고 채찍질해봐도 눈물은 흘러내린다. 이러다가 몸의 수분이 모두 눈물이 되어 30% 이상 빠져나가서 목숨을 잃게 될지도 모른다. 약해 빠진 겁먹은 모습은 외면하자. 하루빨리 치료하고 재취업을 해야 한다. 새로운 일을 하며 과자 공장도, 악마도, 지갑도, 과자의 맛도, 빨리 잊어버려야 한다. 무뎌져야 한다. 하지만 너무나 선명하다. 이 선명함이 언제까지 지속될지 걱정된다.

병원 침대가 내게 따뜻한 느낌을 전달해 줄 거라 기대했던 것은 역시나 지나친 욕심이었다. 내게 따뜻함이란 그리 쉽게 찾아오는 선물이 아니다. 병원 침대에 누워 절대 오지 않을 문병객들을 상상하며 문병 오는 사람들이 가져올 선물과 화분을 놓을 자리를 마음속으로 배치해 두고 내 침대 주변을 깨끗하게 비워둔다. 주변을 비우면 비울수록 내 마음의 공허함 또한 또렷해질 거라는 것을 너무 잘 알고 있지만 상상 속의 문병객을 위해 아픈 몸을 이끌고 병실을 청소한다.

의사 선생님이 말씀하신 퇴원 날짜에서 일주일 정도 앞당겨 퇴원했다. 퇴원이라고 말해도 될까? 병원비는 지불하였지만 퇴원을 하겠다는 말이나 감사하다는 말 비슷한 말도 병원 안에 흘리지 않고 병원을 나왔다.

병원 침대보다 훨씬 차가운 거실 바닥에 누워야 한다는 생각에 깊은 한숨이 흘러나왔지만 내 집에 들어가야만 했다. 냉장고에서 물 한 잔 꺼내는 일도, 음악을 듣는 일도, 재미있는 책을 읽는 일도 다 귀찮고 무겁게 느껴지는 지금, 차가운 바닥에 몸을 내던질 뿐이다. 거실 바닥에 누워 허공에 초점을 던져두고 아무런 생각도 하지 않으려 애쓰고 있는데 미미한 진동이 현관문에서 들린다. 문이 흔들리면서 누군가 밖에서 노크하고 있다는 것을 깨달았다. 불과 몇 초전에 누군가 초인종을 눌렀는지 대문 밖을 확인하는 화면에는 불이 번쩍 들어와 있었다. 뾰족한 신경줄을 등 뒤로 감추고 현관문을 열었을 때 천국이 보였다. 그녀였다.

과자를 손수 구워 만들었는데 이웃과 나누어 먹고 싶어서 찾아왔다고 하는 그녀의 입 모양은 아나운서처럼 정확한 발음을 구사하는 매력적인 모습이었다. 나도 그녀의 입 모양을 똑같이 흉내 내듯 또렷하고 큼직한 입 모양으로 "들 어 오 세 요"라고 말했다. 그녀가 나와 단둘이 먹기 위해 음식을 가져왔다는 사실은 천사를 만난 기분이었지만 눈앞에 과자를 보고 과자 공장을 떠올리는 건 어쩔 수 없는 아픔이었다.

그녀에게 대접할 만한 차 같은 건 없었다. 재빨리 화첩을 가져와서 "죄송하게도 저는 따뜻한 차가 없습니다."라고 써서 보여주었다. 그녀는 괜찮다며 물을 달라고 했다. 따끈따끈한 그녀의 과자와 얼어버릴 듯 차가운 나의 물은 나란히 놓여있게 되었다. 과자는 그리 맛있지는 않았다. 다양한 과자를 먹어본 내 입맛은 그녀의 과자에서 달콤함을 찾아내지 못했지만 그녀의 마음만은 지나치게 달콤했다.

지난번 꿈을 생각하며 그녀에게만큼은 솔직하게 나에 대해 털어놓아도 될 것 같다는 판단을 마음대로 해버리고 그녀에게 보여줄 글을 썼다. "오랫동안 과자 공장에서 일했는데 얼마 전 불미스러운 일로 그만두게 되었어요. 과자 공장보다 더 좋은 곳에서 일하기 위해 기다리는 요즘은 너무나 행복합니다."라고 적었다. 물론 행복하다는 말은 나를 긍정적인 사람으로 포장하기 위한 가식이었지만 그녀에게 잘 보이고 싶은 마음에 그 정도 가식은 적절하다고 자기 합리화를 했다. '장애도 있는데 직업도 없는 사람이라고 실망하면 어쩌지?'라는 생각에 과자가 코로 들어가는지 입으로 들어가는지 모르는 긴장감 속에서 그녀를 느끼고 있었다.

그녀의 대답은 의외였다. 상당히 의외였다. 그녀는 예측할 수 없는 존재인 것 같다. 너무나 매력적이다. 그녀의 대답 속에서 다양한 정보를 얻을 수 있었다.

그녀는 온라인에서 물건을 판매하는 일을 하고 있다고 했다. 최근에 규모를 조금 더 확장하면서 공장을 넓혀서 사무실과 공장을 합쳐 하나의 건물로 만들었다고 한다. 그래서 공장에서 상품 포장을 해주실 분이 필요한데 어차피 새로운 직장을 구하는 중이라면 자기 일을 도와줄 수 있느냐고 물었다. 이럴 때 내게 목소리가 있었다면 세상에서 가장 큰 환호성을 질렀을 텐데…. 난 그 자리에서 승낙했다. 급여가 턱없이 적어도 좋았다. 그녀와 같은 건물에서 일하게 된다는 것만으로도 큰 급여를 받은 것 이상의 만족감을 느꼈다.

그녀와 이야기하는 동안 과자와 물은 우리들의 배 속으로 남김없이 숨어들었으며 지금 이 순간 그녀와의 공통점을 머릿속으로 정리하는 일만이 가장 급한 일이었다. 같은 건물의 아파트에 살고 있고 같은 건물에서 일할 것이며, 지금 배 속에 과자와 물이 들어있고 지금 같은 식탁 앞에 앉아있다. 내친김에 내일 같이 출근해도 괜찮겠냐는 질문에 그녀는 정중한 거절 의사를 표했다. 하지만 괜찮았다. 그것은 여자의 자존심이라 생각했기 때문이었다. 그녀는 내게 내일 이력서를 들고 찾아올 건물의 주소와 전화번호를 남긴 채 자신의 집으로 사라졌다.

그녀의 일에 관여하게 되었다니 꿈만 같다. 이것은 환상은 아니겠지. 현실이든 꿈이든 매우 좋다. 아팠던 몸이 개운하게 말끔히 나은 듯했다. 설레는 마음에 잠을 이루지 못하고 밤새 음악만 들었던 것 같다. 어느새 아침이 되고 그녀에게 가는 길만이 내 앞에 펼쳐져 있다. 과자 공장보다 더 좋은 곳, 그녀의 향기가 녹아든 그 건물로 가기 위해 짐을 챙겨 집을 나선다.

그녀의 사무실은 좋았다. 난 이미 그녀에게 선택되었지만 의례적인 면접을 치르고 사무실 밑에 있는 공장으로 내려갔다. 위층에 있는 그녀를 떠올리며 포장하는 일은 일을 한다기보다는 대단한 의식을 치르는 것 같았다. 보수는 공장보다 적었다. 하지만 괜찮았다. 근무 시간도 공장보다 적었고 근무 환경도 더 좋았다. 출근과 퇴근은 그녀와 함께할 수 없었지만 마냥 행복하기만 한 시간 속에 난 존재한다.

그녀는 나보다 늦게 출근했으며 나보다 늦게 퇴근했다. 출근하는 그녀와의 인사, 퇴근하겠다고 그녀에게 보고하는 인사, 하루에 2번씩 그녀를 볼 수 있다는 사실만으로 무척 만족스러웠기 때문에 그녀의 출근 모습, 퇴근 모습을 볼 수도, 함께할 수도 없는 것에는 욕심내지 않기 위해 노력했다.

어느 날 아침 난 늦잠을 잤다. 이런 적은 한 번도 없었는데 찌뿌둥하고 무거운 몸을 이끌고 황급히 출근했다. 참 이상했다. 이상한 니리의 앨리스처럼 길을 잃은 것 같다. 난시 한 시간 늦었을 뿐인데 자꾸만 같은 자리를 맴돌았다. 어제까지 몇 달 동안 일한 건물은 보이지 않았다. 순간 과자 공장처럼 불이 난 것은 아닐까 하는 예측을 해보다가도 몽롱한 정신은 건물을 찾아내지 못했다. 그 후 하루, 이틀, 열흘, 몇 달이 흐르도록 그 건물을 찾지 못했다. 그녀도 건물과 함께 사라져 버렸다. 그녀의 집에 찾아가 초인종을 눌러댔지만 아무런 대답은 없었다. 사라진 건물도 그녀도, 몇십 년 동안 서서히 낡아 버린 것처럼 변해버린 그녀의 집 대문도 모든 것이 이해되지 않았다.

춥고 슬프기만 한 세상에서 오직 단 한 사람 그녀만은 나를 세상 속으로 인도해 주었다고 믿었는데 그녀도 과자 공장처럼 혼자인 나를 또 혼자 남겨 두고 미지의 도시로 떠나 버렸나 보다.

뼈아픈 어린 시절, 고요함 속에 갇힌 나, 몸과 마음을 짓밟고 날 던져버린 과자 공장, 기대감만 잔뜩 주고 사라진 그녀, 차가운 집, 비어가는 통장…. 그녀의 행방을 찾는 일도 지겹다. 처음부터 내게 운명이란 것, 인생이란 더럽고 우울한 것인데 내가 희망을 찾기 위해 발버둥 친다는 것도 우습고 지친다.

난 더 이상 살 가치가 없다. 아무것도 기대할 수 없다. 아주 오래전부터 아무도 없다. 아무도 나를…. 이렇게 사는 건 비참하다. 눈물의 연속일 뿐. 자살하는 것이 최선의 방법일 터. 내가 죽는다고 슬퍼할 가족이나 친구도 없는데 내가 무엇을 위해 살아야 하는가?

차가운 나의 집, 즉 나만의 감옥에서 이 세상을 떠나기로 결심했다. 커튼이 매달려있는 단단한 봉에 줄을 매달고 의자에 올라가 봉에 묶어놓은 줄을 목에 단단히 묶는다. 하나 둘 셋 하면 내무게를 지탱하는 의자를 걷어차자. 그리하면 내 추운 삶을 버릴수 있으리라. 이 의자를 걷어차면 편안한 세상으로 가서 아름다운 소리를 마음껏 들으며 소음을 듣지 않기 위해 귀를 틀어막으리라.

하나 둘 셋!

얼마나 시간이 흘렀을까? 살며시 눈을 뜬다. 이곳이 천국인가 지옥인가 그것부터 분간해야 한다. 이런 젠장. 난 죽지 않았다. 몸은 거실 바닥에 내동댕이쳐 있고 커튼 봉의 줄은 힘없이 끊어져 있다. 내 몸은 엎드린 모양으로 차가운 거실 바닥에 붙어있다. 이토록 차갑고 외롭던 거실 바닥은 왜 지옥으로 떨어지려는 나를 받쳐주었단 말인가?

어? 근데 뭔가 잘못된 것 같다. 이것은 꿈인가, 현실인가? 분명 살아난 것이 맞는가? 바닥에 엎드린 모양으로 붙어있는 나의 몸과 함께 내 얼굴은 옆을 보고 있다. 내 오른쪽 귀는 내 가슴, 배, 무릎과 함께 바닥에 붙어있다. 그리고 믿을 수 없는 일이 일어났다.

귀가 살아난 것 같다. 청력이 생긴 것 같다. 그럴 리가 없다. 이 것은 꿈. 꿈에서 깨면 다시 고요 속에 갇히고 음악을 가슴으로 듣는 사람이겠지. 아니다. 분명 들린다. 무언가가 들린다. 거실 바닥에 붙어있는 오른쪽 귓속으로 어떤 소리가 담겨 온다. 이런 것이 듣는다는 느낌일까? 내가 지금 듣는 것이 환상이 아닌 현실의 소리일까?

맞는 것 같다. 맞다. 분명하다. 난 듣고 있다.

아랫집이 들린다. 분명히 들린다. 마음이 아닌, 시력이 아닌 내 귀가 듣고 있다. 오른쪽 귀가 분명히 아랫집 소리를 담고 있다. 그녀다. 사라진 그녀의 목소리가 들린다. 분명히 그녀다. 그녀는 집에 있었다. 난 소리를 들을 수 있다. 그녀의 소리를 들을 수 있다.

2

___

비밀

부드럽고 따스한 빛은 없었던 나의 인생. 자살을 시도하는 내게 세상은 일말의 위안을 주고 싶었던 걸까? 홀로 감당해야 했던 슬픔들, 인간은 자신이 이겨낼 수 있는 만큼의 고통만 받도록 정해져 있다는 말들이 모두 거짓처럼 느껴졌다. 난 언제나 내 마음을 짓이겼고 결국 자신을 버리기로 했다.

도저히 이겨낼 수 없었던 무거운 마음의 짐을 안고 있던 나. 숨이 턱 막힐 정도로, 흐르던 눈물조차 두려워 내 깊은 비밀 안으로 쏘옥 들어갈 정도로 지긋지긋한 그 슬픔들에 쓰러져 있는 지금, 문득 내게 다가온 소리. 차디찬 바닥에 던져진 내게 따뜻한 이불처럼 온기를 갖고 나타난 소리. 이 소리의 정체가 분명 날 위로하려는 의도이기를, 나를 안아주기 위해, 일으켜주기 위해 찾아온 선물이기를….

그렇게 갑작스럽게 찾아온 소리에 온몸의 세포 하나하나를 모아 집중하는 동안 몸이 일어나지 못함을 인지했다. 소리를 듣게 된 그 순간부터 밥도 먹지 않았고 화장실도 가지 않았다. 대단한 이 상황을 온전히 이해하기에는, 믿어버리기에는 너무 많은 에너지가 필요했지만 쉽지 않았다. 현실로 받아들이는 것이 절대 쉽지 않았다.

내가 태어났던 그 날의 햇빛이 얼마나 강렬했었는지 또는 비가 왔었는지 그 누구도 말해주지 않았던 것과 같이 내 인생의 시작은 언제나 의문투성이인 불분명한 사건에 불과했다. 아주 어둡고 고요한 그 길고 긴 터널들.

미미한 진동들도 지나치게 간절한 나에게 마음속에만 가득 담아 유지해왔던 소리에 대한 깊은 동경은 그 누구에게도 보여줄 수 없는 치부와도 같았다. 내가 홀로 걸어왔던 어둠 속의 긴 터널들. 그 속에 단 한 번도 존재해주지 않았던 소리. 고요함 속에서만 살던 내게 들려오는 소리의 정체에 대해, 의학적으로 또는 과학적으로 그 어떤 방식으로든 명쾌한 해답, 또는 해답 비슷한 그 무엇에 대해 누군가 말해 주었으면 좋겠지만 도움을 청하는 일이 여간 어려운 일이 아니기에 섣불리 누군가에게 달려갈 수도 없는 상황이다. 일단 혼란스럽지만 기쁘기도 한 지금의 이 청력에 대해 혼자서 천천히 더듬어 볼 필요가 있다. 어쩌면 과거의 내가 미래의 나에게 들려주고 싶은 소리를 왕창 녹음해서 현재인지 과거인지 미래인지 모르는 지금의 내게 들려주는 것은 아닐까? 과거의 나와 지금의 내가 공존하여 시간이 뒤죽박죽되고 내 인생은 더욱 더 엉망이 되는 것은 아닐까? 두서없고 말도 안 되는 멍청한 추측만 떠오른다. 내게 들리는 모든 것이 또렷하지만 닿을 수 없는 환상 속에 존재하는 것만 같아 슬퍼질 것 같다.

집 밖에 나가 볼까? 이유는 설명할 수 없지만 나의 강력한 느낌은 집 밖으로 나가면 안 될 것 같다. 뭔가 대단한 무엇이 무너져 내릴 것만 같다. 무서운 세상 밖으로 나가면 다시는 아무 소리도 들을 수 없는 나로 돌아갈 것 같다. 집 밖을 나가면 다시 예전처럼 아무것도 들리지 않을 것만 같다.

귀를 기울여 본다. 귀에 청력이 있고 청력에 집중한다는 느낌이 묘하다. 내 몸과 귀를 감싸고 있는 차가운 바닥 밑으로 그녀의 집, 그녀가 있다. 그녀의 소리가 들려온다. 그토록 찾아 헤매던 그녀. 예고 없이 나타났으며 불현듯 사라져버린 예측할 수 없던 매력적인 그녀. 그녀의 소리에 잠시 설레며 기쁘고 반가움에 가득 차 있다가 곧 깨닫는다.

그녀의 행방을 확인하게 된 지금, 지난 의문들을 속 시원히 해결할 수 있는 열쇠를 찾은 기분이다. 최근까지 나의 직장이었고 그녀의 직장이기도 한 그 건물의 행방에 대해, 그녀의 안녕에 대해, 내 발길이 닿은 곳, 내 눈길이 닿은 곳, 내 마음이 닿은 곳이 사라진 원인과 과정이 미치도록 궁금하다. 그녀는 그 이유를 내게 말해줄까? 의문스러운 일들이 반드시 발생했어야만 하는 뚜렷한, 어쩔 수 없는 사정에 대해 듣고 싶다. 내 귀로, 자살 시도로 인해 태어난 나의 청력으로 듣고 싶다.

빈드시 그녀에게 물어야 할 것이다. 난 궁금한 것을 불을 자격이 있는 사람이다. 말! 말을 할 수 있을까? 청력과 함께 단 한 번도 듣지 못했던 나의 목소리를 들을 수 있을까? 아직 청력도 확실한 것은 아니다. 단지 그녀에 대한 지나친 열망, 고요함 속에 살았던 인생의 지겨움이 만들어낸 나만의 착각일 수 있다. 모든 것이 불분명하지만 어쨌든 지금 들리는 소리가 지나치게 선명하여 이것이 현실이 아니라고 단언하기에는 너무나 선명하다. 또렷하게 들려오는 소리. 꿈이 아니다. 현실이다. 그렇게 믿고 싶다.

소리를 담는 나의 귀. 이 상황이 내가 미친 거라고 해도 좋다. 내가 미친 것이 맞는 것이라면 이 미침의 끝을 확인할 테다. 입모양을 읽었던 기억의 필름이 머릿속에 구겨져 있다. 눈을 감고 사람들이 말하는 모습을 떠올린다. 그 입 모양과 혀 모양과 표정과 목의 울림, 그것을 난 지금 따라 해야 한다.

쉬운 일일 것이다. 단 한 번 말을 하려 노력하면 된다. 하지만 이토록 떨리고 두려운 것은 무엇, 또는 누구 때문일까? 여전히 바닥에 누워있는 나는 왼손으로 서서히 목을 더듬어 본다. 이 속에 목소리가 들어있다고 생각하고 힘껏 모아서 입 밖으로 끌어내면 된다. 나도 할 수 있다. 그 누구도 응원해주지는 않지만 지금 귓가에 울리는 희미한 그녀의 움직임에 집중하고 그 미세한 움직임에 담긴 소리를 거실 바닥을 통해 귓가로 흘러오는 그 소리를 나를 향한 위로, 응원의 소리로 변환하여 내 귀로 담아둔다. 내 귀로 담긴 따끈따끈한 그녀의 목소리를 나의 목소리와 적절히 잘 섞어주어 힘차게 입 밖으로 내보내기 위한 노력을 하고 있다.

많은 시간이 흘러갔다. 보이지 않았지만 느낄 수 있었다. 공기의 흐름과 분위기, 잠시 뜸해진 그녀의 소리에서 몇 시간이 흘러갔음을 조용히 감지할 수 있었다. 나의 목소리는 끝내 듣지 못했다. 내 목소리를 들어보려 무척이나 애썼지만 끝내 목구멍에서 맴돌던 그것은 목구멍 밖으로, 추운 나만의 이 공간 속으로 감히 뛰어나오지 못한 채 내 안에 숨죽인 채 잠들어 있다. 서운했고 아쉬웠다. 기대감 그 이상의 실망감에 휩싸였다. 하지만 괜찮을 수 있다.

들을 수 있게 된 것만으로도 충분히 아주 격한 감사를 표해야 할 상황이라는 것을 잊지 말아야 한다고 쉴 새 없이 타이르고 있다. 목소리까지 욕심내어서는 안 된다. 따지고 보면 굳이 말을 해야 할 필요가 있을까? 그녀와 대화를 하고도 싶지만 종이에 적는 대화법이 꽤나 운치 있으며 그녀의 글씨체가 지나치게 아름답기 때문에 말할 수 없어도 들을 수만 있다면 난 행복해질 수 있을 것이다.

 귓가로 쏙 들어오는 소리가 재밌다. 그녀의 소리를 들으면 그녀의 향기도 듣는 것만 같아 기분이 달콤해진다. 그런데 순간 움찔하며 의문은 또 나를 찔러댔다. 내게 들려오는 이 소리가 정말 그녀의 소리가 맞는 것일까? 혹시 그녀의 목소리를 흉내 내는 악마의 소리는 아닐까? 악마가 나를 꾀어내서 넋에 설린 나를 저잠하게 죽여 버릴지도 모른다는 생각이 들기 시작한다. 그럴 가능성도 충분하다는 느낌에 두려움은 고조된다. 하지만 지나치게 아름다운 그녀의 빼어난 목소리를 똑같이 흉내 낸다는 것이 결코 쉬운 일은 아니다. 악마라고 하여 뭐든지 완벽히 해내지는 못할 것이다. 아니다. 악마가 맞을 수도 있다. 악마는 나 같은 인간이 감히 아름다운 그녀 곁에 맴도는 것이 분하여 치밀한 복수를 계획했을지도 모른다. 주도면밀한 악마는 그녀를 죽이고 나는 스스로 목숨을 끊도록 저주를 퍼부었을 것이다. 그런데 끈질기고 기구한 운명이 나를 살려내었고 악마는 그녀의 목소리를 이용하여 나를 죽이기 위해 그녀의 집에서 날카로운 칼을 들고 기다리고 있을지도 모른다. 절대 악마에게 당하지 않을 것이다. 그녀의 목소리도 믿을 것이다. 지금 이 순간 그녀의 집에 평화롭게 누워있을 그녀의 존재를 믿을 것이다.

 그녀의 목소리를 눈앞에서 듣고 싶다. 바닥에 누워있어도 선명하게 들려오지만 욕심이 생겼다. 나도 어쩔 수 없는 욕심쟁이 인간인가 보다. 듣고 싶다. 보고 싶다. 그녀의 얼굴과 그녀의 목소리를 동시에 확인하고 싶다. 그러려면 그녀의 집에 가야 한다. 하지만 그것도 쉬운 일은 아니다. 목에는 선명한 자살 시도 자국이 남아있고 지금 내 집을 나가면 다시는 그녀의 소리를 들을 기회가 없을 것 같다는 불안감도 가득하다. 할 일은 많은 것 같은데 어떻게 해야 할지 난감하다. 왜 난감한지조차 제대로 파악하지 못하고 있다. 그녀의 소리를 들을 수 있게 된 것 외에는 여전히 난 멍청한 인간이다.

불안감. 다시 들을 수 없을 것에 대한 불안감이 우습다. 고요 속에 살아온 세월이 비웃을 만큼 그녀의 소리를 들은 시간은 하루도 채 되지 않는 시간. 언제든지 다시 듣지 못한다고 해도 크게 달라질 것 없는 삶 아니었던가? 자신에게 솔직해져 보자. 지금 가장 간절한 것은 그녀가 지금 그녀의 집 안에 있는지 없는지, 왜 사라졌었는지, 그녀의 아름다운 얼굴을 보고 싶고 그녀의 목소리를 직접 듣고 싶은 것. 가자! 그녀의 집으로 내려가자. 어떤 충격을 받게 되더라도 가야만 한다. 내게 들려오는 소리가 환상 속에 존재하는지 내 집 아랫집에 존재하는지에 대해 그 실체를 파악하러 가자.

그녀의 집에 가기 위해 누워있던 몸을 일으켜야 하는데 몸이 마음대로 움직여 주지 않는다. 지금 가면 그녀가 문을 열어줄지도 모르는데 마음속으로 그녀의 집에 간다는 결심만 한 채 몸은 얼어있다. 불과 몇 시간 전에 다른 세상으로 떠나려다가 다시 이 세상에 버려졌던 그때, 바닥으로 떨어졌던, 그리고 소리를 듣느라 거의 움직이지 않았던 몸. 종일 아무것도 먹지 않고 이렇게 꼬박 하루를 바닥에 귀를 붙이고 시체처럼 누워만 있었더니 힘이 없다. 목숨을 버리기로 결심했던 그 관성 속에 모든 에너지를 소진한 채 아무것도 먹지 않았던 것이다. 하지만 괜찮다. 서서히 몸을 일으키고 무언가 음식을 몸 안에 쑤셔 넣고 에너지를 만들면 그때 그녀의 집에 가 보기로 하자. 급하게 서두르지 말고 그녀를 기다리자. 어느 날 사라졌던 그녀가 어느 날 나타날 거라 기대하자.

착각이든 현실이든 그것을 구분하는 것은 잠시 미뤄두자. 분명 현실일 거라 자신을 믿자. 그녀는 지금 그녀의 집안에 있고 언제든지 다시 바닥에 귀를 붙이면 그녀의 소리를 들을 수 있을 것이다. 이제 언제라도 그녀에게 갈 수 있을 것이다. 그녀를 다시 만날 수 있을 거란 기대감과 그녀의 일상을 들을 수 있을 거란 묘한 설렘은 다시 살아난 나의 인생의 커다란 행복감과 희망이 되었다. 직업도 사라지고 그녀도 사라졌지만 그녀는 다시 나타나고 있으며 직업도 다시 구할 수 있을 것이다.

과자 공장으로 달려가 억울함을 공장 곳곳에 빨간 페인트로 써 버리고 싶지만 그것도 얕은 분노일 뿐 실천할 용기는 없다. 단지 독한 상상만으로 다시 괜찮아질 수 있을 거라 믿는다. 어지럽기도 하고 무언가 허탈하기도 하지만 그녀를 생각하며 몸을 일으켰다. 식욕은 내게 찾아오지 않고 있지만 에너지를 만들기 위해서 먹어야 했다. 맛을 음미하는 식사는 아니지만 나름 슬프지 않은 식사였다. 어제 생각했던 오늘의 모습은 이것이 아니었는데 세상은 절대 예측할 수 없다는 생각을 하며 사무치는 외로움을 걷어 내고 행복한 상상을 불러들였다. 과거에 대해 생각하면 의문투성이며 온몸이 곤두서는 느낌에 휘감겨 숨을 쉴 수 없을 것이다. 미래에 대한 단상을 아주 밝은 색으로 칠하기 위해 눈을 감아 보았다.

어느새 잠이 들었지만 어둠과 희망이 한꺼번에 밀려드는 바람에 제대로 잠을 이루지 못한 것 같다. 크고 깨끗하게 뜨인 두 눈을 통해 느끼는 공기는 아주 오랜만에 견딜 만한 느낌이었다. 그 서늘하지 않은 새벽이 낯설어 아침까지 어찌할 줄을 모르고 시간을 세고 있다. 꿈같은 어제가 지나고 오늘이 오니 한결 말끔해진 정신 상태를 느낀다. 이대로라면 그녀의 소리가 들리지 않아도 어제의 소소한 착각이었음을 깨끗하게 인정하고 아무렇지 않을 수도 있을 것 같다.

오늘도 어제처럼 내 귓가에 그녀를 담을 수 있을까? 잠에서 깨어난 건 몇 시간 전의 일이지만 여전히 누워있다. 천장을 향해 누워 있다가 이내 모로 누운 후 바닥에 귀를 붙인다. 이것은 마치 내가 종파의 창시자가 되어 오직 나만이 속한 종교에서 따뜻함을 부르는 대단한 의식을 치르는 것과 같이 조심스럽고 경건하게 이루어지고 있다. 바닥에 귀를 밀착한 모습은 스스로 생각하기에 충분히 경이롭다.

그 어떤 조그마한 틈새에도 안타까워하며 바닥을 뚫을 듯이 가까이 밀착한다. 귓바퀴가 간지럽다가 커다랗고 간결한 진동이 귓구멍 안으로 밍중하는 싸릿함과 함께 어떤 붏체가 움직이는 소리가 들린다.

부스럭부스럭. 풍풍. 횡횡.

그동안 깊이 와 닿을 수 없었던 부사적인 표현들과 어떤 소리를 연관 지을 수 있다는 것이 거대한 기쁨으로 다가왔다.

지금 듣고 있는 소리는 이불. 이불 소리다. 난 거의 이불을 덮지 않으며 살아왔지만 이것이 이불 소리라는 직감이 들었다. 그리고 "하아. 으" 등의 말이 들린다. 그녀가 달콤한 잠에서 깨어나 하품을 하는 소리다. 소리를 듣고 그 소리의 모습을 머릿속에 그릴 수 있는 것. 감히 내가 이런 행복을 누려도 되는 걸까?

듣는다는 느낌을 이젠 알 수 있다. 이렇게 그녀가 무엇을 하는지 느낄 수가 있다. 그녀가 잠에서 깨어 이불을 걷는 소리, 뒤척이는 소리, 하품하는 소리, 거실에서 부엌으로 걸어가는 소리, 냉장고 문을 여는 소리, 물을 마시는 소리, 그녀의 목소리를, 그녀의 행동을, 그녀의 기분을 더 많이 들을 수 있을 것이다. 이것이 나만의 착각이든, 못된 염탐이든 좋다. 그녀의 소리를 내 안에 깊이 담아 느낄 수 있다면, 그녀로 인해 내 안에 행복함을 담을 수 있다면 좋다. 난 무지 좋다.

그녀에게 치명적인 사정이 있을 것이다. 그녀와 내가 함께 다니던 그 건물에 대한 사정.

그녀도 나처럼 평일에 집 안에 머물러 있다. 그 이유가 궁금하지만 너무 조급하게 알아내려고 하지 않겠다고 다짐할 거다. 나 자신에게 약속할 거다. 그녀에게 약속할 것이다.

그녀가 누군가에게 전화를 건다. 수화기를 들어 번호를 누르는 소리, 번호를 누르는 그녀의 손가락의 길이와 손톱의 색깔까지 보이는 것만 같다. 전화를 거는 모든 과정의 속도와 그 무엇에서 그녀의 감정까지 읽을 수 있다면 너무 지나치게 행복한 것 아닐까?

그녀가 통화를 마치고 노래를 한다. 좋은 곳에 새로 취업이라도 된 것일까? 그녀의 노랫소리가 내 귓가에, 내 안에 더욱 깊이 들어왔으면 좋겠다. 그녀가 부르는 저 노래의 제목을 알고 싶다. 저 노래를 완벽히 외워서 그녀에게 불러주고 싶지만 난 목소리가 없다. 다만 들을 수 있을 뿐. 어느새 들을 수도 말할 수도 있는 사람들을 부러워하고 깊은 우울함에 갇혔다. 타인에게 평범한 것들이 나에게는 과분지망을 가지는 짓이라 여겨야만 하는 인생이 허무해지고 어제의 실패가 우울해진다. 하지만 괜찮다. 그녀를 들을 수 있으니까. 아주 천천히 조금씩 나도 타인들이 가진 모든 것을 갖게 될지도 모르니까. 헛된 기대감을 희망으로 포장해서라도 나 자신을 위로해 주고 싶었다. 그렇게라도 위로해 주고 싶은 것은 난 아직도 춥기 때문이다. 이 거실 바닥이 너무나 추웠기 때문이다.

29년 동안 살면서 그 어떤 소리도 들을 수 없었던 한을 한꺼번에 아주 신명 나게 풀어헤지듯 내일노, 일주일 후에도, 몇 달 후에도, 1년 후에도, 십 년 뒤에도, 이십 년 뒤에도 언제까지고 이렇게 바닥에 붙어있기만 했으면 좋겠다. 그리고 언제까지고 그녀가 그녀의 집 안에만 머물러 주었으면 좋겠다.

차가운 내 집 거실 바닥은 조금씩 온도가 높아지는 것 같다. 내 몸에서 온기가 흘러나와 바닥을 따듯하게 적셨다고는 생각하고 싶지 않다. 그녀의 온기가 내 집 바닥을 따듯하게 만들었다고 믿고 싶다. 그리고 그녀의 마음이 나의 마음을 따듯하게 해 주고 있다고 믿고 싶다. 오직 나만을 위해 그녀가 말하고 움직인다고 믿고 싶다. 그녀가 언젠가 다시 내 두 눈에 비칠 수 있다면 좋겠다. 가만히 그녀를 염탐하던 나는 어제와 사뭇 다른 정신 상태를 활용해 봐야겠다고 판단했다. 좀 더 정확한 진단을 해야 한다는 사명감에 사로잡혔다.

밥을 먹어야 하겠지. 차가운 저 밥을 내 뱃속에 집어넣으면 그녀의 온기로 가득 찬 내 마음이 내 뱃속을, 내가 삼켜버린 차가운 밥을 따듯하게 데워 줄 것이다. 힘차게 일어나 밥을 먹고, 욕실로 들어섰다. 오랫동안 제대로 청소하지 못했던 욕실에서는 어제 죽었어야 할 내 몸뚱이의 시체가 썩는 냄새가 나는 것 같다. 콧구멍을 벌리고 욕조 안에 얼굴을 처박고 조금 더 심도 있게 냄새를 맡아 본다. 무언가 타는 냄새 같기도 하다. 과자 공장이 타는 냄새 같기도 하고 그녀와 함께 다니던 신비한 건물이 타는 냄새 같기도 하다. 기분이 썩 좋지 않았다. 기분 나쁜 이 냄새를 제거하고 싶다. 쉽게 구입할 수 있는 욕실 청소용 세제가 지금 커다란 위로가 될 것 같은 좋은 예감이 든다. 그녀의 집으로 내려가는 계단을 밟듯이 거대한 긴장감을 안고 조심스럽게 욕실 바닥과 변기, 세면대, 욕조를 정성스럽게 닦는다. 세제는 따갑지만 번쩍이며 깨끗해지는 욕실은 눈부시다. 따갑고 눈이 부셔서 자꾸만 눈물이 난다. 눈물은 깨끗해지려는 욕실을 방해하며 자꾸만 욕실 곳곳을 더럽히려고 하는 추악한 악마 같다. 내가 왜 이런 악마를 쏟아내야 하는 건지 억울해서 따가운 세제를 주먹으로 한 대 패준다. 기분 나쁜 냄새를 날려버리고 청결한 욕실을 만들려는 나를 시샘하던 저 세제는 보기 좋게 찌그러져 있다. 이제 와서 용서를 빌어봤자 소용없다. 또 그러면 다음에도 저 세제를 마음껏 때려 줄 테다. 고맙지만 짜증 나는 세제를 처박아두고 욕실에서 목욕할 준비를 한다. 지나치게 눈부신 욕실은 비누 거품으로 가려두고 천천히 눈을 감고 욕조 안으로 들어간다. 다시 거실로 나갈 때에는 깔끔하고 멋진 내 모습이 비치기를. 그녀를 감동시킬 만한 깔끔한 몸과 마음과 눈빛이 표출되기를.

청소로 에너지를 소진한 후였지만 목욕을 너무 열심히 했다. 밥은 먹고 싶지 않았다. 위와 장이 허공으로 날아간 것일까, 욕실의 하수구 구멍으로 빨려 들어간 것일까? 배가 고프지 않다. 유통기한이 백 년쯤 지났을 것 같은 빵을 구워내어 물을 뿌려 먹었다. 빵을 먹었다는 사실이 거짓말 같을 정도로 물을 많이 먹었다. 영양은 골고루 흡수하지 못한 식사였지만 꽤나 배가 불렀고 또 졸음이 밀려왔다. 푹 자고 난 후에도 아랫집 그녀의 소리를 또다시 들을 수 있을까 하는 의문은 여전히 지겹게 나를 따라다니고 있다. 난 힘겹고 지겨운 다짐을 재차 해야 했다. 또다시 시간이 흐른 후에도 여전히 그녀의 소리를 들을 수 있다고, 그렇게 믿을 거라고 자신에게 수차례 반복해서 주입한다. 그것도 모자라 정말 강력한 최면을 걸고 싶다.

실패한 죽음 후에도 죽음에 대한 생각은 완전히 떨쳐내지 못한 채로 난 살아가고 있다. 사라진 그녀의 소리를 들을 수 있게 되었다는 이 기쁜 사실을 자꾸만 내게 말해주며 살아야겠다. 그녀의 소리. 그것만이 나를 다시 죽음으로 밀어 넣지 않는 유일한 방법일 터.

잠을 청하는 빈도가 너무 잦아진 거 같다. 왜 그럴까 하는 의문에 뭔가 찜찜했지만 그동안 너무 힘들고 지쳐서 그 피로감이 한꺼번에 찾아오는 거라 생각하기로 했다. 곰곰이 생각해보니 오늘은 특히 힘든 욕실 청소와 목욕을 했기 때문에 초저녁부터 졸린 것은 당연한 일이라 여겨졌다. 그리고 곧 잠이 들었다.

낮잠을 잔 것 같은 개운함을 느끼며 잠에서 깼다. 시계를 보니 한 시간 반 정도 잠을 잔 것 같다. 다시 잠을 청하고 이대로 아침까지 쭉 자고 나면 지나치게 개운함을 느낄 수 있을 거라 기대하며 다시 누우려는데 문득 주변이 지나치게 고요하다고 생각했다. 생각해보니 아까부터 고요했다. 욕실 청소를 하는 동안 물소리를 듣지 못했던 것 같다. 그녀의 소리를 들으며 기뻐했던 나지만 그녀의 집에서 나오는 소리 외의 것들에 대해 생각해 볼 겨를이 없었던 것 같다.

그녀가 씻는 소리, 그녀가 설거지할 때 들었던 물소리를 기억하려 애썼다. 그 소리가 지금 희미해져 기억이 잘 나지 않는다. 욕실로 달려가 물을 가장 세게 틀고 손을 씻었다. 들리지 않았다. 참 이상한 일이었다. 난 언제나 들을 수 없는 사람이었는데 잠시 들려왔던 환청 같은 것이었다는 실망감이 밀려오기 전에 얼른 거실 바닥에 귀를 붙이고 그녀의 집을 염탐했다.

부스럭 소리와 그녀가 웃는 소리가 난다. 그녀는 과자를 먹으며 텔레비전을 보고 웃고 있었다. 다시 욕실로 달려갔다. 물소리는 나지 않았다. 원래 거대한 바다가 아닌 물은 소리가 없는 걸까? 다른 곳에서 소리를 찾아봐야겠다. 생각해보니 내가 좋아하는 음악도 들어보지 않았다. 그녀의 행동을 주시하느라 내 소중한 취미생활을 잊은 걸까? 아니다. 모든 것이 혼란스러웠고, 생명을 버리려 했던 내가 취미생활을 잊었던 것은 지극히 당연한 일이다.

바닥에 누워 귀를 붙이고 그녀의 웃음소리를 깊이 담았다. 역시 착각이 아니었다. 난 정확히 내 귓가에 소리를 담고 있었다. 음악을 듣기 위해 MP3 플레이어를 찾았다. 작고 멋스러운 기계가 어디로 도망갔는지 쉽게 모습을 보여주지 않았지만 꼭 찾아내야만 한다. 넓지 않은 집을 샅샅이 뒤져서라도 집을 거꾸로 뒤집어 탈탈 털어서라도 그 작은 기계가 예전처럼 따뜻하게 내 품에 쏘옥 안겨왔으면 좋겠다.

저쪽 구석 언저리에서 기계가 모습을 드러냈다. 근 며칠간 나의 관심을 제대로 받지 못해 단단히 화가 난 표정을 전달하려 애쓰듯이 기계는 차갑고 냉정했다. 하지만 차갑게 변한 기계를 여전히 좋아한다. 다시 예전처럼 잠자리에 들 때마다 꼭 함께할 것이다. 이어폰은 하트폰이었지만 이젠 가슴으로 듣지 않을 것이다. 귀로 들을 것이다. 두 귀로 들려오는 소리가 내 안에 작고 시린 통로를 타고 내려가 가슴으로 전해 줄 것이다. 절대 실망하지 않을 것이다. 가슴으로 듣던 그 음악의 분위기가 실제로 귀로 듣는다 하여 그 가치가 변질되지 않을 것이다.

두근두근 떨리는 마음으로 이어폰을 귀에 꽂아 넣어 보았다. 모르는 사람들 속에 걸어갈 때 귀에 꽂았던 그 느낌과는 달랐다. 대단한 그 무엇을 내 안에 털어 넣는 기분으로 귀에 쏙 **맞추어 넣**었다. 재생 버튼을 가볍고 정확하게 눌렀지만 들리지 않았다. 충전이 되지 않아서인지 고장이 났는지 기계가 심술을 부리는 건지 알 수가 없었다. 들리지 않았다. 들리지 않았다.

귀에 밀착된 이 이어폰을 꺼내어 가슴에 대볼까 생각했지만 그러고 싶지 않았다. 그러면 안 될 것 같았다. 예전처럼 하트폰이 되어 가슴으로 들릴 것 같았다. 너무도 생생하게 들릴 것 같았다. 그러면 슬퍼질 것 같았다. 예전과 분명 많이 달라져 있는 것만 같았는데 음악은 끝내 듣지 못했다. 귀로 듣지 못했으며 가슴으로는 들으려 하지 않았다.

내 마음이 음악을 가슴으로 듣던 예전의 마음과 달랐다. 정확히 뭐가 어떻게 다르다는 건지 잘 모르겠다. 텔레비전을 틀었다. 볼륨 버튼은 최대치로 올렸지만 아무 소리도 들리지 않았다. 뭔가 아리송한 이 기분에 신경 쓸 여유를 만들고 싶지는 않았다. 손끝이 닿는 곳에 있던 책을 집어 저 멀리 집어 던졌다. 그 책도 내게 화가 났는지 아무 소리도 내지 않고 고요히 바닥으로 추락하고 있었다. 아무 소리도 들리지 않았지만 고요를 확인할 때마다 거실 바닥에 쓰러져 그녀의 소리를 들었다. 오직 그녀를 듣고 싶음에 가득 차 있다. 아무것도 들리지 않아도 괜찮다. 난 원래 아무것도 들을 수 없는 사람이다. 이것을 자꾸 잊어서는 안 된다.

졸리다. 잠 귀신이 내게 철썩 붙어있는 것이 틀림없다. 잠 귀신이면 어떤가? 누군가 내게 붙어있다면 그저 감사할 뿐. 지금이 몇 시인지 몇 시간 만에 또 잠을 자려는 건지 굳이 계산하지 않으려 한다. 시간에 쫓기며 살아야 할 필요가 없다고 생각한다. 나도 여유롭게 안정된 삶을 살고 싶다. 이렇게 살아있어야겠다. 다시는 스스로 죽음에 이르는 일을 시도하지 않아야겠다. 그 시도조차 가엽고 지친다.

또 깊은 잠에 빠지려 한다. 비록 그녀의 집에서 발생하는 소리라는 제한은 있지만 들을 수 있게 된 것에 누군가에게 깊이 감사를 하고 누군가에게 깊이 기대어 쉬어야겠다. 그 누군가가 그녀인지 잠 귀신인지 잘 모르겠지만 진심으로 감사하며 나를 위해 쉬어야 하겠다. 그리고 이 잠이 끝나고 또 현실로 돌아오게 된다면, 그때에는 새 일자리를 알아보려는 의욕을 가득 충전하고 또 바닥에 귀를 바짝 붙여 그녀의 소리를 확인해야겠다.

지금 바닥에 누워 서서히 찾아오는 잠을 기다리는 일이 지겹지 않다. 음악 없이 잠드는 순간도 꽤 괜찮다. 그녀의 자장가를 들을 수 있다면, 가슴으로 음악을 듣던 때보다 훨씬 좋다. 그녀의 웃음소리와 노랫소리가 귓가에 깊이 저장되어 무한 반복 재생되고 있다.

이 소리가 아침까지 지속되어 단잠을 깨우는 모닝콜의 역할까지 해 주었으면 좋겠다. 그러면 그녀와 함께 사는 기분으로 행복한 밤과 아침을 갖게 될 것이다.

꿈을 꾸었다. 꿈에서는 무한한 잠재의식과 숨기고 싶어 하는 나만의 깊은 내면, 진솔한 나의 마음, 외면하고 싶은 일들, 망각했다고 믿었던 사건들이 수면 위로 떠올라 뒤죽박죽 춤을 춘다. 꿈속의 나는 과자 공장으로 가고 있다. 출근 준비, 출근길, 교통수단, 과자 공장의 입구, 직원들, 눈빛 인사, 날 향한 동정과 경계의 눈짓들, 조 편성, 작업 분량, 예상 퇴근 시간, 오전 근무, 점심시간, 오후 근무, 모든 것이 또렷하다.

과자 공장, 잊었다고 말할 수는 없지만 정 같은 건 붙이지 않았으며 아쉬움 또한 아주 얕았다고 나 자신에게 말해왔다. 하지만 꿈은 내 자존심을 무참히 짓밟고 모든 것을 재현해 준다. 공장에서 일했던 순간순간들을 깊은 뇌 속의 카메라가 정성스럽게 녹화하여 이따금씩 꿈을 통해 재생시켜주는 것을 반갑다고 느껴야 하는 건지 그립다고 느껴야 하는 건지 마냥 불편하다고 느껴야 하는 건지 도대체 어떤 감정이라고 정해야 하는지 왜 알지 못하는 것일까?

잠을 자는 시간, 꿈을 꾸는 시간이 현실에서는 분명히 정해져 있는데 꿈은 이토록 길다. 꿈이 내게 하고 싶은 말, 보여주고 싶은 것이 무언인지 지금의 난 절대 알지 못한다. 과자 공장 안에 있는 과자들, 그 과자의 선명한 색깔과 향기들까지 깊숙이 내 꿈에 들어오는 이유를 난 알지 못한다. 절대로 알지 못한다.

난 꿈속에서조차 묵묵히 일하고 있다. 과자 공장에 있었던 나는 언제나 이처럼 성실한 사람이었다. 비록 그 성실함이 타인에게 보이지 못하고 나에게만 느껴지는 것일 수도 있지만 억울해 하지 않는다. 그저 묵묵히 일하고 급여를 받을 뿐이다.

과자 공장 안은 시끄럽다. 시 끄 럽 다!

꿈이기 때문에 가능한 느낌이겠지. 소음에 가까운 소리의 정체는 근무시간에 떠들고 있는 저 얄미운 동료들의 목소리. 동료들의 목소리를 한 번도 듣지 못했는데 어떻게 그 목소리들이 낯설지 않은 걸까? 뭐, 무척이나 시끄럽지만 어쩌면 조금은 정겹다는 생각을 하고 싶기도 하다. 그들의 소리를 몰래 엿듣고 있는 나의 귀가 너무나 즐겁다. 시끄럽지만 지독하게 즐겁다. 내친김에 그들이 어떤 대화를 하는지도 정확하게 알아보고 싶어졌다.

그들은 일에 대한 푸념을 늘어놓고 있다. 그들의 푸념이 배부른 소리로 들린다. 세상에 힘들지 않은 직업은 존재하지 않는다고 생각한다. 어떤 일이 더 힘들고 어떤 일이 덜 힘들다는 것의 기준은 일하는 사람의 생각차이일 뿐이다. 어떤 이에게 너무 쉬운 일도 어떤 이에게는 힘에 겨워 미칠 것 같고 그 반대일 수도 있다. 그들의 이야기가 참 별것도 아니라는 생각을 하니 피식 웃음까지 새어나온다.

일에 대한 푸념 후에는 점심 식사 메뉴에 대한 깊은 고찰이 시작된다. 오전 근무의 가장 큰 행복을 누리듯 신중하게 메뉴를 고르고 상의한다. 그들이 메뉴를 상의하는 것에 내가 포함되어 있다는 사실을 알게 되었다. 그들은 나의 식성을 추측하고 평소에 잘 먹는 음식과 많이 남기던 음식을 기억해두고 그 정보에서 나의 의견을 추출하고 있었다. 그들과 함께 식사했지만 그들의 메뉴 선정에 나를 고려한다는 생각을 절대 하지 못했다. 참 이상한 일이었다. 분명 그들은 제멋대로 정해놓고 나를 데려가는 것이라고 확신했다. 식사 중에 동료에게 눈길 한 번 주지 않고 옆에서 묵묵히 밥을 먹을 뿐인 나를 끼워주는 것만으로도 그럭저럭 감사히 생각할 뿐이었다.

아니다. 이것은 꿈이다. 그들이 나를 배려해 주었을 리가 없다. 이것은 꿈. 나의 가련한 분노를 덮기 위한 또 다른 내가 만든 허상, 꿈 그뿐일 것이다. 하지만 꿈일 뿐이어도 참 훈훈했다. 그들은 나를 배려했고 이유 없이 내 욕설을 내뱉지 않았다. 오해가 만든 싸움이 있었을 뿐 그들도 지금은 내게 진심으로 미안해할지도 모른다.

난 여전히 꿈에서 깨지 않고 과자 공장에서 일하고 있다. 과자를 먹고 들리는 소리에 신기해하며 즐거워하고 있다. 끝나지 않을 것 같은 작업 분량은 흐려지고 어느새 퇴근길의 중간을 가고 있다. 과자 공장을 벗어나 차가운 도로를 걷고 있다. 갑자기 들려오는 다양한 세상 소리는 내 온몸을 자극한다. 집으로 가는 것인지 미지의 세계로 가는 것인지 나의 발걸음은 가볍게 움직이고 있다. 저 멀리 화려하고 따듯한 분위기의 건물이 나를 부르고 있다. 그 건물이다. 그녀와 내가 함께 다니던 건물. 건물이 사라졌다고 생각했는데 아니었나 보다. 건물은 따듯한 곳을 향해 아무도 없는 새벽길을 뚜벅뚜벅 걸어갔다. 나와 그녀가 다시 찾아와주기를 간절히 바라면서 이렇게 따듯한 곳에 우둑하니 서 있었다. 난 왜 찾지 못했을까? 이렇게 가까운 곳에 있었는데. 다시는 잊지 않을 것이다. 기특한 이 건물을 절대 잊지 않을 것이다. 그녀와 함께 다시 이 건물에 머무를 것이다.

얼마 만에 찾은 건물인가? 절대 이 건물의 위치를 잊지 않아야겠다. 반드시 기억해야겠다. 그런데 집에서 이 건물까지 어떻게 찾아와야 하는지 도통 길을 모르겠다. 건물 주변에는 아무것도 보이지 않는다. 어떻게 이곳까지 오게 되었는가? 집으로 돌아가는 길도 보이지 않는다. 눈물이 난다. 하염없이 눈물이 쏟아진다. 집에 가고 싶기도 하고 이 건물을 지키고 싶기도 하다. 아무도 없다. 그녀가 나를 데리러 와주면 좋겠지만 그럴 리가 없다.

눈물을 펑펑 쏟아내며 막연히 걸어가고 있는데 큰 도로가 나오고 지나가는 버스도 보인다. 사람들도 보이는 것 같다. 순간 뒤를 돌아보니 건물은 없다. 다시 사라지고 없다. 허탈하다. 내가 왜 울었는지도 모르겠다. 난 그냥 다시 길을 걸어가고 있을 뿐이다.

지나가는 버스가 내게 뿌린 먼지에 기침을 하며 걸어간다. 과자 공장으로의 출퇴근을 위해 애용하던 버스는 고마운 줄 모르고 먼지를 뿌려댄다. 나를 알아보지 못한다. 또다시 길을 헤매고 있다. 지금 집으로 가는 건지 공장으로 가려는 건지 모르겠다. 공장으로 가려면 어느 쪽으로 가야 할까? 내가 왜 공장으로 가는 걸까? 지금 퇴근길 아닌가? 뒤죽박죽 엉망진창 이 꿈은 현실보다 더 어지럽다.

그런데 문득 서운한 감정이 스친다. 난 이미 과자 공장으로 가는 길조차 제대로 기억하지 못하게 된 걸까? 다른 버스가 지나간다. 아주 천천히 지나가고 있다. 버스 바퀴가 굴러가는 것도 소리가 난다. 신기하다. 도로에 닿아있는 바퀴는 끊임없이 돌고 돌지만 볼록하게 튀어나온 방지턱 위에서조차 바퀴는 허공으로 날지 않는다. 아주 오래전부터 질리지도 지치지도 않은 채로 바퀴는 바닥에 밀착되어있다. 마치 오른쪽 귀의 바퀴가 그녀의 집으로 향하는 거실 바닥에 밀착되어 있는 것과 같이.

바퀴가 굴러가는 박자는 어떤 박자인지 잘 모르겠지만 그 박자에 맞추어 길을 걷는다. 눈앞에 예쁜 여인의 뒷모습을 쫓는다. 그리고 용기를 내어 그 여인의 어깨를 살포시 툭 하며 건드려 본다. 그녀가 돌아본다면 그녀에게 "안녕하세요?"라고 말할 것이다. 하지만 목소리는 나오지 않고 내 안에 맴돈다. 그때 그녀가 나를 본다. 그녀는 예쁜 가방 속에서 종이를 꺼내어 펜과 함께 내민다. 그녀였다. 반갑다고 말하고 싶다. 너무나 오랜만이라고 말하고 싶다. 그녀가 내게 준 종이에 적는다. 집에 머물고 있으면서도 왜 나를 찾아오지 않는지, 건물은 어디로 간 건지, 묻고 싶은 것을 또박또박 적고 싶은데 잘 써지지 않는다. 글씨를 쓰려고 안간힘을 쓰다가 긴 꿈에서 깨어났다.

꿈에서 현실로 돌아오는 길이 너무나 짧았다. 깨어나기 직전까지 꿈을 꾸고 있었다. 무언가 아쉽고 쓸쓸했다. 꿈조차 어지럽고 복잡하긴 했지만 그래도 꿈에서 깨지 않았더라면 좀 더 편안함 속에 모든 상황을 받아들일 수도 있을 것만 같았다. 그 복잡한 꿈을 더 좋아할 만큼 이 현실이 내겐 여전히 힘든 것일까? 잘 모르겠다. 난 잘 모르겠다.

잠에서 깨어나자마자 귀가 여전히 그녀의 소리를 들을 수 있는지 확인하는 일은 어느새 습관이 되어버렸다. 아침 일찍부터 확인하지 않으면 종일 고요 속에서 그녀를 애타게 찾아 헤매다가 결국엔 아무 일도 하지 못한 채 소중한 오늘을 버려두고 두려운 내일을 기다리는 바보가 되어 버릴 것이 분명하다. 곧 귀를 밀착할 차가운 거실 바닥. 얼른 따듯해져야 할 텐데. 그러기 위해서는 그녀의 소리가 이 바닥에 전해져 내 귓가로 내 마음속으로 깊이 새겨져야 할 텐데. 기대감으로 가득 채운 헛된 마음을 숨기며 그녀의 소리를 염탐하기 시작한다.

음악 소리. 좋다. 음악 소리가 들린다. 그녀는 음악을 듣고 있다. 이 음악이 어떤 음악인지 빨리 맞춰야 한다. 당장 맞추지 못하면 악랄한 누군가에게 벌을 받고 지옥으로 떨어질지도 모른다. 영원히 모든 것을 잃게 될 거라는 저주를 받아들여야 할지도 모른다. 이 음악이 어떤 음악인지 빠르고 정확하게 맞춰야 한다.

이 음악은 아마도 잘 알고 있는 음악일 것이다. 그동안 많은 음악을 들으며 살아왔다. 청력이 없어도 내가 음악을 받아들이는 일에는 전혀 영향을 끼치지 않았다. 언제나 마음으로 음악을 들었으며 마음속에서 정화되고 선명해진 소리를 그 누구보다 선명하고 아름답게 들었었다. 지금 귓가에 울리는 이 소리는 내가 듣던 음악 소리일 것이다. 틀림없이 그럴 것이다. 그녀는 지금 내게 이 음악을 들려주고 싶어 할 것이다. 그녀도 내게 무언가를 주고 싶은 것이다. 그녀의 마음에 난 깊은 감동을 받는다. 그녀는 그동안 내가 좋아하던 음악을 몰래 염탐했던 것이다. 언젠가 내게 깜짝 놀랄 선물을 주기 위해 준비했을 것이다. 그 언젠가가 오늘이며 난 그녀에게 선물을 받고 있는 것이다. 내가 좋아하는 음악을 어떻게 알았는지는 중요하지 않다. 그녀는 내가 이 음악을 좋아한다는 사실을 알고 있으며, 이러한 사실과 감동을 더해 내게 선물한다는 것, 그것이 지금이라는 것, 그것만이 내게 중요하다.

픽 픽 소리가 난다. 보글보글 보글보글 끓어오르는 소리도 들린다. 모든 소리가 신기하고 그 소리가 어떤 소리인지 척척 알아듣는 내가 신기하다. 그녀는 커피를 끓이고 있다. 여자들은, 그녀처럼 품격 있는, 아름다운 여자들은 대부분 커피를 좋아한다. 난 평소에 커피를 별로 좋아하지 않았지만 지금 이 순간부터 커피가 좋아질 것 같다.

그녀는 커피를 마신다. 따뜻한 커피가 그녀의 입술을 핥고 그녀의 목소리를 적셔주며 그녀의 몸속으로 들어가는 소리는 내게 대단히 감미롭다. 그녀는 문 쪽으로 걸어간다. 혹시 문을 열고 계단을 올라와 내 집을 방문해주지 않을까? 내가 궁금한 모든 것을 대답해 주지 않을까? 내 기대는 쉽게 충족되지 못한다. 하지만 괜찮다. 난 지금 그녀를 듣고 있다. 나와 그녀는 이렇게 가깝고도 멀리 있지만 그녀를 아주 가까이에서 은밀하게 염탐을 하고 있다.

문 쪽으로 걸어간 그녀가 현관문을 연다. 현관문 앞에 그녀처럼 얌전하고 깔끔하게 놓여 있는 신문을 집어 든다. 혹시라도 내가 그녀의 집이 열린 순간에 찾아갈까 봐 그녀는 두려울 것이다. 그녀는 재빠르게 문을 닫는다. 문을 열기 전보다 훨씬 더 단단히 걸어 잠근다.

그녀는 커피를 마저 마시며 신문을 소리 내어 읽는다. 그 낭랑한 목소리를 듣고 있으면 세상을 자세히 들을 수 있다. 그녀가 읽어준 글은 죽어서도 절대 잊지 못할 것 같다. 그녀가 홀로 독백을 한다. 신문 내용에 대해, 재미있는 기사에 대해 이야기한다. 누구에게 이야기하고 싶은 걸까? 당장이라도 달려가 그녀의 집 문을 부숴버리고 그녀에게 말하고 싶다. 그녀의 그 아름다운 목소리에 대답해 주고 싶다. 맞장구치고 싶다. 모든 것은 그녀가 옳다고, 내 모든 의견이 그녀와 같다고 말해주고 싶다. 언제까지나 그녀의 편이 되어 주겠다고 그녀에게 약속해 주고 싶다. 하지만 그럴 수 없다. 그럴 수가 없다.

이렇게 염탐하는 것만으로도 충분히 짜릿하다고 나 자신에게 지겹도록 말해주고 있다. 만족하고 또 만족하려 해도 자꾸만 가슴을 휘젓고 다니는 날카로운 의문들에 대한 해답을 찾고 싶다. 솔직히, 사실은, 정말, 미치도록 궁금하다. 모든 것이.

그녀는 왜 출근도 하지 않고 집에만 있을까? 지난밤 꿈에서 보았던 건물을 같이 찾아보자고 그녀를 타이르고 싶다. 분명 그녀도 건물의 행방에 대해 궁금해할 것이다. 그랬으면 좋겠다. 그녀도 나처럼 건물이 어디로 사라졌는지 몰랐으면 좋겠다. 그녀가 모든 것을 알고 있으면서도 내게 말해주지 않는 것이 사실이라면 너무 괴로울 것이다. 그래서 그녀도 나처럼 아무것도 알지 못한다고 믿고 싶다.

그녀는 쉴 새 없이 움직인다. 난 움직임 없이 바닥에 누워있다. 그녀는 왜 혼자 살고 있는지 궁금하다. 나처럼 아주 오래전부터, 처음부터, 지구에 태어났던 날 그 이후부터, 그녀는 혼자였을 거라 믿고 싶다. 그녀에게 내가 위로가 되고 싶다.

그녀는 지금 나의 모습을 보고 있을지도 모른다. 문득 그런 생각이 들었다. 내 집 바닥은 불투명하여 내 모습을 감추고 그녀의 모습을 보지 못하지만 그녀의 집 천장은 투명하여 바닥에 귀를 붙이고 그녀를 염탐하는 내 모습을 보고 있을지도 모른다. 그녀는 왜 종일 집 안에서 끊임없이 많은 행동을 하며 내게 그녀만의 소리를 전달하는 걸까? 왜 이렇게 나를 애태우는 걸까? 이렇게 안달 나게 해놓고 언제쯤 내게 달려와 뜨거운 포옹을 해 줄까? 내게 줄 달콤하고 거대한 계획을 세워 놓은 것일까? 슬프고 혼란스러웠던 내 마음을 한순간에 없애버릴 만큼 대단한 기쁨을 가지고 나타날 그 날을 위해 많은 준비를 하고 있는 걸까?

그녀는 욕실로 걸어가고 있다. 욕실 소리는 유난히 선명하고 크게 들려왔다. 방음이 안 되는 것인지 나의 집중도가 높아진 것인지 알지 못한다. 정답 따위 없다. 단지 그녀의 소리에, 욕실로 가는 여인의 소리에 최고의 집중력을 보이는 내가 있을 뿐이다. 그녀는 머리를 한껏 쓸어 올려 깔끔하게 묶고 있다. 내가 염탐하는 것은 단지 소리뿐인데 정확한 영상이 내 마음에 비치는 것을 어떻게 이해하고 설명해야 할까? 이러한 의문 또한 정답을 알고 싶은 의문이 아니라 행복한 의문이다.

그녀는 아주 깨끗하게 씻을 것이다. 온몸 구석구석 깔끔하게, 그 어떤 슬픔도 묻어있지 않도록 흐르는 물에 씻어 버릴 것이다. 그녀는 흥얼거린다. 흥얼거림에는 가사가 없다. 멜로디만 존재할수록 그 흥얼거림은 나를 미치게 한다. 나를 미치도록 흥분시킨다. 그 흥얼거림 속에 담길 가사는 내 맘대로 오직 나를 위한 가사가 되어 설레는 내 귓가에 들어온다.

그녀가 쓰는 샴푸와 린스, 비누, 치약, 수건. 모두 초록색이 아닐까? 초록색이면 좋겠다. 시원한 장마가 찾아온 다음 날 뜨거운 태양에 바싹 말려서 보송보송하고 싱싱하며 생기가 가득 담긴 잔디밭. 약간의 물기도 없이 아무것도 바라지 않을 것 같은 편안한 마음을 지닌 잔디밭. 그녀의 목욕 소리를 들으며 잔디밭을 상상한다. 비에 샤워를 하고 햇빛의 따뜻함에 건조가 되고 바람에 향기를 내뿜는 잔디. 시원하고 따뜻한 여유로움으로 사람들을 기쁘게 하는 잔디. 그녀는 잔디밭 같다. 너무 예쁘지만 약해서 함부로 밟을 수도 들어갈 수도 없을 것만 같은 드넓은 잔디밭. 마음껏 뒹굴고 그 촉감을 온몸으로 느끼고 싶지만 보는 것에 만족해야 그 아름다움이 영원히 지속할 것 같은 잔디밭. 그 잔디밭이 깨끗한 물소리에 씻기고 향기로운 비누 냄새를 풍기며 유혹하는 듯한 멜로디를 흥얼거릴 때 난 그 잔디밭을 갖고 싶다. 아주 격하게 내던져지고 싶다. 마음껏 만지고 마음껏 뽑아버리고 싶다. 다음 날 지저분하게 상처 입은 잔디밭을 보게 되더라도 한 번쯤은 욕구를 위해 망가뜨리고 싶다. 하지만 실천할 수 없는 비밀스러운 상상일 뿐.

그녀의 흥얼거림은 계속되었다. 막 비가 그친 잔디처럼 축 늘어져 있지만 자고 나면 파릇파릇하게 생기를 내뿜을 것 같다. 그녀는 기분이 좋은가 보다. 욕실에서부터 들려주던 그 멜로디가 조금씩 더 크게 번져가고 있다. 그녀의 목소리는 답답하게 작지도 않고 경박스럽게 크지도 않으며 적당히 조절할 수 있는 크기와 높낮이를 가졌다. 그래서 더욱 그녀의 목소리를 좋아하나 보다.

그녀의 목소리가 만들어내는 아름다운 소리는 정확하게 그녀의 집 천장을 뚫고 내 집 바닥을 뚫고 내 귓속으로 도착한다. 민첩하고 아름답게 도착한다. 그녀의 모든 소리가 경이롭다. 사람을 기분 좋게 만들며 남자를 설레게 하는 목소리다.

그녀의 멜로디에 나의 마음은 춤을 춘다. 춤을 춰 본 적이 있었던가? 없었다. 지금도 이렇게 마음속으로 춤을 추는 내 모습을 수줍게 그려볼 뿐이다. 내 얼굴에는 미소가 번진다. 어둠의 그늘이 배어있던 얼굴도 그녀의 소리를 염탐할 때면 이렇게 자연스럽고 온화한 미소가 번질 수 있다. 이 또한 참으로 신기한 일이다. 생각해보면 그녀로 인해 참 많이 바뀌고 있다는 것을 많이 느낀다. 잘 몰랐던 내 모습에 대해 찾을 수 있고 느낄 수 있다. 그녀는 멀리 있지만 이렇게 가까이에서 들을 수 있다. 그것만으로 지금 이 순간을 감사해야만 할 것이다.

아침부터 계속 그녀를 듣는 일에만 집중하고 있다. 화장실도, 식사도 빠른 속도로 해결하고 바닥에 붙어 있다. 이렇게 계속 그녀를 듣는 일에만 집중하는 사람이 되어 버렸다. 내가 왜 그녀를 듣기만 해야 하는 것일까? 물론 지금의 상황도 감사하지만 욕심은 버릴 수가 없나 보다. 그녀를 다시 만날 수만 있다면 힘겨운 일도 이겨낼 수 있을 것 같은데.

그녀와 함께 일했던 건물에 머무르던 그때가 그리워진다. 마치 백 년 전 같이 느껴진다. 까마득한 옛날 일 같다. 하지만 절대 망각 되어서는 안 된다. 그 기억만으로 내 삶에 커다란 힘이 되어줄 것이라고 믿고 있기 때문에, 지금보다 훨씬 더 힘든 상황이 오면 그 기억을 꺼내서 기대야 하기 때문에 난 잊을 수가 없다. 하지만 자꾸만 흐려질 것만 같다.

미치도록 그립다는 것이 이런 기분일까? 그녀는 어쩌면 날 벌써 잊었을 수도 있다. 나만 이렇게 잠깐의 인연에 깊이 마음을 두고 있는 바보 같은 사람일 거다. 그래도 괜찮다. 괜찮다. 난 그녀를 만나게 될 것이다.

잊지 않기 위해 이따금씩 기억을 떠올려 외워둬야 한다. 그녀와의 추억을 떠올려야 한다. 우리는 하루에 두 번씩이나 인사를 했었다. 그때는 또 다른 그 무엇을 바라며 살았겠지만 지금 생각해보니 그때가 얼마나 완벽한 하루였는지를 알게 되었다. 듣지 못해도, 친구가 없어도, 직장 동료와 잘 어울리지 못해도, 내겐 그녀, 월급, 설렘이 있어 좋았다. 그때를 생각하니 또 미소가 번진다. 왜 지나고 나서야 깨닫는 걸까? 지금의 상황을 좋게 받아들이려고만 생각하는 것이 미래의 나를 위한 일이라는 것도 잘 알고 있다. 하지만 지울 수 없는 의문들과 끝없는 욕심을 가끔 숨길 수는 있어도 없앨 수는 없더라.

지금 이렇게 그녀의 소리만을 염탐하고 있다. 왜 이런 상황이 발생하게 된 것일까? 그 원인 또한 모른다. 절대 알지 못한다. 난 아무것도 알아내지 못하는 바보일 뿐이다. 그토록 바라던 소리. 난 그랬다. 언제나 듣지 못한 자를 비난하는 것 같은 환영에 시달리며 살아왔다. 나 자신을 보호하는 것은 오직 나뿐이었으며 사람들은 모두 해를 끼칠지도 모르는 존재로 여겨왔다. 아무도 따듯한 세상을 경험시켜주려 하지 않았다.

난 지금 소리를 들을 수 있게 되었다. 이 소리가 거짓이든 진실이든 너무나 선명하게 들려오는 소리를 들을 수 있게 되었다. 그녀에 관한 소리밖에 들을 수 없지만 그녀의 일과를 알 수 있다. 그토록 좋아하던 그녀에 대해 알 수 있게 되었다.

듣는다는 것이 가능해진 지금 생각하고 있는 것은 참으로 간사하고 부끄러운 욕심일 뿐이다. '왜 그녀의 소리만을 염탐할 수밖에 없는지'라는 생각을 하고 있다. 그녀의 소리를 염탐할 수 있게 되어 그것이 기쁘다는 생각에 그쳤다면 좋으련만, 멍청한 인간이지만 욕심은 끝도 없이 뇌 속에 가득 차 있어서 그녀를 보고 싶다고 수백 번 말하고 싶다. 멍청하고 간사하고 욕심부리는 나의 모습. 이 모습이 과연 내게 정답일까?

다르게 생각해보자. 짜증이 난다. 솔직히 아주 짜증이 난다. 물론 듣고 싶어 하던 소리를 듣는 귀에 감사하지만 좀 더 나은 환경이었다면 더욱 기쁘지 않았을까? 왜 하필 차가운 내 집 거실 바닥이어야 한단 것인가? 거실 바닥은 서늘하고 을씨년스러운 분위기가 흐른다. 그녀의 소리가 전달되면 온기를 내뿜어 따듯해지기도 하지만 그것은 찰나의 순간, 그뿐.

거실 바닥. 그녀와 내 집 사이의 이 딱딱한 벽. 절대 내 힘으로는 넘을 수 없는 벽. 이 거대한 벽과 같은 바닥을 통하지 않는다면 그녀를 들을 수 없다. 그녀의 소리를 내게 전해 주는 고마운 바닥이지만 이 바닥이 나와 그녀를 직접 볼 수 없게 막고 있는 역할도 한다는 것은 날 너무 미치게 한다. 그녀의 소리를 듣고 있지만 난 그녀의 얼굴을 보고 싶어 한다. 하지만 그녀의 재빠른 문 열기와 신문 집기를 떠올리면 앞으로도 오랫동안 나를 모른 척할 것 같아서 그녀의 집에 선뜻 찾아가는 일도 참으로 어려운 일이다.

그래도 그녀의 집에 찾아가는 것을 꾸준히 시도해야 하지 않을까? 비겁하게 염탐만 하다가 어느 날 그녀가 집에서 죽어버리기라도 한다면 그녀의 집에 가보지 못한 것을 얼마나 후회하겠는가? 미래의 일은 알 수 없는 것이다. 내 인생이 그러했고 그녀의 존재 자체도 그러했다. 그녀가 어느 날 커피를 마시기 위해 끓인 물이 그녀의 심장 위로 쏟아져 얇고 흰 그녀의 피부를 뚫고 그녀의 심장을 녹여버린다면 그녀는 순식간에 죽어버릴 것이다.

욕실에서 목욕하다가 잠이 들어 순간적으로 익사하여 죽을 수도 있다. 가능성이 높은 예측은 아니지만 여러 가지 상황이 발생

할 수 있다. 불의의 사고에 죽어갈 때 그녀는 투명한 천장을 바라보며 나를 바라볼 것이다. 그저 그녀의 소리를 듣는 일에 미쳐있는 나를 바라볼 것이다. 원망할 것이다. 이 세상을 떠나는 마지막 순간에 그녀에게 기억될 나의 이미지는 엉망이 될 것이다.

그녀의 집으로 가야겠다. 하지만 그녀가 싫어하면 어쩌지? 그녀의 집으로 가야겠다. 하지만 그녀가 문을 열어주지 않으면 어쩌지? 그녀의 집으로 가야겠다. 하지만 그녀가 또다시 사라지면 어쩌지? 그녀의 집을 부숴 버려야지. 하지만 그녀의 존재는 아주 오래전부터 나의 허상이었다면 어쩌지? 갈팡질팡. 나의 멍청함은 나를 짜증 나게 한다.

빨리 결심하자. 흔들리지 말자. 질질 끌지 말자. 그녀의 집으로 가서 초인종 한 번 눌러보고 가볍게 돌아오자. 그녀를 보지 못한다면 다시 그녀를 듣는 일에 만족하면 된다. 그녀를 보지 못한다면, 앞으로도 오랫동안 그녀를 만나지 못하게 된다면, 난 어떻게 될까? 서서히 세상 속으로 나갈 준비를 하며 그녀를 잊을 수 있을까? 아니면 지독한 괴로움에 견디지 못해 날카롭고 무거운 기계를 구해서 내 집 바닥을 뚫어버릴 것인가?

아무리 고민해 보아도 그녀의 집에 가봐야겠다. 일단은 그녀를 만나지 못해도 문을 뜯는다거나 내 집 바닥을 뚫는다거나 그런 극단적인 조치는 미뤄두기로 하자. 일단 몇 번만이라도 차근차근 천천히 도전하기로 하자.

그녀를 만나면 사라진 그녀와 건물에 대해 조급하게 묻지 말고 그녀를 안아 주어야겠다. 문을 열어주고 그녀의 집 안으로 다시 들어설 수 있게 된다면 어떤 말을 건넬 수 있을까? 그녀가 종이와 연필을 준다면 어떤 말을 쓸 수 있을까? 그녀가 끓여준 차를 마실 수 있다면, 따듯하고 맛있는 그 달콤한 차를 다시 마실 수 있다면, 그녀와 마주앉아 같은 시간 속에 다시 함께 존재할 수 있다면 얼마나 행복할까?

옷장 속에 오랫동안 잠자고 있던 낡은 옷을 꺼내어 보았다. 입에 한껏 바람을 불어넣고 후후 불어 보니 옷에 붙어 있던 먼지가 사방으로 날아가 내 집 곳곳에 켜켜이 쌓였다. 난 옷이 많지 않다. 유행이라고는 전혀 알지 못한다. 그저 눈에 띄지 않고 외부의 모든 위험 요소로부터 내 몸을 보호할 수 있을 정도의 옷을 입을 뿐이다. 옷장 맨 밑의 칸에 숨어있던 회색빛 스웨터를 꺼냈다. 스웨터는 먼지 색과 비슷하여 더러운 것인지 깨끗한 것인지 잘 분간되지 않았다. 접어두었던 옷을 펴고 목 부분을 오른손으로 집어 들고 왼손바닥으로 푹푹 쳐대고 보니 약간의 먼지가 나의 눈치를 보며 바닥으로 떨어졌다. 이 옷이 그나마 제일 괜찮을 것 같다. 머리를 빗고 스웨터를 입었다. 너무 차려입은 모양새를 감추고 너무 지저분해 보이지도 않게, 적당히 평범한 검정 면바지를 꺼내 입었다. 오랜만에 입어본 검정 면바지는 헐렁거렸다. 보통이었던 몸은 약간 마른 것 같았다. 하지만 보기 흉할 정도는 아니라고 생각하며 내 집 문 밖으로 나섰다.

용기를 내어 그녀의 집으로 내려가고 있다. 그동안 그녀의 소리를 염탐한 것을 절대 들키지 않기 위해 머릿속으로 필요도 없는 변명을 만들며 계단을 내려가고 있다. 한 층 내려가는 길이 꽤나 멀게 느껴졌다. 오늘 이 순간만큼은 제발, 제발 그녀가 문을 열고 나를 반겨주기를….

왼손 엄지손가락으로 꾸욱 하고 세게 그녀의 집 초인종을 눌렀다. 초인종 위에 달린 카메라 앞에 정확히 내 얼굴을 배치해 놓는 것도 잊지 않았다. "누구세요?"라는 그녀의 말에 내가 대답을 해주지 못하더라도 그녀는 내 얼굴을 보고 문을 열어줄 것이다. 초인종을 누르고 기다리는 짧은 시간 동안 심장은 몇천 번 뛴 것 같이 바쁘다. 초인종이 고장 난 것일까? 아무런 반응이 없다. 다시 한 번 꾸욱 눌렀다. 여전히 고요하다. 좀 전까지 그녀의 소리를 확인했건만 그녀는 아무런 행동도 취하지 않았다. 문을 보니 한 층 더 낡아 있었고 난 그 낡은 문을 힘껏 두드렸다. 터프한 남자의 행동을 보여주면 그녀가 열어줄지도 모른다고 생각했다. 주먹에 멍이 들 때까지 힘껏 두드렸지만 집 안은 고요했다. 미미한 진동도 울리지 않았다. 바닥에 귀를 붙이듯 그녀의 문틈에 귀를 바싹 붙여보았지만 먼지가 떠다니는 느낌조차 전해지지 않았다.

지금 서 있는 그녀의 집 앞, 그리고 내 집으로 가는 계단, 그녀의 집 안, 내 집 안, 그 모든 곳이 두터운 적막 그 자체로 변한 느낌이 나를 괴롭힌다. 화가 날 것 같다. 이대로 서 있으면 화가 날 것 같다. 멈출 수 없는 분노가 저 밑의 지옥에서부터 올라올 것 같다. 그렇지만 이렇게 서 있다. 내 집으로 올라가지 않고 있다.

난 이렇게 서 있다. 난, 이렇게, 가만히 적막 속에서 홀로 서 있다. 내 다리는 움직이지 않는다. 그녀의 집 앞을 떠나려고 하지 않는다. 춥다. 오들오들 온몸이 파르르 떨려온다. 입에서 소스라치게 차가운 입김이 새어 나오고 주먹은 굳어있다. 이렇게 화가 나고 추운데 그녀는 고요하다. 이 문 하나를 지나면 그녀의 집이 있는데 왜 난 그녀를 볼 수 없는 것인지 알 수 없다. 집으로 돌아가면, 내일이 되면 또 그녀를 염탐하고 그러다 그녀가 보고 싶어지고 다시 그녀의 집 앞에 서 있고, 또 실망하고…. 이 과정이 무한 반복될지도 모른다는 불안감이 시린 얼음이 되어 얼굴에 덕지덕지 달라붙는다.

그녀의 집 문을 부숴버릴까? 어쩌면 그녀의 집 안도 지독하게 짙은 어둠으로 가득 칠해져서 아주 살짝만 건드려도 저 깊은 나락으로 떨어져 버릴 것만 같다. 이상하다. 이해할 수 없는 일들만 계속 생긴다. 그녀는 왜 문을 열어주지 않는 것일까?

그녀에게 나라는 존재는 언제나 잊히지 않고 매일 선명히 떠오르는 존재일지도 모른다. 처음 만났을 때부터 날 불쌍히 여기고 또 무서워했을지도 모른다. 하찮은 공장에서 일하고 듣지도 말하지도 못하며 가족도 없다는 것만이 그녀가 나를 판단하는 기준이 되었을지도 모른다. 난폭하고 분노가 가득 차 있는 사람이라 생각했을지도 모른다. 나의 장애로 인해 나란 존재는 세상에 많은 불만을 품고 있고 그 가련한 불만이 언제 어디로 어떤 불똥이 되어 튀어 오를지 모른다고 생각했을 것이다.

그녀는 자신을 보호하기 위해 나를 나쁜 사람으로 생각했을 것이다. 내 안에 분명히 악마가 존재한다고 믿으며 내 안의 악마와 마주치고 싶지 않았을 것이다. 내게 베푼 호의는 자신을 위한 보호막에 불과했을 것이다. 그리고 같이 일하자는 말도 빈말이었을 것이다. 그냥 한 번 던져본 말이었는데 눈치 없는 내가 덥석 문 것이다. 나와 함께 일하는 것이 불편하고 싫었을 것이다. 미치도록 두렵고 벗어나고 싶었을 것이다. 그래서 자신과 건물을 재빨리 숨겼을 것이다. 그리고 나의 자살 기도가 성공하길 빌었을 것이다. 그 후에 살아난 나를 더욱 두려워했을 것이다. 다시는 나를 만나고 싶어 하지 않을 것이다. 그녀가 이런 사람일 거라는 상상도 결국엔 나를 괴롭히는 일이다. 그만두어야 할 못된 생각일 뿐이다.

그녀는 분명 고운 목소리로 노래하고 있었는데 그녀의 집은 고요하다. 정말 나를 미치도록 싫어해서 일부러 숨어있는 것이라는 생각이 점점 큰 가능성으로 다가오는 것만 같다. 이 어둠에서 빠져나가야 한다. 그녀의 집 앞에서 많은 생각을 했다. 그리고 계단을 내려왔을 때 했던 생각을 되짚어 보며 다시 계단을 올랐다.

집으로 돌아왔다. 잠깐 아랫집 앞에 다녀온 것뿐인데 서울에서 부산까지 걸어갔다가 온 것처럼 힘겹다. 지친다. 그녀의 집 초인종 소리, 문틈으로 새어나온 고요, 적막, 어둠. 그것들은 나를 지치게 했다. 내 집 대문을 열고 초인종을 눌러 보았다. 역시나, 여전히, 들리지 않았다.

다시 바닥에 귀를 대 보았다. 그녀의 목소리가 아주 크게 쩌렁쩌렁 울리고 있다. 이것은 환상이 아니며 또렷한 현실이었다. 그녀는 전화를 하는지 깔깔대며 웃어댔다. 이상하다. 어제보다 훨씬 더 크고 선명하게 들려오는 소리가 이상하다. 그녀의 목소리가 이렇게 커졌을 리가 없다. 전화를 한다고 해서 이렇게까지 크게 목소리를 낼 이유도 없다. 분명 내 귀는 더 밝아진 것이다. 아주 크게 들리는 그녀의 통화 내용에 귀를 기울였다. 단조로운 통화 내용이 슬슬 재미가 없어질 즈음에 호기심이 생겼다. 내 귀가 더 밝아졌다면 이제는 그녀에 대한 소리 외에 다른 소리도 들을 수 있지 않을까?

텔레비전을 켜볼까? 아니다. 좀 더 새로운 것을 찾아야 한다. 옆집으로 가볼까? 여태껏 전혀 관심 없던 옆집으로 달려가 문을 두드려 볼까? 옆집 초인종을 눌러볼까? 옆집 초인종은 거만하고 대단하여 커다란 소리를 내며 날 기쁘게 할지도 모를 텐데. 옆집 대문을 힘차게 두드려볼까? 그녀의 집을 두드릴 때보다 훨씬 더 대담하게 두들겨 볼까? 그러면 옆집에서 무섭게 생긴 거구의 남자가 나타나 조용히 내 목을 잡고 그의 집안으로 끌고 들어갈 것이다. 그의 집안 가장 깊숙한 곳으로 나를 가둬두고 날 실컷 때려줄 것이다. 그리고 나를 죽일 것이다. 죽어가는 나를 구해주기 위해 그녀가 달려올까? 또는 그녀가 기뻐할까? 내가 싸늘한 시체로 변한다면 옆집 남자와 아랫집 그녀는 묘한 웃음을 지으며 나를 사뿐히 밟고 지나가 둘만의 로맨스를 꽃피울까?

윗집으로 가볼까? 윗집에는 노파가 살고 있을지도 모른다. 노파는 나처럼 바닥에 귀를 붙이고 나의 모든 행동을 염탐하며 키득키득 웃어댔을지도 모른다. 노파와 눈이 마주치는 순간 모든 것이 부끄러워져서 난 지독한 광기를 품을 수도 있겠다. 생각해보니 이 건물엔 옆집, 윗집, 그 외에도 참 많은 사람의 집이 숨어 있었다. 내 집이 십 층이라는 사실을 인지하고 살았으면서도 단한 번도 이웃에 대해 생각해 본 적이 없었던 걸까? 오직 우연히 알게 된, 떡을 주었던 그녀의 모습을 통해서 아랫집에 존재하는 그 어떤 사람들을 동경하게 된 걸까? 몽롱하다. 뭐가 뭔지 도통 모르겠다.

다시 그녀의 소리에 집중하기로 하자. 그녀의 전화 통화는 지금까지 계속되고 있으며 그 내용 또한 진부하고 터무니없는 말들뿐이다. 그녀는 누구와 통화를 하는 걸까? 이토록 크게 들려오는데 수화기 넘어 상대방의 목소리는 희미하다. 남자인지 여자인지도 분간하지 못한다. 지금 그녀와 연락을 주고받는 그 누군가가 부럽다. 난 부럽다.

그녀의 소리가 좀 더 커질수록 그녀의 소리를 듣는 일에 몰두하는 나의 모습은 나른해진다. 그녀의 소리가 확실히 내 귓가에 들어올수록 나의 집중력은, 나의 집착은 느슨해진다. 희미하게 들려올 때의 그 쾌감과 고도의 집중력은 이렇게 쉽게 무너질 수 있는 것이었던가?

나 자신에 대해 너무나 모르는 것이 많다. 원래 그러했다. 그것이 당연한 것이라 생각했지만 이제는 뭔가 아리송하다. 나 자신에 대해 잘 알아야 한다는 묘한 의무감 같은 것이 생길 것 같은 예감이 든다. 이런 기분이 어떤 감정인지 여전히 언제나처럼 잘 모르겠다. 간절히 알고 싶지 않다. 내가 알고 싶은 것은 내가 아닌 그녀다. 그것을 혼동하면 안 된다. 왜 안 되는가? 그것도 잘 모르겠다.

갑자기 그녀의 소리가 너무 잘 들리게 된 사실이 달갑지만은 않다. 귀를 밀착시키지 않아도, 은은하게 들려오던 소리가 또렷함을 지나 쩌렁쩌렁 울리는 것 같다. 그녀가 보는 텔레비전의 소리도 또렷하게 들린다. 근데 왜 내 집 텔레비전 소리는 한 번도 들리지 않았던 걸까? 지금 아무런 말없이 바닥에 놓여있는 얄미운 나의 텔레비전을 원망하고 있다. 물건일 뿐인 저 무생물 덩어리를 나는 원망하고 있다.

그녀의 모습을 그려본다. 선명해진 소리처럼 그녀의 모습을 영상화하여 떠올리는 일도 더 선명해졌으리라 믿었지만 그렇지는 않았다. 모든 것은 그대로인데, 단지 그녀에 대한 소리만 더 크게 들을 수 있게 된 것뿐이다. 이것이 내게 좋은 소식인지 나쁜 소식인지도 모른 채 이렇게 그녀의 소리를 듣고 있다. 커진 소리 외엔 아무것도 달라지지 않았다.

아무것도 달라지지 않은 것이 분명하다. 단지, 간절히 밀착되었던 거실 바닥과 귓바퀴가 약간의 틈새가 생겼다는 것, 이것쯤은 대단한 변화가 아닐 것이다. 그럴 것이다. 그녀의 통화 소리, 텔레비전을 보며 깔깔대는 소리, 그 소리를 안전하게 젖혀두고 내 집 텔레비전을 켜본다. 대단한 것을 바란 것은 아니다. 내 집 텔레비전에 대한, 그 멍청한 기계에 대한 소심한 복수를 하기 위해서이다. 나를 비웃듯이 텔레비전은 아무 소리도 내지 않는다. 볼륨을 최대치로 눌러댔지만 여전히 아무 소리도 나지 않는다. 내 시선은 텔레비전에 고정해 둔 채로 다시 누워있다. 귀는 그녀의 집에 집중하고 전보다 훨씬 편하게 들려오는 그녀의 웃음소리와 숨소리, 그리고 그녀가 보는 텔레비전의 소리를 듣는다. 그 소리에 집중하면서 채널을 돌린다. 귓가에 들리는 그녀의 집에 있는 텔레비전의 소리와 내 집에 있는 저 멍청한 텔레비전의 화면을 맞추기 위한 노력이다. 이 또한 내가 나 스스로에게 명령한 숙제

다. 반드시 아랫집에서 들려오는 텔레비전 소리와 내 집에 있는 텔레비전의 화면을 일치시킬 것이다. 반드시.

잠이 들었나 보다. 어젯밤 그녀의 텔레비전 소리와 내 집 텔레비전 화면을 맞추는 일을 성공했는지 못 했는지 기억이 잘 나지 않는다. 어제의 기억은 10년 전쯤의 기억으로, 희미한 기억 저편으로 물러나 숨어있었다. 아마 찾아내지 못했던 모양이다. 하지만 이럴 때 난 언제나 그랬듯 괜찮다고 말해줄 것이다. 그것만이 나를 위로할 수 있는 말이기 때문에.

일어나자마자 텔레비전을 켰다. 그녀를 염탐하는 일은 잠시 후에도 할 수 있다. 왜 그런지 모르겠지만 오늘은 그녀의 소리가 사라져 버릴지도 모른다는 불안감이 저 텔레비전 뒤에 짓이겨져 있다. 한결 편안해진 느낌이다. 무언가가 한결 편안해진 느낌. 텔레비전은 내 눈치를 보며 숨죽이고 선명하지도 않은 화면을 내보내고 있다.

오랜만에 음악을 들어야겠다. 최근에는 음악을 들을 여유가 없었다. 충전이 되어 있지 않기도 했고, 나의 귀는 음악을 듣지 못했으며, 가슴으로 듣는 일도 너무 오래전 일만 같아 어색할 것 같다. 음악은 나의 소중한 취미였으며 안식처였다. 난 다시 음악을 들을 것이다. 예전처럼 듣든지 아니면 그 어떤 방식으로, 그 어떤 통로를 새로이 찾아내어서라도 음악을 들을 것이다. 내게 소중한 것을 잃어버리는 느낌은 더 이상 싫다.

MP3 플레이어 기계를 충전한 후 조심스럽게 귀에 꽂았다. 어제부터 그녀의 집 소리가 더 크게 들렸기 때문에 혹시 음악이 들릴 수도 있다는 기대감을 저버릴 수 없었다. 비록 텔레비전 소리는 들리지 않지만 음악은 들렸으면 좋겠다. 갑자기 들렸던 그녀의 소리처럼, 갑자기 크게 들렸던 그녀의 소리처럼, 그렇게 갑자기 들렸으면 좋겠다.

음악은 들리지 않았다. 역시 음악을 귀로 듣는 것은 나에게 어울리지 않았다. 새로운 방법은 떠오르지 않았다. 예전처럼 듣는 것밖에 방법이 없다. 귀에 꽂은 이어폰을 조심스럽게 빼내어 가슴에 대었다. 예전 같으면 모든 음악이 아름답게 내 마음에 퍼졌을 텐데 좀처럼 잘 들을 수가 없었다. 음악을 듣는 데에 쏟아 부어야 할 집중력을 그녀의 소리를 듣는 데에 다 써버렸기 때문일까?

지금은 그녀의 집도 조용하다. 이불이 움직이는 소리와 옷을 들춰 배를 긁는 소리, 머리카락이 베개에 스치는 소리, 그녀의 숨소리 등이 들리는 것으로 보아 정황상 그녀는 잠을 자고 있다. 그녀가 자는 동안 난 할 일이 없다. 화장실도 다녀왔으며 배는 고프지 않다. 밥은 이따가 먹을 것이며 텔레비전과는 사이가 안 좋아진 것 같아 불편하다. 책은 울고 있다. 아마 지난번에 집어 던졌을 때 받은 상처가 낫지 않나 보다. 음악을 듣는 일 외엔 할 수 있는 일이 없다. 그런데 음악은 좀처럼 들리지 않았다. 끊임없이 시도했다. 하지만 마음으로 듣던 그 멜로디는 희미하게 들릴 듯 말 듯 사라지고 모든 건 엉망이 된 기분이다. 벽에 붙어 있던 커다란 벽시계를 떼어다가 힘껏 던져 버렸다. 시계는 아무런 소리 없이 수많은 파편이 되어 허공에 날아다녔고 잠시 후에 나를 경멸하는 것 같은 향기를 풍기며 책 위로 쏟아졌다. 폭풍 같은 소리가 났어야만 했다. 벽시계는 커다란 소리를 내게 들려주었어야 했다. 하지만 고요한 벽시계와 숨소리까지 들리는 그녀 때문에 난 제정신이 아닌 것만 같았다.

다시 정리해보자. 난 그녀의 소리만, 그것도 거실 바닥을 통해서만 들을 수 있다. 그녀가 숨어있는 이유는 내가 납득할 만한 사정이 숨어있다고 치자. 건물의 행방도 뭔가 뚜렷한 사정이 있다고 치자. 나만 생각해보자. 난 분명 이상했다. 병원에 가볼까 하는 생각이 들었다. 병원에 가면 들리는 이 소리마저 사라질까 봐, 그렇게 되면 영영 그녀의 흔적을 찾을 수 없게 될까 봐 겁이 난다. 병원에서 나를 큰 병이 있는 사람으로 진단해버리면, 그때에는 다시 어떤 소리도 들을 수 없게 되고 난 예전보다 더 깊은 곳에 갇혀 울어야 할지도 모른다. 삶의 이유가 사라질지도 모른다.

그녀에겐 귀찮고 아무것도 아닐 나지만 나에겐 그녀의 소리가 이미 깊게 내 일상을 파고들고 말았다. 바닥나는 통장도, 말라가는 내 몸도, 음악을 들을 수 없는 내 마음도, 무엇 하나 고쳐내지 못하고 있다. 병원은 생각만 해도 무섭다. 하지만 한 번쯤은 가야 할 필요가 있을 텐데…. 싫다. 절대 가지 않아야겠다. 지금 남아 있는 그 무엇이라도 지켜내야겠다. 다시 지나친 고요 속으로 추락해야 하는 상황 속에 던져질 수 없다. 당분간, 나의 모든 고민을 비밀로 해두자.

비밀, 우습다. 갑자기 한참을 웃었다. 어차피 모든 것이 내겐 어쩔 수 없는 비밀이었는데 새삼스럽게 비밀로 해둔다는 멍청한 생각이 우습다. 누군가에게 말하지 않는 것이 비밀의 정의라면 나에 관한 대부분의 정보가 비밀, 그것도 자연스럽고 어쩔 수 없는 비밀 그 자체다.

그녀의 집에 찾아가면 그녀를 만날 수 없고, 모든 소리와 더불어 마음으로 듣던 음악 소리조차 들을 수 없는 이 상황과 이따금씩 생각나는 과자 공장의 불빛, 그녀와 함께 일했던 건물에 대한 혼란스러움. 모든 것이 조금도 해결되지 않은 채 내게 머물고 있다는 사실이 망각되지 않고 괴롭히지만 최대한 여러 번 그 의문을 모른 체하기 위해 피나는 노력을 한다. 짜증이 밀려올 때일수록 그녀에 대해 염탐하는 것에 재미를 붙이려 한다. 그래서 복잡한 인생은 그나마 살 만하다. 요즘은 그나마 살 만하다.

그녀에 대해 염탐하는 이 흥미로움은 매일매일 다른 색깔을 입는다. 그녀의 소리를 들으며 다양한 상상을 하며 그 상상을 통해 찬란한 감정을 떠올린다. 그녀에 대한 염탐, 내가 알아가는 그녀의 정보, 그녀만의 비밀까지 모든 것을 알고 싶다. 그녀에 대해 최대한 아주 많은 정보를 수집하고 싶다는 은밀한 소망을 현실화시킬 수 있는 가능성은 나날이 발전하고 있다.

그녀가 나중에, 언젠가 문을 열어준다면 지금 얻은 그녀의 정보를 최대한 좋게 활용할 것이다. 그녀가 내게 고민을 말해온다면 그녀의 말투를 따라 하는 듯이 다정다감한 글씨로 그녀에게 대답해 줄 것이다. 그녀가 문을 열어준다면 평소에 그녀가 그 시간에 주로 하던 행동을 권하며 마음이 통하는 사람 행세를 할 것이다. 그녀가 문을 열어주고 따뜻한 차를 건네준다면 그 어떤 차보다 커피를 좋아한다고 말할 것이다. 그러면 자신도 커피를 좋아한다며 반가운 마음으로 커피를 같이 마셔줄 것이다. 그녀가 텔레비전을 본다면 그녀가 크게 웃던 것처럼 나도 최대한 똑같이 크게 웃을 것이다. 그녀가 좋아하는 프로그램을 나도 좋아한다고 말할 것이며 그녀가 좋아하는 음악을 나도 좋아한다고 말할 것이다. 염탐했다는 사실을 들키지 않으면서도 최대한 뻔뻔하게 그녀와 같은 행동과 말을 하며 호감을 살 것이다.

그녀가 문을 열어준다면 아무것도 묻지 않고 얌전히 들어갈 것이다. 세상에서 가장 순수하고 온순한 표정으로 그녀를 이해할 것이다. 그런데 그녀가 문을 열어준 후에 내게 냉정하게 군다면 그녀에게 두려움을 줄 것이다. 그녀가 냉정하고 차갑게 말한다면, 다시는 자신의 집에 찾아오지 말아 달라고 사정한다면, 그녀에 대해 아는 모든 것을 이야기하며 염탐당하는 두려움에 대해 느끼게 해줄 것이다. 그녀가 아무 말도 하지 않은 채 난감한 표정을 내게 보여준다면 나 또한 아무 말도 하지 않은 채 난감한 표정으로 그녀를 죽이고 싶어질지도 모른다.

이런저런 생각들은 또 길어졌다. 그녀를 들어야겠다. 그런데 배가 고팠다. 참으로 오랜만에 느껴보는 식욕이었다. 퇴근길에 마트에 들러 음식을 사들이던 때가 꿈만 같다. 지금은 마음 편히 음식을 살 수가 없게 되었다. 나의 통장은 바닥을 드러내고 있었다. 최근에 특별한 지출은 없었다. 집 안에 있는 음식들만 조금씩 먹었으며 외출도 하지 않았다. 생각해 보니 관리비도 내지 않았으며 물건을 구입하지도 않았다. 문득 깨달았다. 지금 내가 할 일은 직장을 구하는 일이었다.

그동안 해 온 일이라고는 포장 업무. 어릴 때 했던 수많은 아르바이트도 단순 노동 그뿐이었다. 새 직장을 구하는 일이 지금 내게 가장 중요한 일이 맞는 걸까, 난 많은 생각을 한다.

다시 일할 수 있을까? 여태껏 꿋꿋하게 혼자 잘 살아왔는데 왜 이렇게 게으름을 피우는 걸까? 아무것도 하고 싶지 않다. 힘든 일은 더 이상 하기 싫다. 내가 했던 일이 무척이나 힘든 일이었다고 느낀 것은 아마 최근일 것이다. 그럭저럭 이겨낼 수 있을 정도의 스트레스만 있을 뿐, 많이 힘들지는 않았던 것 같은데….

일하기가 싫다. 다시 어떤 일을 할 수 있을지 자신이 없다. 어떤 곳에서 누가 나와 일하려 할까? 누가 나를 허락해 줄까? 왜 이렇게 또 자신감이 급하락하는 건지, 또 내 자신에게 지쳐가고 있다.

따지고 보면 일에 지쳐 그만둔 적이 없었던 것 같다. 아주 어렸을 때에도 돈이 필요해서 어떤 일을 하게 되고 더 나은 조건에서 일할 수 있게 될 때 하던 일을 그만두었다. 갑자기 예의 없이 그만두는 일은 없었다. 충분히 아주 신사적으로 그만두었다고 생각한다. 성인이 된 후 다녔던 과자 공장과 그녀와의 건물에서의 일은 너무 힘들다고 느낀 적이 없었던 걸로 기억한다. 운이 좋지 않아서, 내 잘못이 아닌 그 어떤 일에 의해 그만두게 되었다. 내 의견이 반영되지 않았던 것이다. 내가 원하는 방식으로 그만두지 못했기 때문에 지금 일에 대해 좋지 않은 감정을 갖게 된 걸까? 나의 이런 감정들을 위로할 필요가 있다.

조금 더 쉬어도 괜찮다. 일단 모아 놓은 돈을 최대한 아껴 쓰며 충분히 휴식을 취한 뒤에, 감정이 여유로워진 뒤에 그때 다시 일을 시작해도 늦지 않을 거라 장담한다. 일하지 않는 동안은 계속 좋아하는 일에만 몰두하기로 했다. 그것은 그녀를 염탐하는 일. 이 염탐이 언젠가 끝나겠지만 그것이 지금은 아니다. 충분히 염탐하지 못했고 대단한 사실을 많이 알아내지도 못했다. 그녀에 대해, 말없이 사라진 그녀에 대해 아주 조금은 몰래 알아낼 필요가 있다.

냉장고를 열어 보니 사과가 있다. 언제 구입했는지 가물가물하다. 그래도 꽤 괜찮다. 먹어도 죽지 않을 것이다. 이 사과에는 독 같은 건 절대 없을 것이다. 누군가 내가 죽기를 간절히 바라며 몰래 집에 침투하여 표나지 않는 가느다란 주삿바늘로 사과에 꾹 독을 넣었을 리가? 아마 없다. 없을 것이다. 쓸데없는, 이런 말도 안 되는 상상, 악마 같은 생각, 제발 넣어두자. 이 사과는 지극히 멀쩡하다. 나를 위해서. 오직 나를 위해.

조심스럽게 사과를 한 입 베어 물었다. 싱싱한 맛은 느낄 수 없었지만 나름 먹을 만했다. 배를 가득 채워주지는 못했지만 그럭저럭 내 안에 담아둘 만한 것이었다. 그리고 사과 뒤에 숨어있던 귤 하나를 꺼내어 이리저리 굴려보았다. 멀쩡한 척했던 이 못된 귤은 옆구리가 푹 패여 있었다. 껍질을 까보니 그곳이 물러있다. 하지만 다른 쪽은 괜찮았다. 물러있는 것만 제외하고 나머지 귤을 한 조각씩 입에 집어넣었다. 사과와 귤이 내 안에 가득 차 있다. 한 개씩 먹었지만 내 안에 가득 차 있는 느낌이다. 물러서 먹지 못한 귤의 일부분을 들고 발코니로 나갔다. 발코니 문을 열고 10층 아래의 길바닥으로 하강시켰다. 맛도 모양도 괴기스러운 그 귤의 일부는 나를 힘껏 쏘아보지도 못한 채 쓸쓸하게, 유유히 잔인한 내 손을 떠나 저 밑의 지옥으로 추락해 버렸다.

씻는 것은 생략해야겠다. 외출하지 않는 날에도 씻는 것은 여자들이나 하는 짓이라 나를 속였다. 빠른 속도로 거실 바닥으로 걸어가 몸을 쓰러뜨렸다. 귀를 바닥에 살며시 댄다. 굳이 밀착하지 않아도 들릴 것을 난 알고 있다. 이렇게 오늘도 그녀를 듣는 일에 하루를 써 버릴 작정이다. 여전히 그녀의 소리를 들을 때마다 다른 소리가 들리지 않는 것이 의아하지만, 긍정적으로 생각하려고 무진장 애쓰고 있다. 조금씩 더 많은 것이 들리게 되리라는 기도를 하며 염탐의 나날을 보내는 나를 축복하고 또 행복해 할 것이다.

바닥에 누워 있다. 또 이렇게 염탐자의 모습이다. 키득키득 웃음이 난다. 다른 사람들은 들을 수 없을 것이다. 오직 나만이 그녀를 들을 수 있다. 오직 나만이. 그녀의 집 위에 존재하니까.

그녀의 소리가 들리기 시작한다. 이번엔 어떤 소리로 나를 즐겁게 해줄지 기대가 된다. 그녀는 춤을 추고 있는 것 같다. 아주 즐거운 일이 생겼나 보다. 그 일이 무엇인지 궁금하지만 일단 들어보기로 하자. 그것이 내가 할 수 있는 최우선일 테니까. 그녀는 노래하며 춤을 춘다. 저 노래가 젊은 가수의 최신 유행하는 노래인지 십 년 전 노래인지 알고 싶다. 그녀에게 노래 제목을 물어보고 싶다. 하지만 그것이 정말로 궁금하다면 혼자 알아내야 한다. 꼭 그래야 할 것 같은 보이지 않는 원칙이 나를 압박하는 것만 같다. 그녀의 움직임은 점점 격하다. 그녀의 가녀린 몸이 움직일 때마다 거대한 남자의 울림이 느껴진다.

쿵! 쿵! 쿵! 쿵! 쿵!

그녀가 발을 구르는 박자를 온몸으로 느끼며 나의 깊은 내면에 그것을 저장해 두어야겠다. 언젠가 그녀를 다시 만나면 이 박자로 그녀 앞에서 춤을 추리라. 그녀와 함께 춤을 추리라. 그녀의 박자가 내 귓가를 지나 마음에 울리고 내 발끝과 손끝, 머리카락 끝까지 퍼진다. 나의 몸은 분명 이렇게 누워있건만, 그녀가 움직이는 것이 마치 내가 움직이는 것처럼 나의 몸은 따뜻해지고 차가운 거실 바닥도 따뜻해진다.

그녀의 집에 초인종 소리가 들린다. 그녀는 문을 열어 준다. 너무나 쉽고 빠르게. 내게는 절대 열어주지 않았으면서 너무 쉽게 열어준다. 늘 그래 왔던 것처럼, 당연히, 태연하게. 그녀의 집에 찾아온 사람이 누구인지 듣기 위해 몸은 움찔한다. 온몸의 신경은 바닥을 뚫고 그녀 옆에 날카롭게 박혀있다.

도대체 누굴까? 누굴까? 이 시간에 누가 그녀의 집에 예고 없이 당당히 찾아온 걸까? 불쑥 찾아온 누군가는 왜 그녀의 집에 쉽게 들어갈 수 있는 걸까? 시간이 엉켜버린 걸까? 지금의 나는 미래인일까? 내가 지금 듣고 있는 그녀의 집에 찾아온 사람은 내가 아닐까? 아주 오래전에 그녀의 집에서 차를 마셨던 나의 모습이 지금 내게 들리는 것 아닐까? 그렇다면 지금 염탐하고 있는 나는 누구인가? 내가 아닌 걸까? 지금 그녀와 함께 같은 공간에 존재하는 저 사람은 정말 과거의 나일까? 미래의 나일까? 현재의 진짜 내 모습일까? 그녀와 함께하는 내가 현실이고 지금 이렇게 멀리서 염탐하는 내가 허구였다면, 난 진정 행복할까?

도대체 어떤 자식인지 그녀의 집에서 나갈 때 잡아야겠다. 그녀가 내게 문을 열어주지 않으니 그녀의 집 문 앞까지밖에 갈 수 없지만 그 자식은 잡을 수 있을 것이다. 그녀의 집 앞에서 몰래 대기하고 있다가 그녀의 집에서 나오는 누군지 모를 그 자식을 데려다가 실컷 때려주어야겠다. 아니다. 그 자식을 혼내고 실컷 때려주면 나만 악마로 남을 뿐이다. 그 자식에게 친근하게 다가가 내가 궁금한 것들을 알아내야겠다. 어떻게 그녀의 집에 들어갈수 있는 건지, 그녀가 왜 내겐 문을 열어주지 않는 것 같은지, 그녀와 어떤 사이인지, 그녀의 직업은 어떻게 된 건지 모조리 그 자식을 통해 알아봐야겠다.

내 상상 속의 그 자식, 즉 그녀의 집을 방문한 멋진 남자는 거품처럼 사라졌다. 그녀의 집에서 들려온 그녀가 아닌 다른 목소리는 여자였다. 일단 안심이 되었다. 그렇다면 누구일까? 그녀의 집을 방문한 그녀는 분명 그녀였다. 그녀를 처음 만났을 때 카페에서 그녀와 함께 있던 그녀의 친구. 그 여자가 틀림없다. 명백한 증거를 말할 수는 없어도 느낌은 강력히 그 여자라고 내게 일러주었다.

그녀들은 대화를 나눈다. 나도 저 대화에 낄 수 있다면, 그녀들 사이에 누워있을 수 있다면 세상을 다 가진 것 같은 기분일 거다.

그렇겠지만 지금도 충분히 난 좋다. 어쨌든 그녀의 혼잣말을 듣는 것보다 그녀의 통화 내용을 듣는 것보다, 누군가와 직접 대화하는 것을 듣는 것이 그녀에 대한 정보가 더욱 많이 흘러나올 거라 기대한다.

그녀들의 대화를 조금도 놓치고 싶지 않다. 그 대화를 모조리 내 안에 담기 위해 집중한다. 그녀들의 대화 내용은 가볍고 장난스럽지만 그조차 매우 진지하고 심각하다. 언제쯤 내가 원하는 말을 들을 수 있을까? 좋은 영화를 보고 또 볼 때 언제쯤 내가 좋아하는 장면이 나올까 애타게 기다리는 기분처럼, 다 끓을 듯 말 듯 기포를 소심하게 만들어 내는 끓는 물을 기다릴 때처럼, 월급날 몇 시쯤에 월급이 들어올까 잔뜩 부풀어서 통장을 확인하고 또 확인할 때처럼, 기분 좋은 기다림이기도 하면서 초조하기도 하면서 다른 일에 관여할 수 없게 만드는 고도의 집중력을 요구하는 시간. 이 시간 난 문득 고독하다는 생각을 해본다.

그녀가 하던 일과 건물 이야기를 기다린다. 나라는 인물에 대해, 그녀에게 내가 어떤 사람으로 비쳤는지에 대해, 나에 대해 얼마나 알고 얼마나 좋은 감정과 얼마나 나쁜 감정을 갖고 있는지에 대해, 그녀가 좋아하는 사람에 대해 듣고 싶다. 하지만 그녀들의 이야기는 여자들이나 재미있어할 이야기일 뿐. 그 흔한 남자 이야기도 나오지 않고 있다.

멋진 연예인의 이야기, 예쁜 연예인을 시샘하는 이야기, 구두,

가방, 원피스, 맛있는 음식점, 미용실 등의 이야기가 지속되고 있다. 어쩌면 이리도 내가 듣고 싶은 이야기만 쏘옥 제외하고 다양한 이야기를 할 수 있는 건지 이해할 수가 없다. 뭔가 나만 속고 있는 기분이다. 그녀들과 모든 세상 사람들이 내게만 대단히 중요한 사실을 알려주지 않은 채 다들 어디론가 바삐 도망가는 것만 같다.

그녀들은 감성이 풍부하다. 좀 나쁘게 이야기한다면 조울증은 아닐까 의심스럽기도 하다. 그러나 그녀는 조울증 외에 그 어떤 정신병을 진단받는다 해도 여전히 예쁠 것이다. 그녀들이 아주 다양한 세상사를 이야기하며 웃어댈 때에는 내 입가에도 미소가 번진다. 까르르 웃어대는 소리는 마치 별것 아닌 일에도 세상 떠나갈 듯이 웃어대는 고등학생들처럼 발랄하고 힘이 넘쳐나는 것 같다.

사방이 조용해지고 어둠이 내 등 뒤로 내리는 것 같더니 그녀들의 목소리가 작아졌다. 이번엔 꽤나 심각한 이야기를 하는 걸까? 그녀들이 슬퍼지는 표정 속에서 슬픔을 추출하고 더 큰 슬픔이 더해진 슬픔, 그 진한 슬픔을 내 마음속에 구겨 넣는 것 같은 느낌. 이 순간 묘한 동질감에 사로잡힌다. 나도 그녀들처럼 슬퍼지고 만다. 그녀들보다 더 슬퍼지고 만다.

그녀들은 심각한 이야기를 할 때는 매우 매혹적이며 신비롭다. 그것은 답답하다는 느낌으로도 표현될 수 있지만 그대로도 참 매력적인 모습이다. 어떤 사건의 전말은 이야기하지 않는다. 원인과 결과 따위도 내뱉지 않는다. 다만 어떤 일로 인해 느끼는 자신의 감정, 그 기분만을 말로 표현할 뿐이다. 하지만 그녀들은 충분히 슬프며 나도 슬퍼하고 있다. 어떤 일이 그녀들의 마음을 슬프게 울려댔는지 절대로 알 수 없지만 크게 궁금하지 않다. 지금 중요한 건 나의 감정과 그녀들의 감정이 닮아있다는 것, 이것이다.

시간이 흘러 다시 밝음으로 변한 그녀들이 노래할 때 난 그 노래를 외우려 애쓴다. 그녀가 요즘 갖고 싶은 물건에 대해 이야기할 땐 그 물건을 꼭 사주고 싶다. 그녀가 갖고 싶다는 운동화에 대해 구체적으로 이야기한다. 슬픈 이야기를 할 때에는 모든 걸 뭉뚱그려 하나의 덩어리로 함축해서 이야기하더니, 운동화에 대해 이야기할 때에는 매우 구체적이다. 집에서 얼마나 멀리 떨어진 곳에 위치한 가게인지 그 가게에 있는 어떤 종류의 신발인지, 사이즈는 무엇인지 모조리 이야기한다. 이토록 구체적으로 말하는 것은 아마 내가 사주길 바라는 것은 아닐까?

물론 사주고 싶다. 비록 지금 수입이 없이 자산을 깎아 먹고 있지만 운동화가 아무리 고가여도 내가 살 수 있을 정도라는 생각에 사주기로 마음먹었다. 하지만 전달이 문제였다. 그녀는 내게 문을 열어주지 않는데 운동화를 구입한다고 해도 직접 전해줄 수 없다면 얼마나 슬프겠는가? 그렇다면 그녀의 친구를 통해 전해줄까? 그것도 불안하다. 그녀의 친구는 제대로 전달해 주지 않을 것만 같다. 오히려 내 선물을 집어삼킬지도 모른다. 이때 불현듯 생각나는 장면이 머릿속을 스치고 지나간다. 그것은 신문. 그녀는 문을 열어주지 않았지만 아침 일찍 문을 열고 신문을 가지고 들어갔다. 그녀가 신문을 가져가기 전에 신문 위에 신발을 올려놓으면 될 것 같다. 그동안 그녀를 염탐해서 얻은 정보가 이렇게 유용하게 쓰이게 될 줄은 미처 몰랐다.

당장 염탐을 그만두고 운동화를 사러 갔다. 참으로 오랜만의 외출이었다. 하지만 이리저리 세상을 살펴보지 않았다. 다만 운동화를 파는 가게를 찾기 위해 민첩하게 눈동자를 굴릴 뿐이다. 그녀가 갖고 싶은 초록빛에 하얀 끈의 운동화. 운동화는 생각보다 비쌌다. 하지만 돈이 아깝지는 않았다. 비록 지금은 결과가 이렇게 되었지만 어찌 되었든 내게 일자리도 주었고 따듯한 차도 주었고 떡도 주었던 그녀니까 전혀 아깝지 않았다.

오늘 밤은 잠이 오지 않는다. 새벽에 일찍 일어나 신문 배달원이 오는 시간보다 좀 더 빨리 일어나야 하기 때문이다. 뜬눈으로 밤을 지새운 것 같다. 가슴에 운동화를 안은 채, 지금 새벽 4시 반쯤 된 것 같다. 신문 배달원은 5시 반쯤 올 것 같다. 난 미리 그녀의 집 앞에 머물러 있기로 했다. 신문 배달원이 오기 전에 운동화를 문 앞에 내려놓고 가도 될까? 굳이 신문을 기다려야 할 필요가 있을까 잠시 고민했지만 역시 기다려야겠다. 누가 봐도 새 운동화인데 신문 배달원이 운동화를 발견한다면 더럽히거나 가져가 버릴지도 모른다.

쏟아지는 졸음을 참고 그녀의 집 앞 계단에 앉아있다. 얼마간의 시간이 흐르고 신문 배달원이 신문을 두고 갔다. 무척이나 바빠 보이는 사람이었다. 쭈그려 앉아있는 난 거들떠보지도 않았다. 어쨌든 신문 위에 운동화를 내려놓았다. 이제 내 집으로 돌아가려는데 욕심이 생긴다. 그녀가 문을 열고 신문을 집어가는 모습이라도 보고 싶다. 그때 쏜살같이 달려들어 그녀의 집 안으로 들어가 그녀와 함께 있고 싶다. 하지만 양심과 쏟아지는 잠에 의해 그녀가 신문과 운동화를 갖고 들어가는 것을 보지 못한 채로 집으로 돌아왔다. 그렇게 잠이 들었다.

얼마나 잤을까? 한 번도 깨지 않고, 옅은 꿈조차 꾸지 않고 푹 잔 느낌이다. 이렇게 깊이 잔 것은 참 오랜만의 일이다. 일어나자마자 하는 일은 역시 염탐. 바닥에 귀를 대는 일이다. 어제 왔던 그녀의 친구가 아직도 그녀의 집에 머무르나 보다. 그녀들은 어제처럼 대화를 나눴다. 내 운동화에 대해 언급해주길 기대하고 있다.

그녀는 친구에게 말한다.

"이거 오늘 신문이야. 난 다 봤어. 재미있는 기삿거리가 많아. 잘 읽어봐."

그 후 오랫동안 죽은 듯이 그녀들의 대화에만 집중했지만 운동화에 대한 이야기도, 나에 대한 이야기도 단 한마디도 없었다. 곧이어 그녀의 집 앞에 가보니 신문과 함께 운동화는 감쪽같이 사라져 있었다. 운동화의 행방 또한 묘연해졌다. 건물처럼 운동화도, 운동화에 담겨있는 그녀에 대한 나의 마음도, 일순간 사라진 것만 같다. 하지만 운동화를 사러 갔을 때 느꼈던 세상에 대한 경계심만은 사라지지 않았다.

내게 일어났던 이해할 수 없는 많은 일만으로도 복잡했다. 게다가 운동화까지 날 혼란스럽게 만들었다. 이대로 살다가는 점점 더 많은 혼란 속에 빠질지도 모른다. 두텁게 쌓여 있는 의문들의 정답들이 나타나기도 전에 계속 풀 수 없는 문제들만 늘어나고 있다. 뭘 어떻게 해야 하는 걸까? 정확한 원인과 결과를 알아내려는 노력, 그 노력을 언제쯤 시작해야 하는 걸까? 여전히 의문을 풀려는 노력이 불필요하다고 나를 타이르고만 있는 걸까? 당면한 과제들이 두려워서 자꾸만 뒤로 숨어드는 걸까? 해결해야 할 과제가 몇 개나 쌓여있었던가? 그 개수조차 제대로 파악하지 않은 채 이렇게 염탐하는 일에만 몰두해 있었던가?

그동안 내가 해 온 일에 대한 보상 따위를 바라는 심리가 아니다. 과자 공장에서의 오해, 그녀와 일했던 건물의 행방, 사라진 그녀, 소리만으로 나타난 그녀, 사라진 운동화, 모든 것이 거대한 의문만을 남긴 채 일말의 해결도 되지 않았지만 스스로 행복하다고 말할 수 있어야 한다는 강요를 하고 있다. 내 남은 인생에 대해 불투명함, 나의 어두운 과거에 더 짙은 상처를 남겼는데, 지금 이렇게 염탐만을 하며 사는 것에 만족하고, 과분한 행복이라며 기뻐 날뛰는 것이 진정 내 자아일까, 본연의 진심일까? 만약 그것이 거짓이라면, 나 자신에게도 솔직하지 못한 사람이었나? 혼란과 분노가 뒤섞인 푸념도 그리 오래가지 못한다는 것을 너무나 잘 알고 있다. 해결되지 않은 문제 앞에서는 소소한 푸념들도 힘없이 움츠러들다 편린이 되어 마음속 깊은 곳으로 꾹꾹 숨어들고 만다.

오늘도 이렇게 미래를 위해 아무것도 준비하지 않고 있다. 어두운 과거를 야금야금 긁어내며 현재의 나를 기쁜 마음에만 맞추도록 자기 최면을 걸고 있다. 일을 했던 날이 벌써 까마득한 옛날처럼 느껴진다. 오랫동안 일도 하지 않고 끼니조차 제때 챙겨 먹지도 않고 있다. 그래도 행복하다고 말한다. 그녀를 들을 수 있으니까. 하지만 밥은 좀 더 신경 써서 먹을 필요가 있다. 비록 지금은 이렇게 집 안에 갇혀 염탐만 하는 신세지만 언젠가는 다시 일도 해야 하며 그녀도 다시 만날 것이다. 그러기 위해서는 건강한 몸뚱이만큼은 비축해 두어야 한다.

이제 슬슬 염탐자의 본분으로 돌아갈 시간이다. 차가운 바닥에 냉큼 누워 귀를 바닥에 붙이고 그녀의 소리를 담기 위해 기다리며 대단한 무엇을 기대한다. 많은 혼란스러움에 가득 차 있는 나지만 이렇게 그녀를 염탐하는 순간만큼은 은밀하고 소름 끼치는 희열이며 현재 내 인생 최고의 쾌락이다. 염탐하는 시간 외에는 밀려드는 의문을 다스리고 미래에 대해 걱정도 하지만 그녀를 듣는 순간에는 온전한 행복의 숲에 나를 던질 수 있다. 그 순간만큼은.

진정 내게, 내 삶에 만족한다. 하지만 만족의 끝이 오래간다면 그것은 사람이 아닐 터. 나도 인간인지라 자꾸만 삐져나오는 욕심들을 늘 외면할 수는 없다. 가끔씩은 그런 욕심들에 맞장구도 쳐주고 깊이 공감하며 놀아주어야 한다. 그래야 거대한 절제의 미덕이 필요할 때 그 욕심들이 얌전히 숨어있을 수 있기 때문이다.

그녀의 집에 가고 싶다. 다시 그녀와 인사를 하고 그녀의 머리부터 발끝까지 내 눈으로 보고 싶다. 그녀와 나 사이에 그 어떤 장애물, 유리나 벽 따위 없이 온전히 공기만이 존재하는 공간에서 그녀와 마주 보고 싶다. 그리고 미소 짓고 싶다. 그녀가 주는 종이에 내 마음을 적고 그녀의 글씨체를 보며 흐뭇해 하고 싶다. 그녀가 끓여주는 따뜻한 차가 이토록 소중한 기억이 될 줄은 그때에는 미처 몰랐는데, 사무치게 그립다. 그때의 내가 부럽다. 그녀와 함께 손을 잡고 그녀의 노랫소리에 맞추어 춤을 추고 싶다.

그녀는 문을 열어 주지 않는 놀이를 계속하는 중이다. 언제까지가 될지 모르겠지만 어쨌든 근시일 내에는 그녀를 만날 수가 없다는 느낌이 강렬하게 나를 사로잡는다. 이쯤이면 난 또 욕심을 조심스레 접어두고 만족감을 불러내야 한다. 그녀를 만질 수 없지만 들리는 소리만으로 누릴 수 있는 그 모든 것을 최대치로 이끌어내야 한다. 나를 위해서.

그녀의 소리만으로 끝없는 상상을 펼치고 그 상상 속에 잠시나마 머물 수 있다. 그 시간의 쾌락을 위해 모든 의문과 슬픔을 외면한다. 그녀의 숨소리가 들려온다. 그녀의 집 천장을 서서히 아주 부드럽게 뚫고 내 집 바닥을 몰래 지나서 귓가에 은은하게 스며든다. 그녀의 거친 숨소리.

그녀의 거친 숨소리가 들린다. 그 소리에는 삶에 대한 아름다움, 격한 분노, 이해할 수 없는 일들에 대한 혼란스러움, 답답함, 그것들과 비슷한 그 어떤 어둠조차 포함하고 있지 않다. 그녀의 숨소리에는 어떤 어둠도 녹아있지 않다. 그녀는 내가 동경하는 것처럼 완벽한 밝음만을 가진 천사일까? 또는 완벽하게, 매우 치밀하게 어둠을 꾹꾹 눌러 담아 그녀의 가장 깊숙하고 은밀한 곳에 철저히 가둬두는 걸까?

그녀의 거친 숨소리에는 밝음도 어둠도 아닌 그 무엇이 느껴진다. 그것을 정확히 어떤 종류로 분리되어야 하는지 어떤 형용사로 표현해야 적절할지 잘 모르겠다. 다만 그 분위기는 매우 묘하다. 그녀가 가진 아름다움이 곁들여져 매혹적이게 꿈틀대는 묘한 욕망, 그 욕망이 보여주는 치명적인 아름다움, 날 어지럽게 하는 신비한 환영만이 그녀의 숨소리 안에 깊숙이 아주 골고루 퍼져

녹아 들어있다.

그녀는 운동을 하고 있다. 러닝머신 위를 달리고 있다. 운동하며 내뱉는 그 매력적인 숨소리에 홀려서 잠시 다른 소리를 듣지 못했던 것 또한 내 삶에 생긴 작은 의문이라고 해도 틀리지 않다. 깔끔하게 동여맨 머리카락이 사방으로, 일정한 간격으로, 그렇게 아름답게 흩날리는 소리, 그 소리에 담긴 향기, 그녀의 둔탁하면서도 가벼운 매력적인 모순이 담긴 발소리, 그 발소리가 알려주는 박자, 평소보다 빨리 일하는 그녀의 따뜻한 심장 소리, 그녀의 얼굴에서 흐르는 땀방울의 흐르는 속도, 색깔과 투명도, 향기, 햇빛에 반사되는 반짝임, 지금 그 모든 것을 동시에 감지하는 것이 가능한 것 같다. 시간이 흐를수록 그녀의 소리를 듣는 것에 대한 집중력은 나날이 격한 속도로 발전하고 있다. 이러한 발전이 내게 좋은 영향만을 끼치는 일이기를. 난 나조차 잘 모르게 고요한 내 자아에게 간절히 기도하고 있다.

세상의 모든 소리로부터 난 격리되어 있다. 원하지 않았지만 속세와의 인연이 끊긴 기분처럼, 그렇게 모든 세상의 소리에 귀를 닫게 되었다. 태어날 때부터 들리지 않았던 것에 대해 불만이 가득했던 나지만, 최근에 그녀에게 열려버린 나의 귀가 소중한 보물이 되었다는 것만은 그 어떤 푸념들이 떠올라도 부정할 수 없는 사실일 터. 비록 바닥에 쓰러져 있을 때, 극한의 고통 속에서 나를 버렸을 때 들을 수 있던 소리였지만, 난 만족한다. 만족한다고 나에게 수없이 말해 줄 것이다. 이 작은 행복마저 달아나 버리기 전에 실컷, 행복한 일이 찾아왔음을, 만족스러운 삶을 살아볼 수 있게 되었음을 내게 말해줄 것이다.

나에겐 이 모든 것이 과분함이다. 나 따위에게 그녀의 소리는.

잠이 들었다. 꿈을 꾸었다. 희미하다. 잘 기억이 나지 않는다. 하지만 붙잡아 본다. 희미한 꿈이 선명하게 떠올라 내 마음을 따듯하게 안아주기를. 이른 아침부터 나 자신에게 지독하게 기대를 한다. 어떤 꿈이었을까? 그녀와 함께하는 꿈일까? 과자 공장에서의 일일까?

다시 새로운 곳에서 일하게 되는 꿈이었을까? 미지의 세계에서 낯선 사람들과 친해져 새로운 삶을 시작하게 되는 꿈일까? 모든 의문을 해결할 필요가 없는 곳에서, 어둠 비슷한 것은 기억조차 잘 나지 않는 곳에서 새롭게 태어나는 꿈을 꾼 것일까? 모든 것을 들을 수 있고, 함께 있는 많은 사람이 나와 전혀 다르지 않아 기쁜 꿈, 그들과 같은 세계에서 함께 어울리는 꿈, 사람이 지겹고, 듣고 싶지 않은 소리에 귀를 틀어막고, 목청이 터져라 노래를 불러대는 꿈, 예의 바른 사무실에 앉아 푹신한 의자에 엉덩이를 깊게 찔러 넣고 컴퓨터를 톡톡 건드리며 넉넉한 월급을 받는 내 모습, 그런 꿈을 꾼 것일까?

꿈을 꾸지 않았다. 희미한 꿈을 억지로 선명하게 이끌어내 상상을 한 것뿐이다. 어젯밤 아무런 꿈도 꾸지 않았다. 현실의 나처럼, 미래에 대한 꿈 없이, 하루하루의 행복만 뒤집어쓰려는, 몸도 마음도 말라 가는 듯한 현실의 나처럼.

오늘 아침도 일어나자마자 밀려드는 회한의 그 무엇들과 뒤섞인 푸념을 꼬깃꼬깃 접어 며칠째 갈아입지 않은 바지 주머니에 푹 찔러 넣었다. 맛있는 밥을 먹고 싶다는 생각이 들었다.

난 빈민층이 아니다. 아직까지 먹고살 만하다. 이렇게 끼니를 제대로 챙겨 먹지 않고, 간식 따윈 전혀, 과자 부스러기조차 먹지 않는다는 전제하에. 쌀이 푸석푸석하게 찌푸리고 있다. 잔뜩 찡그린 표정으로 지들끼리 올망졸망 달라붙어서 나를 경계하고 있다. 그 표정들을 가볍게 무시하고 쌀을 푼다. 그리고 밥으로 만든다. 딱딱하고 날씬한 쌀 한 톨, 한 톨이 부드럽고 통통해져서 잔뜩 열을 받았다. 마구 김을 내뿜는 그것들을 입에 집어넣었다. 뱃속 깊이 들어간 그것들은 차가운 내 몸 안에서 다시 딱딱하고 날씬한 쌀로 되돌아가고 있는 것 같다.

밥을 먹고, 머릿속에서 일어나는 푸념과 만족의 전쟁을 구경하다가 거실 바닥으로 간다. 그녀는 무엇을 하고 있을까? 그녀를 염탐하고 있는 나는 온몸이 아파온다. 무언가가 내 안에 빠른 속도로 전이되어 모든 장기를 힘들게 녹이는 것 같다. 뼛속, 뇌 속까지 전이된 그 무엇들은 어둠은 아닌 듯했다. 다만 형언할 수 없는 기분과 함께 나른해지는 것 같다가 강한 긴장감과 함께 힘이 쭉 빠진다. 내 안에 들어왔던 쌀들도 모두 도망치듯 빠져나와 어딘 가로 돌아가고 있다.

그녀는 울고 있었다. 그녀가 우는 것을 듣는 것이 두 번째인지, 세 번째인지 가물가물하다. 그렇게 그녀의 소리에 집중해서 들었 건만, 멍청한 나는 그녀의 슬픔이 내게 몇 번째인지 가물가물하 다. 그녀의 눈물의 원인은 알 수 없다. 그녀에게 눈물이 되는 모 든 것을 내가 지켜줄 수만 있다면 얼마나 당당해질까 하는 헛된 상상도 해 보았지만 이룰 수 없는 가련한 꿈만 같은 일일 뿐, 지 금 울고 있는 그녀를 위해 아무것도 할 수가 없다.

흐느낌 비슷한 눈물은 분명 억울함은 아니었다. 분노 또한 아니 었다. 가벼운 화, 그것도 아닌 듯했다. 안타까움, 그것도 아니었 다. 멍청한 내가 표현할 수 있는 감정에는 한계가 있고 결국 그녀 의 감정을 맞추지 못하는 것일까? 기쁨의 눈물도 아닌 듯하다. 감 격의 눈물은 아닌 것 같다. 그냥 인간이 가지고 있는 평범한 눈물 이며, 아무렇지 않을 때, 자신도 망각했던 슬픔에 대한 스트레스 가 목에 걸려있을 때, 그래서 숨이 턱 막혀있을 때, 스트레스 해 소를 위해, 자신의 막힌 목에 그저 그런 가시를 간단히 제거하기 위해 흘리는 눈물, 그런 눈물을 흘리고 있는 거라고 믿고 싶다.

그녀를 위로해 주고 싶다. 하지만 그녀는 여전히 내게 문을 열 어주지 않는다. 두 뺨에 냉정한 눈물이 흐른다. 그녀가 기쁘면 나 도 기쁘고 그녀가 슬프면 나도 슬프다. 그녀와 내가 같은 감정을 느끼는 존재이길 바라는 마음은 그녀의 감정에 따라가기 위해 안달 나 있는 나의 애처로운 모습으로 표현되고 있다.

그녀와 내가 상호작용을 할 수 있는 정상적인 인간관계가 아니라는 사실이 나를 비참하게 해도 그녀에 대한 염탐을 멈출 수가 없을 것 같다. 염탐을 멈추는 순간 난 최악의 악마가 되어 그녀를 슬프게 하는 괴물이 되지는 않을까?

다시 들리지 않아도 좋다. 처음부터 난 들리지 않았으니까. 하지만 이렇게 들리는 지금은, 그녀를 위로하고 싶다. 정말 진심으로 그녀를 좋아하는 걸까? 단지 허상을 좇는 염탐자일까? 그녀의 눈물이 멈추기만을, 그 아름다운 소리가 빨리 멈추기를, 기다리고 또 기다리고 있다. 이것만이 내가 해야 할 일, 할 수 있는 일이라는 확신에 사로잡혀 있으니까.

3

———

불안

행복과 만족을 쫓아서 먼 길을 달려온 기분. 그 안에서 불안함과 함께 다가온 은둔의 그림자. 힘들다는 표현을 아껴두고 살았던 최근, 긍정적인 사람이 되리라는 열망에 갇혀서 힘듦을 지웠다고 생각했는데, 애써 감춰왔던 힘듦을 갑작스레 들켜버린 기분.

그녀는 힘들어하고 있다. 나처럼 힘들어하고 있다. 어쩌면 나보다 훨씬, 또는 나와 비슷한 그런 마음에 갇혀 힘들어하고 있을지도 모른다.

과거는 잊힌다고 믿었건만, 그것이 깨끗하고 완고한 그 무엇은 아니었을 터. 세상의 모든 소리를 듣고 싶어 했다. 그럴 때마다 모든 소리를 외면하고 살았던 것 같다. 너무 간절히 바라는 그 무엇은 충격적인 기적이 나타나 주지 않는 한, 절대 이뤄질 수 없을 거란 현실의 벽에 공격하고 싶어도, 힘차게 달려가 그 벽에 몸을 부딪쳐 보아도 절대 깨뜨릴 수 없는 벽이었음을 너무 잘 알고 있었다. 현실을 깨뜨리려 할수록, 벗어나려 달려갈수록 몸과 마음만 멍이 든 채 튕겨 나와 홀로 버려진다는 것을 너무 잘 알고 있었다. 이룰 수 없는 소망에 미련을 한 움큼 떼어 버려야 했으며, 그 무엇으로 대체해야만 하는 상황 속에 굴복하고 싶지 않았던 거다. 세상의 모든 소리로부터 버려졌다고 좌절한 순간, 더 이상 청력을 대체할 마음의 소리도 외면하고 말았던 건 아닐까?

깊은 좌절의 끝에 쓰러져 나 자신을 버렸던 그 순간, 어느 소리에 귀를 열 수 있게 되었다. 하지만 그것이 행복하기만 할 거라는 환상도 지금은 이렇게 무너져 내리고 있다. 어떤 것이 지금의 나를 슬프게 하는 건지 정확히 표현할 수 없는 멍청이지만 이렇게 아주 오랜만에 솔직한 마음을 털어놓고 있다.

지금쯤 그녀도 모든 세상 소리에 귀를 닫아버리고, 그래서 내게도 귀를 닫았던 것이고, 오직 그녀의 집 안에서 스스로를 가둬두었던 것일까? 하지만 내 마음을 토대로 그녀의 상황과 마음을 정하기에는 아직도 포기하지 못한 의문이 무겁게 굴러들어와 내 등을 깔아뭉갠다.

그녀는 집 안에서 친구도 만났고, 텔레비전 속의 세상에 깔깔대며 웃어대지 않았는가? 세상과의 소통에 완전히 단절된 상태는 아니지 않은가? 그녀와 나의 슬픔을 같은 맥락으로 설명하려 들기엔 너무 억지스러운 고집쟁이 같다. 그녀는 모든 소리로부터 열려 있었지만 지금은 그녀의 집 안에 갇혀 친구 한 명과 텔레비전이 유일한 세상과의 통로다.

난 처음부터 세상의 소리에 분노를 안고 외면해왔으며 나 자신을 버린 후에 그녀의 소리만을 듣게 되었다. 나보다 그녀가 더 슬픈 상황일지도 모른다. 그녀는 지금 누군가의 보호가 필요할지도 모른다. 그녀의 친구가 다시 찾아와 곁에서 함께 울고 웃어주었으면 좋겠지만 그녀의 친구는 지금 그녀 곁에 없다.

내가 그녀의 친구에게 연락하여 그녀를 위로하라고 명령하는 일도 우습다. 그보다 더 우울한 것은 그녀 친구의 연락처도 모르며 그보다 더 슬픈 것은 난 말할 수 없다는 것. 나의 간절한 부탁을 글씨로밖에 전할 수 없는 것. 그보다 더 슬픈 것은 모든 상황이 허락된다 해도 지금 그녀의 친구에게 어떤 부탁을 할 용기가 없다는 것이다. 지금 그녀에게 필요한 사람, 커다란 위로가 되어 그녀가 편히 기댈 수 있는 사람, 믿음직스러운 강인한 남자, 그 사람이 나였으면. 그녀가 필요한 사람이 나였으면.

그녀에 대한 상상만으로 만족감을 얻을 수 있었지만 그것은 오래가지 못한다. 상상이 주는 만족감으로는 지금의 번민에 가득 찬 나의 공허함을 채워주지는 못한다. 누군가가 필요한 것은 그녀가 아니라 나다. 내가 그녀에게 필요한 사람이었으면 하는 마음보다 더 시급한 것은 내게 필요한 사람이 그녀라는 것. 그녀가 아니라도 그녀를 대신할 그 누구라도 난 필요하다. 그 누구라도 내게 위로가 되기를. 하지만 아무도 없다. 아무도 나를….

그녀에게로 홀연히 건너가고 싶다. 그녀와 만나는 일이 더 이상 복잡하고 어렵게 느껴지지 않았으면 좋겠다. 여태껏 불안하고 우울했던 아픈 마음은 앞으로 다가올 행복을 위함이었기를 바란다.

그녀에게 가고 싶다. 그녀의 집. 그 문이 열렸으면 좋겠다.

'이제는 제발 내게 문을 열어주세요. 그녀의 문을, 낡은 그 문을, 그녀의 마음을, 그녀의 귀를 내게 열어주세요.'

아주 활짝, 오직 나만을 향해 열리기를. 난 바라고 있다.

그녀를 들을 수 있다는 행복 속에 자꾸만 불안과 짙은 우울함이 밀려드는 것은 한 문장으로 설명될 수 없이 난해하며 안타깝다. 하지만 지금 간단히 표현할 수 있는 것이 있다면 그것은 나의 통장이다. 지극히 현실적이면서도 감추고 싶은, 지난날에 대한 부분적인 보상이면서 지금은 미래를 매정하게 갉아먹는 냉정한 물건. 통장은 매우 얇고 힘없는 모습으로 변해있었다. 물론 나의 시각이 변했다는 것이 옳은 말이겠지만 통장은 더 이상 내게 뱉어낼 돈을 저장하지 않았다.

일을 해야 한다. '이제는 일을 하지 않으면 안 되는데, 더 이상 지출을 하면 안 되는데'라는 말이 더 시급한 과제로 떠오른다. 통장이 굶주려 죽어갈수록, 나의 행복이 날아갈수록, 나의 미래가 두려울수록 더더욱 흘러가는 행복을 움켜쥐고 놓치지 않기 위해 힘을 모두 소진하고, 그로 인해 새로운 행복을 기다리는 일도 놓쳐버릴지 모른다는 불안감까지 더해져 나의 인생은 정말로 별 볼일 없는 하찮은 휴짓조각으로 변해 쓰레기통으로 옮겨질 것이다.

과거가 무거워질수록, 현재가 안타까울수록, 미래가 미치도록 두렵고 불안해질수록 예전의 나의 모습을 잃어만 가고 있다. 지금 붙잡고 싶은 것, 붙잡아야만 하는 것이 무언인지 정확히 내뱉어야 하는데, 망할 단어가 떠오르지 않는다. 잘 모르겠다. 아직까지도 잘 모르겠다. 무언가 상황이 악화되어 가는 것만은 확실한데 아직도 정확히 나 자신을 위해 해야 할 일들과 마음가짐에 대해 말하지 못한다. 분명히 알고 있으면서, 왜 내 안의 나는 무엇을 위해 모른 척하는 건지 도통 알아낼 수가 없다.

어렵게 찾아온 행복, 난 그녀의 소리를 붙잡기 위해 나의 어떤 모습들을 잃어버리게 되었는지 잘 모르고 있다. 그녀의 소리가 희미해진다는 불안감으로 괴롭다고 말하지만 나 자신을 괴롭히고 있는 것이 나의 마음이라는 것 또한 어렴풋이 알 것도 같지만 확실하다고 인정하고 싶지 않은 그 무엇. 그냥, 누군가의 위로가 필요하다고 푸념하며 그녀의 소리에 집착하며 이 집착이 언제 끝날 것인지에 대해 고민하면서도 그 끝이 오는 것을 매우 두려워하고 있다.

갑작스럽게 내일 아침부터 그녀를 들을 수 없다면 어떻게 변하게 될지, 당장에 그녀의 소리에 대한 미련을 떨쳐내고 취업을 위해 힘쓸 수 있을는지 모르겠다. 두렵다. 바닥난 통장 밑에서 나약한 나는 아주 오랫동안 숨어 있다가 먼 훗날 세상 밖으로 살짝 발을 내딛기 시작할 거다. 그것이 아주 나중이라면 좋겠다.

외로움에 묻혀 있는 나의 환상, 그 외로움에서 벗어날 연습일 뿐일지도 모른다. 이 모든 것이. 난 따뜻함을 듣고 싶어. 그래서 보이지도 않는 목소리에 색깔을 입혀 내 마음속에 담아 두려는 거다. 꾹꾹 눌러 담아서 절대로 새어나가지 않게, 잃어버리지 않게. 이 소중한 소리를 잃어버린다면 그것은 내가 진정 이 소리로부터 벗어나기를 원할 때, 하지만 지금은 이렇게 소중히 담아두고 싶은 소리. 마음속 깊은 곳에 눌러 담고 단단하게 묶어두고, 행여나 잊힐까 생각하고 또 생각하고. 내게 쏟아지는 그 어떤 소리들을 걷어차고 매일 밤 외로움을 입는 나는 고집쟁이.

어렵게 찾아온 이 행복만은 영원히 내 안에 보관되기를…. 하지만 이 소리가 언젠가는 날 떠날 거라는 확신이 자꾸만 밀려드는 밤, 두려움에 지쳐 잠이 들고 말았다. 긴장감에 자주 깨던 새벽을 뒤로하고 아침이 내 등 뒤에 걸쳐 있다. 그녀의 소리를 들을 수 없게 될 때를 대비하여 마음의 준비를 하고 있지만 오늘은 안 된다. 갑자기 그녀를 들을 수 없다면 아무것도 할 수 없게 될 거다.

난 아직 그녀의 소리를 들어야 한다. 아직은, 오늘만이라도, 제발. 바닥에 엎드려 한참을 기다린다. 그럴 리가 없다. 분명히 들을 수 있을 것이다. 오늘부터 들리지 않게 되는 비극은 절대 안 된다. 난 기다린다. 기다리고 또 기다리고 있다.

그녀가 괴성을 질렀다. 기뻐하는 그녀의 소리를 들었다면 더 좋았겠지만 목이 찢어지는 것 같은 소리에 내 귀도 찢어질 듯 아파온다. 그녀의 괴성은 길었다. 난 의외로 침착했다. 그녀에게 생긴 어떠한 일에도 해결 방안을 제시해 줄 수 없다는 것을 잘 알고 있으며 어떤 행동을 취해도 정확한 원인을 규명할 수 없다는 것 또한 슬프게도 잘 알고 있기 때문이다.

궁금함은 추측으로 대체해야만 한다. 그녀의 괴성의 원인은 무엇일까? 작은 단서라도 얻기 위해 바닥에 좀 더 귀를 밀착시켜 온 신경을 그녀의 집에 집중시킨다. 그녀의 괴성은 끔찍한 어떤 것을 확인한 소리 같았다. 혹시 그녀의 집 천장이 갑작스럽게 투명해져서 지금의 내 모습을 확인한 것은 아닐까?

지금의 내 모습. 아침부터 식음을 전폐한 채 그녀의 소리만을 기다리던 모습. 힘없는 나의 모습. 대나무같이 말라버린 피부색이 우중충하게 어두워져 버린 내 모습. 초점을 잃은 눈빛에 떠다니는 공허함, 사방으로 비쭉비쭉 퍼져 어딘가 세상 밖으로 도망갈 것 같은 모양의 혐오스러운 머리카락들의 모습. 내가 생각해도 참으로 매력 없는 모습이다. 사람 같지 않은 모습, 곁에 두고 싶지 않은 모습. 하지만 이런 모습이라도 단 한 사람만은, 이 세상에서 누구라도 단 한 사람만은 나를 위해 내 곁에 있어주기를…. 그녀를 만날 때는 절대 이런 모습은 보여주지 않으리라. 아침부터 몸을 깨끗이 씻고 밥도 배부르도록 많이 먹어서 보기 좋은 살집을 넣어야지. 머리 손질은 한 시간 동안 하고, 가장 깔끔한 옷을 꺼내어 입어야지.

그녀는 어떤 것을 보고 놀란 것일까? 외로움이 몸 안에서 터져버려 괴성을 지른 것일까? 무시무시한 벌레, 그녀의 몸통보다 훨씬 큰 벌레가 나타난 걸일까? 도둑이 들어온 걸까? 아니다. 나의 추측은 모두 가능성이 낮은 것들이다. 벌레 소리도, 도둑 소리도 전혀 들리지 않았다. 모르겠다. 오늘도 또 하나의 의문만 늘어난 채 염탐이 종료되는 걸까?

결국 괴성의 원인을 난 알지 못했다. 여전히 온갖 추측만을 만들어냈을 뿐. 복잡한 머릿속에 의문들이 자꾸만 추가되지 않기 위해 궁금한 문제들에 대해 최종적으로 가장 어울리는 답변, 내가 원하는 답변을 정해서 그 답이 진실이라 믿어버리는 습관을 기르기로 했다. 이번 질문의 답변은 확인. 확인이다.

그녀는 나와 비슷했다. 언제나 비슷했다. 그것은 내가 그녀의 감정선을 쫓아가려는 노력 때문에 일어난 착각일지도 모르지만 최소한 조금씩은 비슷했던 것 같다. 처음 그녀의 소리를 들었을 때 기뻐했던 것처럼 그녀도 기쁨의 춤을 추고 노래를 불렀고, 지금의 내가 이렇게 불안해하고 그녀의 소리에 집착할수록 그녀도 무언가를 잃는 느낌에 흐느끼고 있었다. 그녀와 나의 감정은 거울처럼 닮아가고 있다고, 그것이 우연이 아닐 것이라고 믿고 싶다.

그녀의 괴성의 원인은 그녀가 더 이상 어떤 것을 잃고 싶지 않음의 괴성이다. 그녀의 목소리가, 청력이 여전히 건재한가를 확인했을 것이다. 지금은 한결 편안해졌을 것이다. 오늘도 그녀의 소리를 들을 수 있음에 한결 편안해진 지금의 나처럼, 그녀도 자신의 목소리를 확인한 후 안도감에 미소 짓고 있을 것이다.

그녀의 괴성이 사라진 후 한참 동안 편안함에 묻혀있었다. 그리고 아직 그녀에게 벗어날 시기가 아님을 느끼고 있었다. 그녀의 소리를 듣는 것이 지겨워질 때, 그때가 되려면 꽤 많은 시간이 흘러야 한다고 해도 그때까지 그녀의 소리를 염탐하는 일에만 매여 있어야 할 것만 같다.

이런 생각을 하는 내가 안타깝다. 안타깝지만 조금만 더, 아주 조금만 더 변하지 않은 채로 요즘과 같은 상황에 머물러 있고 싶다. 그녀의 집으로 찾아가 그녀를 만나려는 마지막 시도가 언제였는지 잊어버렸다. 아주 사소한 것조차 이렇게 빨리 잊었는데, 어떻게 잃고 싶지 않은 소리를 내 안에 깊이 담아 두고 잊지 않을 수 있을까 걱정스럽다.

오늘은 그녀의 집으로 찾아가 볼 거다. 만약에 오늘 그녀의 집이 완전히 사라졌다 해도 그녀의 집이 머물던 그 공간 안에 들어갈 테다. 꼭 그녀를 만나고 말 테다.

괴기스러운 모습을 감추기 위해 깨끗이 씻었다. 내 몸은 먼지가 켜켜이 쌓여있는 책장 같았다. '후'하고 불면 먼지가 날아가지만 먼지의 색깔과 냄새만은 내 피부에 깊이 달라붙어서 흐르는 물에 몇 번이고 씻어 내야만 했다. 빨래를 해본 지 백 년은 된 것 같다. 몇 개 안 되는 옷들이 쌓여서 목욕을 기다리고 있었다. 하지만 지금 그 옷들을 씻겨줄 여유가 없다. 내 몸 하나 씻는 것도 버거운 일이다.

그렇게 그녀를 염탐하는 일 외에는 의지력을 잃어가고 있었다. 하지만 괜찮다. 서서히 그녀의 소리와 상관없이 일자리를 구하기 위해 노력할 테니까. 물론 지금은 이렇게 그녀만을 염탐하고 있지만.

문을 열고 그녀의 집으로 가는 계단을 내려간다. 한 칸, 또 한 칸 내려갈수록 그녀의 집은 가까워지지 않고 더 멀어져만 가는 것만 같다. 내려가고 또 내려가도 9층은 나오지 않는다. 내 집은 10층인데 100층부터 내려온 사람처럼 힘겹고 지친다. 내가 찾아오는 것이 너무나 싫었던 그녀가 계단을 늘려놓았던 걸까? 하지만 절대 이 정도에 자극받지 않을 것이다. 계단 따위에 지치지 않을 것이다. 포기하지 않을 것이다.

내려가고 또 내려가도 그녀의 집은 나오지 않는다. 난 절대 지지 않는다. 그녀를 만나겠다는 강한 의지를 보여주겠다. 기괴해진 계단보다 나의 의지가 더 독하다는 것을 보여주겠다. 계단은 끊임없이 지속되었다. 이것이 꿈이 아닐까 생각해보기도 했지만 분명 현실이었다.

계단을 내려가면서 이런저런 생각들이 내게 날아와 꽂혔다. 과자 공장을 그만두었을 때 다른 직업을 택했다면 지금쯤 어딘가에서 열심히 일하고 있지 않을까? 이렇게 일도 하지 않고 그녀만 듣고 있는 내 모습에는 그녀의 책임도 아주 조금은 포함되어 있지 않을까? 그녀는 분명 원인 제공자다. 사라져버릴 건물을 그녀가 내게 소개시켜주지 않았다면 난 어딘가에서 열심히 일하고 있을 텐데, 그녀 때문에 사라진 건물에 대한 혼란과 백수 생활에 힘겨워하고 있는 것이다.

그녀에 대한 원망이 밀려들면서 걷잡을 수 없는 화가 치밀어 올랐다. 다리에 힘이 더해지고 빠르고 정확하게 계단을 내려가고 있다. 계단은 끝이 났다.

내 눈앞에는 그녀의 집이 있다. 마음속에는 그녀에 대한 원망이 있다. 그녀의 문은 훨씬 더 낡아빠지고 괴기스러워졌다. 문 색깔은 분명 변해있었지만 정확히 어떤 색이었는지 잘 기억이 나지 않는다. 하지만 분명히 많이 어두워졌다는 것을 알 수 있었다. 범

접할 수 없는 느낌이 가득한 문은 초인종을 누르려는 나를 밀어냈다. 그녀는, 적막과 함께 나를 빠르고 힘차게 밀어냈다. 그녀는 날 밀어냈다. 짜증이 났다. 격한 고통이 밀려왔다. 하지만 이대로 염탐을 멈출 수가 없다. 언젠가 저 문을 열고 말 테다.

누군가 등 뒤에 숨어서 염탐을 명령하는 것 같다. 시시때때로 감시하는 것 같다. 절대로 절망의 늪에서 벗어나지 못하게 붙잡고 있는 것 같다.

또 하루가 지나갔다. 시간은 무척이나 더디게 흘러가는 것 같다가도 지나고 나면 굉장히 빨리 지나갔다는 것을 알 수 있게 된다. 참 신기하다. 그녀를 붙잡고 있어도 언젠가 그녀를 놓았던 순간마저 까맣게 잊게 될지도 모른다.

오늘도 여전히 우울하다. 통장 때문만은 아닐 거다. 무언가 굉장히 실패한 느낌이다. 쓸모없는 느낌이다. 나를 필요로 했던 과자 공장의 1층 구조가 잘 기억이 나지 않는다. 아주 오랫동안 다녔던 곳이었는데도 이렇게 지나고 나면 당연한 것을 너무나 당연히 잊고 만다. 이것은 망각이라는 것과는 다른 기분 나쁜 느낌이다. 언제까지나 소유하고 싶은 나만의 그 무엇을 누군가 내 눈을 가리고 빼앗아간 느낌이다. 어떤 것에 정착하지 못한 채 떠돌아다니는 느낌이다. 난 여전히 내 집에 머물러 있고, 아주 가끔 최소한의 식량을 구입하며, 그녀의 소리에 즐거워하고 그녀의 소리를 담아두고, 그녀의 소리가 나와 반대 방향으로 가는 것에 대해 두려워한다.

아무것도 준비하지 못한 채 자꾸만 미래로 흘러간다. 먼 미래로 끌려간다. 이렇게 변하지 않은 채로, 줄어가는 통장을 품은 채로, 그녀의 소리를 꽉 움켜쥐고 놓치지 않으려 팔을 늘리고 또 늘리다가 팔이 아프다. 하지만 그녀는 자꾸만 과거로 간다. 나와 반대 방향으로 흘러간다. 과거가 되어 사라지려는 그녀의 소리를 두고 자꾸만 미래로 끌려간다. 그래서 무섭다. 과거가 되는 그녀도, 불투명한 미래 속에 던져지는 나도 무섭다.

오늘 아침. 앉아있다. 거실 바닥에 멍하니 앉아있다. 어느 한 곳을 응시하는 듯 보여도 사실 내 눈의 초점은 그 어디에도 맞춰져 있지 않다. 그저 허공 속에 둥둥 떠다니며 방황하고 있다. 좋은 시력에 우쭐하던 나의 눈은 초점 하나 제대로 맞추지 못한 채 아무런 희망의 빛도 없이 어둠만을 담은 채로 썩어가고 있다. 중요한 일을 잊어버리고, 그 일이 무언인지 생각해내지 못하는 사람처럼 이러지도 저러지도 않고 멍하게 인형처럼 앉아있다. 이렇게 앉아있는 나의 모습은 기억상실증 환자 같다. 아무런 기억도 떠올리지 못해서 당황한 표정, 잔뜩 난감한 표정처럼. 집 안에 도둑이 들어왔는데 너무 놀라서 마음속으로만 고민하는 사람의 표정처럼, 신고를 하기 위한 시도를 몰래 해야 하는 것인지, 맞서 싸워야 하는 것인지, 묵묵히 생명이나 지켜내야 하는 것인지,

생명과 함께 돈도 지켜내기 위해 지혜를 발휘해야 하는 것인지 머릿속으로는 온갖 방법을 떠올리면서도 도둑의 눈에는 인형처럼, 시체처럼 비칠 만큼 미동 없이 앉아있는 사람의 표정처럼 바보 같은 표정으로 오랫동안 고정되어 앉아있다. 우주의 가장 높은 곳에서 매달려 있을 때 내 몸을 묶고 있던 줄이 갑자기 끊어지면서 내게는 중력이라는 악마가 찾아오고, 지구의 가장 낮은 곳까지 아무런 생각 없이, 대책 없이, 반항 없이, 뚝, 그렇게 떨어진 사람의 표정처럼 허공을 응시하며 이렇게 앉아있다. 나란 존재는 어디서 어떻게 흘러가는 것인지 아무것도 기억하지 못하는 사람의 표정처럼, 우주에서 이곳까지 어마어마한 공간 속을 내려오면서 어떤 생각들을 했었는지, 어떤 것들을 보았는지, 아름다운 것들을 보았는지, 슬픈 것들을 보았는지, 무서운 것들을 보았는지, 어떤 소리를 들었는지, 어떤 향기를 맡았는지, 어디로 어디까지 내려가는 것인지 전혀 궁금해하지 않았던 것처럼, 전혀 모르는 사람의 표정처럼, 높은 우주에서나 낮은 지옥에서나 한결같은 표정으로 멍하니 다른 세계만을 바라보는 사람의 표정처럼 그렇게 앉아있었다. 그러다가 문득 저 높은 우주에서 떨어지기 전에 날 묶던 줄은 어떤 줄이었는지 궁금해지고 누가 그 줄을 왜 자른 것인지도 궁금해졌으며 이곳에 도착하기까지 왜 아무런 생각을 하지 못했는지, 저 위에서는 난 누구와 어떤 이야기를 하고 있었는지, 무엇을 위해 살고 있었는지조차 떠올리지 못한다. 그리고 뒤늦게 깨닫는다. 처음부터 날 묶고 있던 줄 따위는 존재하지 않았다는 것을.

말도 안 되는 공허한 문제들에 대해 허우적대던 나는 여전히 아무것도 하지 못하고 있다. 지금 이 순간 이후로는 정말 아무것도 들리지 않을지도 모른다. 그것이 두렵다. 하지만 그것이 왜 두려운 일인지에 대해 의문을 갖고 있다. 예전으로 돌아가는 것뿐인데, 왜 두려워하는 것인지에 대해 지독한 의문을 품은 채 울고 있다.

아주 오래전부터 지금까지 변함없이 세상이 전혀 들리지 않았다면 오히려 행복했을지도 모른다. 적어도 지금보다 아주 편안했을지도 모른다. 그녀의 소리를 듣고 무척이나 행복하다고 생각했고 내친김에 긍정적인 생각만 하는 멋진 남성이 되리라는 가련한 꿈도 품었었다. 하지만 그것은 모두 외로움과 그 무엇들에 지쳐있는 모습을 당장 덮어줄 얇은 보호막일 뿐이었다. 그 얇은 보호막은 약간의 자극에도 쉽게 찢어지고 아프고 보기 흉하다. 지금 나를 힘들게 하는 것이 얼마나 복잡하고 깊은 문제들인지에 대해 표면적으로 나열하고 싶지는 않다. 난 여전히 이렇게 얇은 보호막 안에 숨어있고 싶다. 이것이 얼마나 위태로운 일인지에 대해 느끼고 있음에도 불구하고 난 아픔을 피해 도망 다니고 있는 사람이다.

그녀의 소리를 언제까지 들을 수 있을까? 그녀의 소리가 완전히 멀어진 후에는 그녀를 만날 수 있을까? 그녀를 염탐하는 일이 끝났을 때 그녀를 만날 수 있을까, 없을까?

개의치 않았으면 좋겠다. 그때에는 정말 그녀를 잊게 되었으면 좋겠다. 그리고 책을 읽고 음악을 마음으로 들을 수 있던 그때로 돌아갈 수 있다면 좋겠다. 하지만 그때에는 지금의 나를 그리워하지 않을까? 그렇다면 대체 어디로 어떻게 숨어들어야 내 몸과 마음을 온전히 보호할 수 있게 될까?

재앙, 내게 다가올 재앙에 대해 구체적으로 떠올리고 싶지 않다. 내게는 좋은 일만이 다가올 거라는 꿈을 움켜쥐고 일어나고 싶다. 지금 이 순간 이후로 다시 세상의 모든 소리로부터 버려진다면, 그것이 내게 축복일까 재앙일까? 그 어떤 제대로 된 답변도 파악하지 못한 채 두려움에 떨고만 있다.

이런 내 모습을 바라보고 있노라면, 한숨, 깊은 한숨. 외로운 것 같다. 아마도 많이 외로운 것 같다. 단지 그녀 때문만은 아니다. 오히려 그녀라는 존재는 어쩌면 내게 함축적인 의미에 지나지 않는 상징적인 사람일 수도 있다. 그녀에 대한 그리움 때문에 외로운 것 같다는 말도 더더욱 옳지 않을 것이다. 아주 오래전부터 언제나 외로웠던 것 같다. 예전에는 외로움이라는 말에 대해 이토록 무거운 피로감과 고통 같은 것은 존재하지 않았던 것 같은데, 지금은 분명 외롭다고 느낀다.

표현하지 않았기 때문일 거다. 예전엔 외롭다는 표현을 진심으로 나 자신에게 인정받으려 애쓰지 않았던 것 같다. 이렇게 깊이 있게 생각하지 않았던 것 같다. 지금의 내가 너무나 한가해서, 예전에 깊이 생각하지 못했던 많은 일에 대해, 내 감정들에 대해 좀 더 솔직하고 깊이 있게 생각하게 되는 것 같다. 자아 성찰의 시간을 갖기 위해 계획된 시간일까? 이따금씩 인생은 모든 이유에 의해 정해져 있는 극본 같다는 생각이 든다.

외로움, 내 생각의 깊이 때문만은 아닌 것도 같았다. 분명 예전에 갖고 있던 외로움과 지금 느끼는 외로움은 달랐다. 경계, 지독한 경계만을 가득 내뿜었던 나. 같이 일했던 사람들, 그 사람들이 어느 순간에는 내 외로움을 나 몰래 덜어냈던 걸까? 그랬을지도 모른다는 생각은 하지 못했는데, 지금은 그럴 수도 있겠다는 생각이 든다. 아니다. 그건 나의 헛된 욕심일 뿐일지도 모른다. 그 누구도 나의 외로움을 걷어가지 못했다. 그런 사람은 내게 존재하지 않았다.

그녀도 마찬가지다. 내가 이 세상에 존재하면서부터 어떤 사람들이 외로움을 느끼게 해주었는지를 떠올려본다. 너무나 많아서 그 머릿수를 다 헤아릴 수 없을 정도다. 아무것도 들을 수 없는 내게 모두들 고요함 속에서 나를 외면했고 아무도 나를 따뜻하게 안아주지 않았다. 어떤 사람들이 나의 외로움을 흐리게 해주었는가? 누군가 단 한 명이라도 떠올리려고 무척이나 애쓰고 있다. 나도 모르게 누군가가 내게 다가와 외로움을 걷어갔을지도 모른다는 추측은 나를 더욱 비참하게 만드는 것 같다. 지독하게 꼬여버린 못된 심성의 나를 더욱 우울하게 만드는 것만 같다. 하지만 떠올리고 싶다. 기억해 내고 싶다. 그 누군가를. 나의 외로움을 덜어내기 위해 노력했던 그 누군가를.

내 몸 구석구석 퍼져 깊이 도사리고 있는 외로움을 그 누가 건드려 주었는지, 가져가 주었는지, 흐릿하게나마 떠올리려 눈을 감고 머릿속을 온통 뒤져보았지만 떠오르지 않았다. 기억나지 않았다. 누군가가 선명하게 기억났다고 해도 그것은 아마 허상이었으리라. 실존 인물은 아니었으리라. 외로움에 허덕이던 내 자아가 만들어낸 허상이었으리라. 날 보호하려는 두꺼운 보호막. 그것이었을 뿐.

그녀를 염탐하는 일에 하루를 다 써버리던 날도 줄이려 노력할 거다. 왜 그래야만 하는가에 대한 의문과 또렷한 필요성에 대해 말해달라는 내 안의 악마의 말을 잘근잘근 씹어 먹고 난 노력할 것이다. 그녀를 멀리하려는 노력은 소리의 행복을 빼앗아 가는 일일 수도 있지만 더 소중한 그 무엇을 지켜내는 일일 수도 있다는 느낌이 강하게 들기 때문이다.

이론적으로 잘 알고 있는 것을 그대로 행동으로 옮기는 일은 쉽지 않다. 내 마음은 좀 더 현실을 쫓기 위해 변하려 하지만 나의 몸은 여전히 바닥에 귀를 붙이고 그녀의 소리를 기대한다.

그녀의 소리가 완전히 사라지는 그 날이 언제일지를 상상한다. 구체적이고 실감 나게 상상하려 노력한다. 일부러 괴로운 상상을 하여 나 자신을 힘들게 하는 일을 당장이라도 때려치우고 싶지만 잘 모르겠다. 어떤 것이 나를 위한 일인지를 정확히 알지 못한다. 난 여전히 모든 것을 혼동하고 있다.

근 미래에 다가올 행복을 위해, 또한 재앙을 위해 지금의 내가 어떤 행동을 해야 하는지에 대한 혼동이 마약처럼 매일매일 찾아와 내 몸 안에 기분 나쁘게 퍼지고 있다. 이럴 때 나도 그녀처럼 친구를 불러다가 함께 고민하고 웃고 운다면 얼마나 좋을까? 당장이라도 연락하면 쏜살같이 내게 달려와 줄 사람이 단 한 명이라도 있었다면 내 마음은 이렇게까지 복잡하지 않을 텐데.

과자 공장 사람들에게 연락해 볼까? 매일매일을 경계하며 지내왔지만 옆에 있다면 적어도 편하긴 할 텐데…. 아니다. 어찌 되었든 과자 공장을 나온 계기에 대해 떠올려야 한다. 난 억울한 입장이다. 사적으로 연락할 이유가 없다. 그리고 만약 불미스러운 일이 없었다고 해도 개인적으로 연락 한 번 안 하다가 갑자기 연락한다면 얼마나 내 꼴이 우습겠는가? 하지만 만약 그 일이 없었다면 여전히 그들과 일하고 있었을 텐데. 그게 다 무슨 소용인가? 어찌 되었든 지금은 나를 잊었을 텐데….

혹시 그 사람들도 이따금씩 나를 떠올리지 않을까? 내게 너무 미안해서 다시 연락하고 싶어도 연락하지 못하는 것은 아닐까?

그래서 지금 내가 연락한다면 미친 듯이 반가워 해주지 않을까? 아니다. 그럴 리가 없다. 안타깝게도 현실은 그럴 리가 없을 것이다. 모두 나 따위는 짙은 안개처럼 희미한 과거 속으로 망설임 없이 풍덩 버렸을 것이다.

당장이라도 거리로 나가 친구를 구해볼까? 길을 걷다가 비슷한 나이의 평범한 체격을 갖고 있고 밝아 보이는 인상의 남자를 발견하면 그 남자에게 조심스럽게 다가가 '나와 친구를 해 준다면 너무나 감사하겠어요'라는 글귀를 적은 종이를 건네 볼까? 생각처럼 쉬운 일이 아니다. 나의 장애를 모르는 사람은 자칫하면 나를 이상한 사람으로 오해하기 십상이다. 모르는 남자가 다가와 동성에게 감성적인 느낌의 쪽지를 건넨다는 것은 매우 어두운 방향으로 해석될 것이 분명하다.

그렇다면 좀 더 만만한 상대를 물색하는 것은 어떨까? 늦은 저녁이나 밤과 새벽 사이에 모자를 눌러쓰고 한산한 거리로 나간다. 좁은 골목길에 누군가 신음을 내뱉으며 쓰러져 간다. 아무도 그 사람을 발견하지 못해 지나치고 오직 시력 좋은 나만이 그자를 발견했다. 그 남자의 나이는 나보다 한 살이나 두 살 어린 것으로 추정되며 작은 체구에 힘이 없다. 통장은 나만큼 바닥나 있으며 좋아하는 여인에게는 눈길조차 주지 못하는 용기 없는 남자다. 그 사람은 누군가에게 실컷 얻어맞았는지 컴컴한 골목에 버려져 있다. 그 남자는 말도 할 수 있고 들을 수도 있지만 나처럼 좋은 시력은 없다. 그 남자는 가족도, 친구도 없으며 무거운 외로움과 두려움을 등에 메고 낑낑대고 있다. 그 남자에게 다가간다. 아주 천천히 조심스럽게, 경계를 늦추지 않으며 그 남자를 향해, 생에 첫 친구를 만들기 위해 조용한 발걸음으로 한 발 한 발 다가간다.

그 남자는 두려움에 가득 찬 눈빛으로 나를 경계하고, 난 친구가 필요하다고 적은 종이를 그 사람의 손 위에 떨어뜨린다. 그는 절망처럼 어두운 밤의 컴컴한 골목에서 낯선 내가 준 종이에 쓰여 있는 글자를 읽기 위해 노력한다. 눈을 가늘게 떴다가 종이를 눈앞에 가까이 가져갔다가 눈동자를 크게 떠서 이마에 잔뜩 주름을 만들며 글자를 읽기 위해 안간힘을 쓰는 그 모습은 처량하고 멍청하다. 그때 그 남자에게 날카로운 시선을 꽂아 넣으며 당장 대답하지 않으면 널 죽이겠다고 협박한다. 두려움에 벌벌 떠는 그 남자의 눈동자를 손톱으로 후벼 판 후 내가 준 종이를 씹어 먹으라고 명령한다. 왜 너같이 멍청한 사람도 들을 수가 있는데 난 세상을 들을 수가 없는 거냐고 남자에게 화를 낸다. 남자는 내게 무조건 미안하다고 말하며 울먹인다. 미안하다고 말하는 그 남자에게 더 거칠게 화를 낸다. 미안하다고 말하는 것을 보니 내가 듣지 못하는 것이 네 탓이었다는, 말도 안 되는 억지를 부리며 그 남자의 머리채에 나의 다섯 손가락을 깊게 파묻고 단단하게 움켜쥐어 손가락 끝마다 강한 힘을 주어 빠르게 달려온다. 그렇게 내 집 안에 낯선 남자를 내던지고 내가 갖고 있는 모든 혼란과 고민, 내가 느끼는 감정들의 이유들을 종이에 적어 내게 제출하라고 명령한다. 그 남자는 불안감에 싸여있으면서도 내가 가진 문제들을 대신 해결해 주기 위해 열심히 무언가를 적고 있다. 만족할 만한 정답들을 모두 적어 제출할 때까지 절대 내 집에서 나갈 수 없다고 명령하며 그 남자의 귓가에, 그 남자의 마음에 칼을 꽂는다.

내 안에 숨어있는 잔인함을 발산하는 상상도 마음의 공허함을 채워줄 수 없으며 절대 실천할 수 없는 일이다. 상상 속의 남자가 현실에서도 존재한다면 현실에서는 상상과는 상반된 모습을 드러낼 것이다. 그 남자의 상황이 열악할수록 절대 내 명령에 복종하려 하지 않을 것이다. 오히려 단단한 분노를 방어로 나를 무시할 것이다.

지금까지 누군가를 의지한 적이 있었을까? 단 한 번도 내 마음의 아주 작은 공간이라도 누군가에게 아주 살짝이나마 기댄 적이 있었을까? 있었다고 믿는다면 난 자신을 속인 것이다. 마음을 자세히 뒤져보면 누군가에게 의지한 적이 있었을지도 모르지만, 지금 당장 그 누군가가 생각나지 않는 것을 보면 아마 없었을 것이다.

의지할 사람이 필요한 것일까? 그만큼 난 힘든 것일까? 혼자인 것이 너무 힘들 정도로 견뎌낼 수 없는 고통의 사건이 내게 존재할까? 난 이렇게 나약한 존재일까? 아무 일도 없었던 것처럼, 사소한 일 따위 모두 잊고 평온한 마음만이 내 안에 가득 펴질 수는 없는 걸까? 요즘, 특히 오늘, 난 생각이 넘쳐 난다. 불필요한 생각들, 갈 곳 없는 생각들, 쓸데없는 기우들로 가득 찬 멍청한 생각들, 불쌍한 사람에게만 덕지덕지 달라붙는 더러운 생각들, 불안함에 오들오들 떨고 있는 가엽고 나약한 생각들, 내일 해도 될 생각들, 어제 했어야만 했던 생각들…. 세상에 존재하는 모든 생각이 강력한 힘에 이끌려 한 곳으로 몽땅 달려온 것 같다.

다양한 곳에서 한날한시에 다가온 그 생각들이 머무는 곳은 이곳, 바로 내 머릿속, 내 마음속이다. 아주 오래전에 암기해야만 했던 수많은 수학 공식들 하나도 기억하지 못한다. 잊어버린 것이 아니다. 난 수학 공식이 싫었다. 모든 문제가 분류되어 다른 공식 속으로 헤어져야 하고 정해진 공식에 의해 본연의 모습을 잃고 풀려 버리는 꼴도 싫었다. 허공에 떠다니는 보이지 않는 원칙들. 난 잘 모른다. 무의식은 어떤 원칙들을 늘 기억하고 나를 그 원칙에서 벗어나지 않도록 보호해주기도 할 테지만 원칙 같은 건 모르고 살아도 될 것 같았다.

자꾸만 내 마음대로 공식 따위를 정하려 한다. 감히 내가 그런 것을 정할 수 있는지에 대해 깊이 생각하지도 않은 채, 내 머릿속에 들어온 수많은 생각은 자꾸만 불필요한 원칙을 내게 보여주고, 믿게 하고, 불안하게 만든다. 그게 참 싫으면서도 나의 추측에 믿음을 살포시 밀어 넣고 있는 내가 어찌나 바보 같은지.

그녀의 소리가 사라진다면 완전히 사라진다면, 그녀 자체도 사라진다는 공식. 이런 생각이 든다. 분명 증명된 바는 없다. 타당한 근거도 없다. 다만, 나의 불안함을 증폭시킬 뿐인 불필요한 생각일 뿐이다. 그녀의 소리가 사라져도 그녀는 존재한다고 믿고 싶다. 그녀의 소리가 사라짐과 동시에 그녀의 존재 자체가 소멸되어 버린다면, 그때에는 정말 나도 사라질지도 모른다는 두려움이 강한 원칙의 갑옷을 입고 나타나 나를 짓누르고 있다.

아니다. 절대 그럴 리가 없을 것이다. 내가 그녀의 소리를 내 안에 담음으로써 그녀의 감정들을 예측하고, 그녀와 함께 느끼고, 기뻐하고, 고통스러워한다. 내가 그녀의 감정에 따라갈 때면 나도 그녀와 같은 곳에 서 있다는 착각. 이 또한 말도 안 되는 인과관계다. 하지만 말도 안 되는 공식들에 의해 난 괴로워하고 있다. 분명히 내가 만든 허상으로 일어난 일들로 인해 두려워하고 있다.

그녀의 소리가 사라질 때, 그녀가 사라질 때, 나도 사라질까 봐. 그것이 두렵다. 절대 그럴 리가 없다는 것을 잘 알고 있으면서도, 자꾸만 거짓 정보만 주는 생각들에 속아 넘어가고 있다. 이러면 안 되는데.

염탐. 흥미로운 염탐은 점차 스릴 있는 쾌락으로 발전했지만 그것은 불안함으로 바꾸어 간다. 줄여야만 한다. 내 인생 최고의 기쁨이라 칭송했던 염탐을 난 줄여야 할 것 같다. 나 자신을 찾아야 할 것 같다. 그렇다면 어디 가서 나 자신을 찾아야 할까?

그녀에게 가면, 그녀를 직접 만나면 나 자신을 찾을 수 있지 않을까 생각한다. 이런 생각 또한 참으로 어처구니가 없는 발상이라고 스스로 비웃으면서도 그녀를 보고 싶어 한다. 정말 내가 보고 싶은 것이 그녀, 그뿐일까?

배가 고프다. 하지만 음식을 사러 나가는 일이 결코 쉬운 일이 아닌 상황이 되었다. 예전에는 적어도 먹고 싶은 것이 있을 때마다 부담 없이 사 먹을 수 있을 정도의 생활 속에 살았었는데, 내가 어쩌다가 이렇게 사소한 것 하나에 마음대로 돈을 지출할 수 없게 되었는지 안타깝다. 이런 상황은 정말, 원하지 않았는데….

이젠 정말 내 일을 찾아 발 벗고 나서야 할 때인지 아주 진지하게 고심할 필요가 있다. 어떤 일을 언제부터 어떻게 시작해야 할지 기운이 없다. 기운이 없는 것인지 의욕이 없는 것인지 마냥 졸린 것인지를 혼동한다. 난 정말 바보인가 보다.

하루하루가 아깝고, 조급하다. 시간이 흘러가는 것만 보면 목이 마르고, 시야는 흐려지며 가슴은 쿵쾅거리면서 철렁 내려앉는다. 조급함은 나를 더욱 불쌍하게 만든다. 단시일 내에 일을 찾고, 마음도, 몸도 좀 더 밝고 건강해졌을 때, 그때 그녀를 만난다면 더욱 행복해지겠지. 정말 행복할 수 있을 것만 같다. 그렇게 믿고 싶다. 그녀의 소리를 처음 들었던 순간보다, 소리들을 내 안에 담아 저장하던 순간보다, 또렷한 소리를 들을 수 있었던 순간보다, 들릴 듯 말 듯 희미한 소리에 기뻐하던 순간보다 나의 미래는 더 찬란하게 빛이 나리라.

내가 많이 달라진다면 과자 공장에서 일했던 때보다 한층 더 밝아진다면, 그녀는 여전히 내 귓가에 닿는 곳에 존재해 줄까? 이 의문의 대답은 제발 기대감만이 남아있기를…. 하지만 기대감을 걷어차고 들어오는 어둠, 부정의 기운은 힘없는 나를 고통스럽게 괴롭힌다. 슬프다. 그 어떤 나의 미래에도 그녀는 여전히 내게 소리를 들려주며 존재했으면 좋겠지만 아닐지도 모른다. 그렇다면 난 슬플 거다. 슬프다. 그녀는 지금 내게 들리는 곳에 머물러 주지만, 그 위태로움이 언제 무너져버릴 건지에 대해 생각해야 한다는 것은 고통스럽다.

내가 변함과 동시에 그녀도 변할 것만 같다. 왜 이런 생각이 드는 것일까? 내가 변해도 그녀는 변함없이 소리만을 들려주는, 그녀의 집 안에만 머물러주는 그런 존재로 영원히 남아주었으면 좋겠는데, 왜 그렇지 않을 거라는 생각 때문에, 아직 일어나지도 않은 일 때문에 괴로워해야 하는 건지 난 모르겠다. 잘 모르겠다.

내가 변하면 그녀도 변한다는 생각. 왜 나와 그녀는, 우리는, 같으니까, 제발. 내가 불안해하지 않는 범위 안에서만, 그 좁은 영역, 벗어날 수 없지만 고립된 것은 아닌, 다만 조금 외롭고 조금 답답할 뿐인 공간, 하지만 그녀에게는 충분할 공간, 제발 그

범위 안에서만 변해주기를. 아주 조금만 내가 알아차리지 못할 정도만 변해주기를…. 그것만이 내가 그녀에게 허락할 수 있는 터럭만큼의 배려, 양보, 마음이기에….

하지만 되도록 그녀가 변하지 않았으면 좋겠다. 절대로 변하지 않았으면 좋겠다. 아주 조금도 일말의 변화도 알고 싶지 않다. 늘 한결같은 모습으로 머물러 주기를. 불쌍하고 철없는 나의 영혼의 공허함을 조금이나마 채워줄 수 있기를. 나의 외로움을 걷어갈 수 있는 존재가 되어주기를. 오직 그녀만이.

난 그녀의 감정을 느낀다. 아주 오랫동안 그녀의 모습을 볼 수는 없었지만, 그녀의 소리만으로 그녀의 영상은 내 마음속에 선명하게 떠오른다. 그녀의 소리가 변한다면 내 마음속에 저장되어 있는 그녀의 모습이 변할 수 있기 때문에 더욱 그 소리를 아낀다. 그녀의 감정을 알 수 있었던 일들, 웃음, 노래, 눈물 등. 생각하려 애쓸수록 많은 것들이 생각나지 않았지만 그녀의 많은 감정을 읽고 있는 유일한 사람이라고 믿고 싶다.

그녀의 감정에서 눈물을 보았을 때 위로해 줄 수 없음에 고통스러웠지만, 그 고통스러움은 안타까움에 지나지 않았다. 결코 그녀의 감정을 외면하지는 않았다. 깊이, 직접적으로 관여할 수 없었다고 해서 아무렇지 않게 지나친 것은 절대 아니다. 그녀의 감정을 느끼고 그 감정을 고스란히 내 안으로 복사한다. 그녀의 슬픔을 듣는 순간에는 나도 슬픔으로 가득 찬 사람이 되기 위해 노력하며 슬픈 행동을 하고 그녀의 감정과 거의 흡사한 상태로 변하려고 애쓴다.

하지만 그녀는 나의 감정 또는 나라는 존재 자체에 대해 인식하지 못하고 있을 것이라는 생각이 들기도 한다. 그녀에게 나는 언제나 안중에도 없는 사람이다. 그녀는 나의 감정과는 전혀 상관없이 어떤 경우에는 상반된 모습으로 행동할 것이다. 내가 슬퍼할 때 그녀는 온 세상을 다 가진듯한 행복한 미소로 웃고 있을 수도 있고, 내가 기쁠 때 그녀는 배가 아플지도 모른다. 그녀는 나의 감정과는 상반된 감정의 상태를 유지하여 나의 마음을 후벼팔지도 모른다. 그녀의 감정에 따라가기 위해 내 안의 모든 에너지를 쏟아 달려가는데 그녀는 나의 감정을 따라오기 위해 아무런 노력도 하지 않는다. 이 사실을 기쁘게 받아들여야 할지 슬프게 받아들여야 할지 이것조차 제대로 된 답을 내뱉지 못하고 있다. 언젠가는 그녀도 나의 감정에 따라 힘껏 달려와 줄 것이라는 꿈을 꾼다. 이것이 헛된 꿈으로 끝날 것인지 현실화되어 나를 기쁘게 할 것인지는 아무도 모른다. 다만 기대감만을 유지한 채 실망하지 않으려 애써야 한다는 생각뿐이다.

그녀와 나, 지금은 서로 반대 방향으로 달려가고 있을지도 모른다. 하지만 괜찮다. 내가 그녀를 열심히 쫓아가기 위해 노력하고 있기 때문이다. 그녀의 소리를 듣고 그녀의 감정의 조각에 나를 맞춰 넣기 위해 노력하고 있다. 그녀의 뒤에서 그녀와 같은 방향으로 달려가기 위해 무척이나 힘쓰고 있다. 무척이나 노력하고 있다. 그녀는 내가 쫓아오고 있다는 사실을 눈치채고 자꾸만 나와는 반대 방향으로 달려가기 위한 노력을 하고 있을지도 모른다. 하지만 그런 노력도 결국에는 나의 노력 앞에 굴복하게 될 것이다.

하지만 난 그녀를 만날 수 있을 것이다. 아니다. 나의 노력이 헛된 짓이 될 수도 있을 것이다. 문득 나와 그녀가 가까스로 같은 곳을 향해 달려가는 길이 끝없는 평행선이라면, 영영 우리는 만날 수 없는 것은 아닌가 하는 두려움이 나를 공격한다. 복잡한 생각에 머리가 아파올 때면 기도를 할 것이다. 언젠가는 나와 그녀도 지속적인 상호관계, 즉 일반적인 인간관계가 될 것이라고 기도한다. 그녀는 나와 같은 기도나 노력은 하지 않고 무조건 나와 반대 방향으로만 달리려 하겠지만.

혼자만의 노력이 외로워도 멈출 수 없다. 기대감이 있어 멈출 수 없다. 나의 의지는 꺾이지 않을 것이다. 제발 이론적인 의지가 고스란히 현실로 옮겨지길.

길고 긴 평행선을 달리다가 죽어버릴지도 모른다. 다른 세계로 홀연히 건너가 버릴지도 모른다. 그녀도 평행선을 달리다가, 또는 반대 방향으로도 달리다가, 지치고 또 지쳐서 죽어버릴지도 모른다. 그건 참 안타까울 것 같다. 나의 노력, 나의 간절한 바람이 그녀에게 닿을 것이다. 그것이 언제가 될지는 모르겠지만 꼭 그럴 것이다.

나의 마음이, 발끝이, 손길이, 눈빛이, 향기가, 미소가, 나의 그 모든 것이 그녀의 모든 것에 닿을 때에 우리는 멋진 사이가 될 수 있을 것이다. 난 꼭 그렇게 되리라 믿고 싶다. 이런 나의 꿈을 아무도 깨뜨리지 않았으면 좋겠다.

악마 같은 생각들은 꼭 부리나케 달려와 나를 후려친다. 얄미운 말들만 데리고 내 머릿속에 선명하게 뿌려댄다. 터무니없는 일, 희박한 가능성, 착각…. 나의 마음을 찢어대는 잔인한 말들만 칼이 되어 나의 등에 꼿꼿하게 꽂힌다. 하지만 절대 무너지지 않을 것이다. 나를 절벽 끝으로 밀어 넣는 그 칼날 같은 말들에 주눅 들지 않을 것이다. 그녀를 다시 만나서, 그녀를 통해 이 세상과 그 밖의 모든 따듯함을 만나 꼭 무언가를 해낼 것이다. 그 무언가가 자아실현이든 사랑이든 그 이상이든 꼭 행복을 이루리라. 낙원에서 춤을 추리라. 나의 단단한 결의는 찬란히 성공하리라. 그 때까지만 그녀가, 그녀의 소리가 날 떠나지 않기를, 나를 버리지 않기를….

그녀의 감정을 끊임없이 읽고, 느끼고, 내 안에 깊이 저장하여 절대 새어나가지 못하게 할 것이다. 절대로. 내가 먼저 그녀를 놓는 일은 없을 것이다. 그래야만 한다. 행복을 위해서. 조금만 더 버티자. 조금만 더. 그녀의 소리를 먼저 버리지 않을 것이다. 나의 돈을 다 써버린다 해도 난 내 일에만 집중할 수가 없다. 나의 가련한 꿈의 끝은 그녀와 나의 만남이다. 따듯함과의 만남, 우리의 상호작용, 나만의 그녀를 만나게 되기를….

이쯤에서 그녀를 만날 수 있다면 그것도 꽤나 괜찮을 것 같다. 그녀의 집에 찾아가기 전엔 언제나 기대감을 버리기 위해 마음을 차분히 가라앉혔다. 기대감이 너무 깊어지면 실망감에 무너질 나를 너무나 잘 알고 있다. 그녀는 계속 문을 열어주지 않았지만, 그녀의 소리는 내게 들려주었다. 그녀의 소리를 듣지 못하게 되더라도 직접 그녀를 만날 수 있게 된다면, 그래서 우리의 만남이 지속될 수 있다면, 우리가 깊은 인연이 된다면, 그녀에게 따듯한 세상의 품을 느낄 수 있다면, 그때에는 그녀의 소리를 포기할 수 있을 것 같은데. 그동안 그녀를 만나지 못했던 것도 꽤나 흥미로운 일이었으니 제발 오늘만은 그녀가 내게 문을 열어주기를 살며시 기대해 본다.

최대한 깔끔한 모습으로 그녀의 집을 두드리기로 했다. 오늘은 느낌이 괜찮은 것 같다. 아니다. 잘 모르겠다. 이제는 정말 그녀가 '짠'하고 나타나 주길. 그녀를 만나게 되면 그녀를 향한 모든 궁금증에 대해서는 급하게 묻지 않는다고 수백 번 다짐했으니 그녀가 전혀 부담 없이 내게 문을 열어주기를. 내게 마음을 열어주기를….

복잡한 마음을 가다듬고 계단을 내려간다. 오늘은 이 계단이 짧게 끝나기를. 망할 놈의 이 계단이 내 편이 되어 나를 그녀의 집 안까지 데려다 주기를. 길고 길게 늘어져서 그녀의 집으로 가지 못하게 방해하지 않기를. 조심스럽게 그녀의 집으로 가는 계단을 한 계단씩 밟기 시작했다. 오늘따라 심장이 격하게 반응하는 걸 보니 뭔가 심상치 않은 일이 일어날 것도 같다. 그 심상치 않은 일이 좋은 일이기를 계단에, 계단 손잡이에, 계단에 쌓인 먼지에 까지 빌었다.

동공은 확대되고, 머리카락은 철사처럼 딱딱해진다. 나의 어깨는 잔뜩 움츠러들고 허벅지 안쪽에는 서늘한 바람이 분다. 무릎은 더욱 딱딱해지고 종아리에는 근육들이 잔뜩 뭉쳐지고 있다. 발끝은 계단에 묵직하게 스치고 온몸은 초긴장 상태로 변하고 있다. 계단은 어느새 끝이 나 있었다. 계단은 심술을 부리지 않고 숨죽이며 나를 불쌍하게 지켜보는 것만 같다. 계단의 끝에서 사막을 보았다. 순간 모든 것이 멈추고 나만이 세상에 존재하는 명한 기분에 휩싸였다. 아무것도 없는 사막 한가운데에서 내가 찾던 우물은 더 이상 찾을 필요도 없으며, 반짝이는 모래들이 쌓여 높은 산 모양이 만들어지고 모래가 가장 많이 쌓인 높은 곳에 난 불안하게 서 있다. 금방이라도 균형이 깨지면 발밑의 모래들은 빠르게 사방으로 흩어져 내 몸은 아무도 모르게 땅속 깊은 곳에 묻힐 것만 같은 기분. 움직일 수도 없고 숨을 쉴 수도 없는 그 적막 속에서 눈동자조차 굴릴 수 없는 긴장감을 떨쳐낼 수 없는 극도의 불안감. 그 불안감 속에서 손을 뻗어 그녀의 집 초인종을 눌렀다.

그녀의 집 문은 더욱더 낡아 있었고 다소 심하게 변색되어 음산한 분위기를 더했다. 그녀의 낡은 문에는 끔찍한 악마가 숨어 있는 것만 같았다. 조심스럽게 찾아온 나를 그 문은 차갑게 밀어 냈다. 그녀의 낡은 문 어딘가에는 보이지 않는 매우 날카로운 칼날들이 붙어있고 그 칼들이 나를 향해 빠르고 정확하게 꽂히기를 준비하는 모습이 불안한 내 두 눈에 비치는 것 같다. 초인종은 단한 번밖에 누르지 않았는데, 칼의 위협을 받고 문의 힘에 의해 밀쳐졌다. 조금만 더 그녀의 문을 열기 위해 노력했다면, 초인종을 한 번이라도 더 눌러보았다면 그녀의 저 문은 나를 없애버렸을지도 모른다. 아름다운 그녀와 어울리지 않는 무섭고 날카로운 저 문에서 칼이 튀어나와 나를 잔인하게 죽이고 나의 두 눈을 찔러 소중한 시력을 앗아 그녀의 소리를 들을 수 없게 만들고, 건강한 나의 두 다리도 잔인하게 난도질하여 처참하게 살해할지도 모른다. 무섭게 변한 그녀의 문에 잔뜩 겁에 질려 당장 집으로 돌아왔다. 천천히, 아주 조심스럽게 내려갔던 계단을 단 한 번에 뛰어넘듯이, 사막에서 쏟아져 내릴 내 발밑의 모래를 외면한 채 힘차게 날아오르듯이, 그렇게 눈 깜짝할 새에 집으로 돌아와 있었다.

나를 밀어낸 존재가 무엇이었는지에 대해 깊이 생각하고 있다. 아무런 추측도 할 수 없을 정도로 겁에 질려 있었다. 그 많고 많던 생각들이 다 어디로 사라져 버렸는지 그 어떤 생각도 할 수 없었다. 그녀의 집 문에 숨어있던 어떤 존재가 나의 깊은 생각의 가지들을 모조리 갉아 먹었던 걸까?

무서웠다. 아직도. 여전히 무섭다. 난 평정을 되찾지 못한 채 두려움의 세계에서 헐떡이고 있었다. 그곳에 드리워져 있던 강력한 힘을 가진 그 무언가가 치명적인 바이러스로 변해 내 영혼에 침투되고 있는 느낌이다. 나와 그녀의 만남을 막는 그 존재를 섬멸시키고 싶지만 두렵다. 그 존재 자체도 두렵고, 그녀마저 사라져버릴까 봐 두렵다.

요동치는 심장이 차분해지기를 기다렸다. 소리가 아닌 진동으로 느낄 수 있는 겁에 질린 심장의 느낌은 가여웠다. 시간이 흐르고 어느 정도 진정이 되었을 때 그녀의 소리를 들어보기로 했다.

거실 바닥은 유난히 차가웠다. 그녀의 집 문에서 나를 밀어내던 존재가 그녀의 집 천장, 내 집 바닥까지 방어막을 쳐 놓은 것일까? 참아야 한다. 이까짓 차가움은 참아야만 했다. 난 지금 그녀의 소리를 들어야만 했다. 그것만이 지금의 내 마음이 원하는 전부였다.

언제나 추웠다, 내 집은. 바닥은 언제나 서늘했지만 오늘따라 온도가 더욱 낮아진 것 같다. 얼음처럼 차가운 바닥에 엎드려 귀를 붙였다. 최대한 바닥에 밀착시킨 귀는 바닥과 함께 꽁꽁 얼어버린 후 깨져버릴지도 모른다. 감각이 무뎌질 정도로 추웠지만 바닥에서 귀를 뗄 수 없었다. 그녀의 소리를 듣기 전까지는, 뗄 수가 없었다.

기다림은 기대감을 던져버리고 초조함만을 내게 던져 주었다. 들리지 않는다. 그녀의 소리가 전혀 들리지 않는다. 나의 무게는 오른쪽 귀에 모두 싣고 무거워진 귀는 바닥을 뚫고 그녀의 집 천장까지 뚫을 정도로 밀어붙이고 있다. 초조함을 집중으로 변환하려 노력한다. 들리지 않는다. 그녀의 소리가 전혀 들리지 않는다. 추위를 이긴 집념도, 고요한 기다림도, 고도의 집중력도, 모두 나를 배반하고 허공으로 흩어져 사라져 가고 있다. 슬프다. 정확히 무엇이 슬픈 것인지에 대해 구체적으로 설명하지 못할 만큼, 형언할 수 없는 마음이 너무나 무겁고 지칠 만큼 난 슬프다.

눈물이 터져 나온다. 펑펑 울고 있다. 하염없이, 쓸쓸하게, 안타까움에 몸부림치듯이, 그렇게 한참 동안을 울고 있다. 눈물은 멈추지 않고 흐른다. 그녀가 나의 슬픔을, 이 흐느낌의 호흡을, 애처로운 눈빛을, 지독한 외로움에 젖어 있는 이 표정을 알아주기를. 멈추지 않고 울고 있다. 온 힘을 다해 내 안의 모든 물을 눈으로 쏟아내고 있다. 나의 애달픈 눈물은 뺨을 차갑게 적시고, 입술을 적신다. 가슴을 타고 흘러 내려가 바닥을 향해, 끝없는 지하를 향해, 지옥을 향해 흘러간다. 한정된 양의 눈물이 바닥을 드러낼 때 즈음엔 또다시 눈물을 만들어낸다. 차가운 나의 머리가, 공허한 나의 마음이 끝도 없이 눈물을 생성해 낸다. 눈물이 바다가 되어 그녀의 집으로 흘러 내려가 그녀를 뒤덮었으면 좋겠다. 그녀가 내 슬픔의 물을 만끽하면서 날 온몸으로 알아주었으면 좋겠다. 내 슬픔 속에서 익사하기를 바라며 그녀가 익사하기 직전 도움을 청하기 위해 나의 집 문을 두드리기를 기다린다. 멈추지 않는 눈물 속에서도 난 악마의 주문을 외우듯 그렇게 그녀를 생각한다. 온몸이 만들어내는 뼈아픈 슬픔의 눈물들을 쏟아내며 그녀가 내게 찾아오기를 간절히 바라본다.

현실은, 이 눈물이 멈추어야만 했다. 그 누구도 내게 선뜻 다가와 눈물을 닦아주려 하지 않을 것이다. 나를 위로하지 않을 것이다. 나를 안아주려 하지 않을 것이다. 그녀가 나의 슬픔 속에서 익사하기 직전에 내게 구원의 눈빛을 보내올 거라는 상상은 내 눈물과 함께 말끔히 거두어졌다. 눈물로 바다를 만들 거라는 기대는 눈물이 뚝 그치는 소리를 내뱉는 순간 쓴 현실 속으로 쏙 자취를 감추었다. 차가운 내 집만이 쓰러지는 나를 거뜬히 받쳐 주리라.

어렴풋이 반짝이는 불빛을 보았다. 말라버린 눈동자에 따끔하게 스치는 초록빛은 미미하게 나의 마음에 온기를 전해주려는 것 같다. 폭풍 같은 눈물을 쏟은 후에 눈빛을 마주친 존재가 휴대전화이든 그 무엇이든 안도의 한숨을 내쉴 수 있었다. 어떤 메시지가 내게 말을 걸어줄지에 대해 궁금했지만 아주 천천히 확인해 보고 싶었다. 조금이라도 더 천천히, 메시지의 내용에 대해 추측하는 시간을 충분히 가진 후에, 원대한 기대감을 가진 후에, 실망하지 않겠다는 다짐을 한 후에 그때 확인해도 그리 늦지 않을 것이라고 나에게 뜨겁게 말해 주었다.

설렘과 따스함, 적당한 긴장과 무미건조함을 적절히 섞은 손길로 휴대전화를 열어 보았다. 뜻밖의 문자였다. 취업 정보에 대한 내용이었다. 나 같은 사람을 구하는 업체로부터 간단한 조건들과 함께 이력서를 받고 있다는 내용이었다. 처음 들어본 낯선 곳은 아니었다. 내가 일하고 있었을 때에도 몇 번 들어보았던 곳이었다. 그곳은 꽤나 괜찮은 곳이었다. 물론 내 처지에 비해서 좋은 곳이라는 뜻이다. 보수도 적지 않았고 근무 환경도 괜찮았지만 다른 곳보다 체력 소진이 좀 더 크다는 점에서 이직률이 높은 곳이었다.

누가 어떻게 내 휴대전화 번호를 알고 메시지를 보냈을까? 평소에 휴대전화를 자주 사용하지도 않으며 내 번호를 알고 있는 사람도 거의 없는데 참 신기하다. 인터넷 취업사이트에 내 번호를 공개적으로 입력해 놓았던가? 그것도 아니었던 것 같은데 참 신기하다. 혹시 과자 공장 사람들이 내게 미안해서, 지금의 내 사정을 우연히 알게 되어서 나를 도와주려는 것은 아닐까? 그렇다면 이런 식으로 다른 곳을 알아봐 주는 것보다 다시 과자 공장으로 출근해도 좋다는 소식이 더 괜찮을 텐데. 뭐, 그 사람들에 대한 좋은 감정보다 나쁜 감정이 남아있기는 하지만, 그래도 용서를 빈다면 그냥 없었던 일처럼 다시 예전처럼 아무렇지 않게 성실하게 근무만 할 수 있을 텐데. 어쨌든 공장 사람들과 이 메시지가 연루되었다는 점이 사실이든 아니든 그것을 따지는 것이 내게 중요한 것은 아니다. 그 점에 대해서는 난 그다지 개의치 않는다. 지금 중요한 것은 이 메시지를 확인한 나의 반응과 행동이다. 찾아갈 것인지, 다른 곳을 알아볼 것인지, 아직까지는 더 쉬어도 되는 것인지 판단해야 한다. 이러한 메시지를 받으니 미뤄두었던 취업 고민이 코앞으로 다가왔음을 느낀다. 어떻게 해야 할지에 대해 진지하게 고민을 해 봐야겠다.

쿵쿵 소리가 난다. 누군가 문을 두드리는 소리가 난다. 오랜만에 들리는 소리에 긴장감과 반가움에 놀라며 바닥에 귀를 붙였지만 그녀의 소리는 들리지 않았다. 쿵쿵거리는 소리도 들리지 않았다. 하지만 분명 쿵쿵거리는 소리가 들렸다. 거실 바닥 밑의 그녀의 집에서 나는 소리만 들을 수 있던 나로서는 꽤나 충격적인 사건이다. 이 소리는 분명 내 집 문을 두드리는 소리다.

난 오랜만에 소리를 듣고 있고, 그녀와 관련 없는 소리, 세상의 소리를 듣고 있다. 꽤나 반갑고 신기한 현상이 아닐 수 없다. 어제 아무 소리도 듣지 못해 울기만 했던 나로서는 미친 듯이 기쁜 일이었다. 어제의 눈물을 누군가 보상해 주듯 새로운 소리를 누군가 내게 갑작스레 전달해준 걸까? 내가 무언가 단단히 착각하고 있는 것은 아닐까?

그럴지도 모른다. 이것은 그녀의 집에서 나는 소리, 어제 그녀의 집 문 앞에서 나를 밀어내던 정체 모를 그 누군가가 내는 소리일지도 모른다. 제발 아니기를. 나를 공격하려는 악마의 소리가 아니기를. 또렷해지는 의식과 선명해지는 소리, 소리의 방향이라는 것을 이렇게 확실히 느낀 것은 처음인 것만 같다.

이 소리의 원인을 찾기 위해 쿵쿵거림에 집중했다. 확실하다. 틀림없다. 내 집 문을 두드리는 소리가 맞다. 바람 소리가 아니다. 옆집 문이 쓰러지는 소리도 아니다. 그녀의 집 문에 붙어있던 그 누군가의 소리도 아니다. 거칠지 않으며 차갑지 않다. 역겨운 냄새도 없으며 끔찍한 색깔도 없는 그 소리. 은은하고 부드럽게 퍼지는 울림 속에 초록빛의 색을 덧칠한 광명한 소리. 저 소리를 따라가면 난 천국으로 갈 수 있으리라. 그녀를 만나고, 세상을 만나고, 많은 사람 속에서 평온을 누리리라.

평온함을 상상하다가 아차 싶었다. 저 광명한 소리를 놓치면 안 된다는 느낌이 들었다. 얼른 저 소리를 확인하고 끌어안아야 했다. 붙잡아야 했다. 혹시 그녀가 아닐까? 만약 그녀라면 먼저 어떤 말을 건네야 할까? 두근거림을 감추고 문을 향해 걸어갔다. 몸이 나른해지고 무거워지는 느낌이 은근슬쩍 느껴질 것 같기도 했지만 어둠을 떨쳐내고 내 집 문을 열기 위해 걸어갔다. 신속하게 문 앞으로 이동해서 저 문을 열고 밖에 누가 있는지 왜 내게 찾아왔는지에 대해 알아보고 싶은데 몸이 말을 잘 듣지 않고 있다. 마음대로 되지 않는 무거운 몸 때문에 짜증이 나지만 그래도 저 문을 여는 것을 포기할 수 없다.

좁은 나의 집은 자꾸만 넓어져 간다. 얼마 전 그녀의 집으로 내려가는 계단이 자꾸만 길어졌던 적이 있었는데, 그 현상이 반복되는 것 같다. 불길한 예감이 나를 공격한다. 하지만 난 이길 것이다. 꼭 저 문을 열고 확인할 것이다. 그녀와 그녀처럼 따뜻한 세상을, 천국을 확인할 것이다. 몸은 점점 무거워지고 문은 점점 멀어져만 간다. 힘겹다. 이대로 포기해야 하는 걸까? 여전히 차가운 거실 바닥에 누워있고 쿵쿵거리는 저 소리에 깃든 따뜻함이 내게 절실히 필요하다고 느끼고 있지만 닿을 듯 말 듯 닿지 않고 있다.

나의 눈빛, 나의 손길, 나의 귓가, 나의 마음, 나의 발길이 그곳에 닿아 그곳을 넘어 따뜻한 곳으로 나아가야 하는데 자꾸만 문이 멀어진다. 반복되는 멀어짐에 속력이 필요하다. 무거워진 몸이 녹아내리는 것 같다. 바닥으로 달라붙어 쓰러질 것 같다. 더이상 문으로 달려갈 수 없을 것 같다. 나의 눈빛은 여전히 저 문밖에 고정되어 있는데, 내 심장은 아직도 저 문밖의 쿵쿵거림과 함께 두근거리는데, 이렇게 차가운 바닥에 누워 닿을 수 없는 행복을 향해 울부짖고만 있다. 이것밖에는 할 수 있는 것이 없어 슬프다.

무너져가는 몸을 초인적인 힘으로 일으키기 위해 시도해 본다. 단 한 번만, 내 발걸음이 내 마음과 함께 천국에 닿기를. 저 문 밖에 있는 미지의 존재가 나를 기다리는 존재가 아닐지라도, 크게 실망할지라도, 그녀가 아니라고 해도 괜찮은데. 난 정말 상관없는데. 꼭 이번만은, 이 궁금증만은 명쾌하게 해결하고 싶은데, 안간힘을 쥐어짜 내어 속력을 붙이면 붙일수록 나의 몸과 저 문은 가까워져야 하는데 그렇지가 않다. 도저히 받아들일 수가 없다.

싫다. 저 문밖으로 날아가고 싶다. 언제나 쉽게 드나들던 내 집 문. 저 하찮은 문 따위가 이토록 간절해질 줄은 미처 몰랐다. 나와 문은 반대 방향으로 가고 있는 것일까? 아니면 같은 방향으로 가고 있지만 끝없는 평행선 위에 위태롭게 달려가고 있는 것일까?

벌떡 일어났다. 꿈을 꾸었다. 꿈이었다. 그녀의 소리가 들리지 않아 펑펑 울다가 바닥에 쓰러져 잠이 들었던 것 같다. 어디까지가 현실이었고 어디부터가 꿈이었을까? 현실과 꿈, 그 경계조차 혼동될 만큼 오묘한 일들이 머릿속을 스치고 지나간다. 그녀의 소리를 듣지 못해 울었던 것부터가 꿈이었다면 지금의 현실이 무척이나 감사했을 것이다. 하지만 현실은 여전히 내 편이 아니었다. 그것은 꿈이 아니었다. 현실이었다.

난 정말 그녀의 소리를 마지막으로 들은 기억이 백 년 전처럼 느껴진다. 휴대전화를 열어보았다. 취업 관련 메시지 같은 것은 오지 않았다. 그것은 현실이었으면 좋았겠지만 꿈이었다. 너무나 생생한 꿈이었다. 꿈에 보았던 메시지에 적혀있던 그 업체 이름을 찾아보았다. 현실 세계에서는 존재하지 않는 곳이었다.

꿈이었기를 바라던 것은 현실이었고 현실이기를 바란 것은 꿈이었다. 꿈일 뿐이었다면 좋았을 일이 현실에 넓게 퍼져서 독이 되어 내게 스며들었다. 현실이었기를 바라던 일은 꿈으로 내쫓겨져 원치 않게 고립되어 내게 다가오지 못하게 되었다. 꿈도 현실도, 그 어떤 세계도 나를 편하게 해주지 않는다는 기분 나쁜 소외감이 짙게 다가와 마음은 힘겹다. 매우 힘겹다.

그녀의 소리를 듣지 못한 사건이 아무렇지 않게 넘어가길 바란다. 며칠이 지나면 다시 들릴 수 있다고 편안하게 믿을 수 있는 내가 되기를 바란다. 그녀의 소리를 매일매일 듣지 못해도 괜찮다고 말할 수 있는 내가 되기를 바란다. 그러다가 일주일에 한 번씩만 듣게 되어도 괜찮다고 말할 수 있는 내가 되고, 한 달에 한 번씩, 일 년에 한 번씩, 그러다 그녀의 소리를 다시 잃게 되더라도 괜찮다고 말하고 아무렇지 않게 내 삶에만 집중할 수 있게 되기를 바란다. 하지만 나의 바람은 아주 먼 이야기였다. 지금의 나는 매우 불안하다. 그녀의 소리를 당장이라도 들어야만 진정이 될 것 같다.

난 지금 당장 그녀의 집에 가 볼 것이다. 계단이 길어져도, 그녀의 집 문 앞에서 보이지 않는 무언가가 나를 밀어내도 용감하게 맞서 싸워 그녀의 집 안으로 들어가 그녀의 소리를 듣고 올 것이다. 준비를 마치고 집을 나서려는데 문득 내 집 문이 무서워졌다. 내 집 문조차 나갈 수 없었던 것은 망할 꿈일 뿐이다. 왜 짜증나는 꿈속의 두려움이 현실까지 튀어나와 괴롭히는 건지 기분이 좋지 않았다. 아무렇지 않게 지나치던 내 집 문 앞에서조차 멈칫하는 나의 모습은 가관이었다.

지난 꿈을 멋지게 후려치고 내 집 문을 활짝 열어 있는 힘껏 꽝 닫았다. 다시는 열리지 않을 것처럼, 문이 부서질 것처럼, 그녀의 집 문에 숨어 있을지도 모르는 보이지 않는 그 존재에게 겁을 주는 의식을 행하는 것처럼, 두려운 자신을 숨기고 강인한 모습으로 자신을 포장해대는 것처럼 내 집 문을 닫았다.

계단은 무미건조했다. 나를 싫어하는 계단이 오늘은 그녀의 집으로 가는 나를 방해하려 하지 않았다. 세계 닫은 문소리에 잔뜩 움츠러든 모양이다. 순간 으쓱하며 그녀의 집으로 가는 계단을 모두 내려왔다. 모두 내려온 것이 맞는 걸까? 맞다. 그녀의 옆집이 멀쩡하게 언제나처럼 보였으니까. 그녀의 집은 볼 수 없었다. 내가 걱정했던 그녀의 집 문에 있던 날 밀어내던 그 존재는 물론 그녀의 집 문이 보이지 않았다. 난 시력이 좋다. 나의 시력마저 사라진다면 그건 비극이다. 재앙이다. 아니다. 분명 계단과 그녀의 집 옆집을 또렷하게 보고 있지 않은가? 내 시력에는 문제가 없다. 다만 그녀의 집만 보이지 않을 뿐.

믿기지 않았다. 그녀의 집과 함께 그녀는 사라진 걸까? 난 재빠르게 집으로 돌아와 바닥에 귀를 댔다. 그녀의 소리를 들어야만 했다. 그녀는 죽은 걸까? 그녀의 생사라도 확인해야 내가 정신을 차릴 것 같은데 확인할 길이 없다. 지금 이 극도의 불안함을 덜기 위해 할 수 있는 일이 아무것도 없다. 내가 본 것이 허상이기를. 착각이기를. 꿈이기를.

많이 낡아 가긴 했지만 이렇게 빨리 그녀의 문이 소멸될 리가 없는데, 이건 분명 내가 잘못된 것이 아니라 그녀의 문이 잘못된 거다. 며칠째 그녀의 소리가 들리지 않는다. 그녀의 집 문을 확인할 수도 없다. 뭐가 어떻게 된 건지 혼란스럽기만 하다. 세상 속에서 고립되었던 불쌍한 영혼이 더 좁은 세계로 고립되어 온몸이 조여지는 기분이 든다. 이 정도의 우울함이면 난 누구에게도 정상으로 비칠 수 없을 거라는 확신이 든다.

병원에 가 볼까? 이제는 정말 병원에 한 번 가 볼까? 처음부터 들리지 않았던 내가 갑자기 들을 수 있었던 것, 하지만 들을 수 있는 소리는 오직 그녀의 소리였다는 것, 지금은 그 소리도 사라져 간다는 것, 처음에 그녀의 소리를 들을 수 있게 된 계기가 나를 버림이었다는 것. 그 누구에게도 말하기 싫고 아무도 나의 말을 믿어주지 않을 것만 같다.

앞으로 모든 소리를 공평하게 담을 수 있는 가능성이 내게 있는지에 대해서만 물어보러 가볼까? 아니다. 괜히 병원비만 탕진하게 될 것이다. 실망감만 안고 돌아오게 될 것이다. 의사도 무섭고, 아직까지 완전히 깨어지지 않는 이 작은 행복감, 그녀의 소리를 들었던 그 쾌락에 대한 행복감, 덜 걷힌 행복의 그림자마저 깡그리 걷어갈까 봐 두렵다. 난 병원이, 의사가 참 두렵다. 병원은 가지 않기로 결론을 내렸지만 병원에 한 번 가봐야겠다고 결심을 했더라도 가지 못했을 거다.

취업을 해야 한다. 계속 버티고 버텨왔지만 이제는 정말 일을 하지 않으면 정상적인 생활이 불가능해질 것만 같았다. 이 깨달음을 흐릿하게 만드는 것이 그녀의 소리인지, 그녀의 소리를 들을 수 없는 것으로부터 오는 불안감인지 잘 모르겠지만 어쨌든 또다시 무뎌지기 전에 해결해야 할 이 중요한 문제와 마주쳐야 한다.

평소에 잘 하지 않는 컴퓨터를 켠다. 인터넷으로 취업 자리를 알아보다가 답답함을 느끼고 거리로 나가야겠다고 생각했다. 완전히 극빈층이 되어버린 자산이지만 최소한의 음식을 구입해야 한다. 어지간하면 음식을 구입하는 횟수를 줄이려고 애쓰고 있지만 오늘은 지출에 다른 의미를 부여해서라도 음식을 사러 나가기로 했다. 아깝게 돈을 쓰기만 하러 나가는 것이 아니라 취업을 알아보기 위해 돌아다니면서 최소한의 음식만 사는 것이라고 생각했다. 별다른 소득이 없더라도 무언가 나를 위해 노력했다는 점에서 소량의 음식을 구입하는 것에 대해 아깝다는 표현보다 노력에 대한 적절한 보상이 될 수 있다는 자기 합리화로 나를 안심시켰다.

구인 광고를 보기 위해 거리를 걷는 일은 은근히 운치 있는 행동이라고 생각한다. 그렇게 한참을 생각한 끝에 구인 광고를 찾고 그에 대한 보상으로 소량의 음식을 산다는 깔끔한 목표를 가지고 외출 준비를 시작했다. 길에 나가자마자 쉽게 일자리를 구할 수 있을 거라는 기대도 버려야 한다. 한 군데를 발견했다고 해서 그곳만을 믿고 다른 곳을 알아보지 않으면 안 된다는 점도 인지해야 한다. 말하지도 듣지도 못하는 내가 일할 수 있는 곳을 찾는 일이 대단히 어려운 일임을 결코 잊어서는 안 된다. 그것을 잊었다가는 자칫하면 낯선 사람에게 커다란 상처를 받을 수 있기 때문이다. 상처를 받지 않기 위한 보호막이라도 되듯이 두껍고 커다란 종이 뭉치와 잘 나오는 펜을 들고 낯선 사람을 만나는 일에 대한 두려움을 가라앉히기 위해 심호흡을 한 후 천천히 문을 열고 나왔다.

당연한 듯이 계단을 내려가려다 문득 엘리베이터에 몸을 싣는 상상을 했다. 엘리베이터라는 작은 방 안에서 자신의 모습을 구경하다가 문득 한 번도 가보지 못했던 새로운 세상으로 가는 문이 열리고, 난 조심스럽게 엘리베이터를 빠져나와 처음 보는 낯선 세상 속으로 과감하게, 또는 조심스럽게 걸어간다면 어떤 기분일까? 저 작은 방에 들어가면 다시는 돌아올 수 없는 먼 곳에 내가 놓일 가능성은 얼마나 될까? 내 눈앞에 존재하는 이 엘리베이터는 내 집인 10층에서 내가 젖어들어야 할 세상이 펼쳐질 1층까지 데려다 주는 고독한 방이다. 절대 내가 모르는 곳으로 나를 끌고 갈 이유도 확률도 없는데 난 은근한 기대를 품고 있다. 저 엘리베이터에 대한 환상을 숨기고 있다.

새로운 세계로 가고 싶은 충동이 내 안에 잔잔하게 일렁이는 것을 발견하는 순간이다. 그녀, 그녀의 소리, 그녀의 집, 내 집 바닥, 이것이 사라질까 두려워 하루하루가 불안함으로 가득 차 있는데 왜 내가 이렇게 새로운 상상을 하는 걸까?

평소의 나라면 엘리베이터는 1층에서 10층으로 올라올 때 타는 것. 내려갈 때에는 거의 계단을 이용하는 것이 나다운 것이었다. 하지만 내가 어딘가 변한 것만 같아 낯설어진다. 엘리베이터를 타고 내려갈까 하는 생각보다 짙은 엘리베이터를 타고 새로운 세계에 갈 수 있다면 어떨까 하는 생각이 들었다. 지금 당장 저 작은 문이 열리고 내 몸을 싣는다면 내 집도, 그녀의 집도 지나쳐 아주 먼 곳에 도달하게 될 것만 같다. 그곳에서 새로운 세계의 낯섦과 새로움에 대해 경험하고 나 자신을 위해 무언가에 몰두할 것이다. 그때에는 지금의 내가 매여 있는 어떤 감정들은 홀연히, 자연스럽게 날 떠날지도 모른다. 나도 모르게 아주 조용히 날 떠날지도 모른다. 슬퍼하지도 않고 행복한 세계에 젖어들어 다른 사람이 될지도 모른다. 저 엘리베이터를 타면 난 달라질 것 같다.

바보 같은 생각이다. 계단으로 내려가면 그녀의 집 앞을 스치게 되고 내 시선은 그녀의 문에 머물 터인데, 그녀의 집이, 그녀의 문이, 그녀의 향기가 사라져 보이지 않을 것 같아서, 한순간에 믿고 있던 푹신함에 구멍이 나 버릴 것만 같아서, 뭐랄까, 어쨌든 내가 너무 힘들 것 같아서, 다른 세계로 마음을 억지로 옮겨서라도 외면하고픈 걱정이 있어서, 그래서 엘리베이터를 타고 싶었던 거 아닐까? 이유야 어찌 되었든 엘리베이터를 타고 내려가기로 결정했다. 새로운 세계든 1층이든 지하 지옥이든 어디든 일단 날 데려다만 다오. 잠시나마 다른 생각에 매여 있을 수 있도록.

엘리베이터, 그 작은 방 안에 내 몸은 맞춰진 듯이 잘 들어갔다. 1층 버튼을 누르고 문이 닫히기를 기다리는 시간 동안 내 시야에서 내 집 문은 조금씩 엘리베이터 문에 의해 멀어지고 있었다. 멈췄다. 이 작은 방이 움직이기 시작한 지 얼마 안 되었는데 멈추었다.

9층. 그녀의 층에 멈췄다. 문이 열리고 내 몸은 작은 미동도 없다. 내 시선만이 그녀의 문으로 달려간다. 그녀의 문이 보인다. 선명하다. 저 문이 보이지 않았던 적이 있었던 것 같은데, 그것이 얼마 전 일이었던 것 같은데 벌써 흐릿한 기억이다. 저 문은 너무 선명히 내 눈에 비치고 있다. 엘리베이터는 왜 아무도 없는 9층에 멈춰서 문을 열어 버린 것인지 알 수 없다. 문이 열린 이유보다 시급한 건 당장 내려서 그녀의 집 초인종을 눌러 보고 싶은 충동이었다. 하지만 내 몸은 뻣뻣하게 엘리베이터 바닥에 붙어있었다. 내리고 싶었으면서도 한편으로는 망설이고 있었다.

그녀가 나를 불러들이기 위해 엘리베이터 버튼을 눌러놓고 집 안에 숨어있는 것은 아닐까? 내릴까 말까 망설이는 동안 엘리베이터 문은 빠른 속도로 닫혔다. 누군가 밖에서 닫힘 버튼을 누른 것처럼 빨리 닫혔다. 1층으로 내려가면서 내 머릿속을 떠나지 않는 생각은 그녀의 문, 그녀의 집, 그녀가 여전히 생생하게 그곳에 존재한다는 확신, 안도감이었다.

그런데 약간 이상한 점이 있었다. 문이 예전과는 조금 무언가가 달라져 있던 것 같다. 언제나 한결같은 분위기를 풍기는 문은 아니었음에도 이번엔 무언가 분명 판이하게 달라진 느낌이 강하게 들었다. 그녀의 문이 날 밀어내는 강력한 잠재적 힘을 감추고 있다고 해도 낡고 고요한 분위기만은 은은하게 지속적으로 머물러 있었던 것 같은데 조금 전 본 문은 전혀 낡아 있지 않았다. 조금 전에 새로 생긴 문처럼, 방금 만들어져 누구의 온기도 닿지 않은 것처럼, 어떤 감정도 스치지 않았던 것처럼, 누구에게도 실망한 기억이 없는 갓난아이처럼, 문은 그렇게 투명한 느낌이었다. 하지만 그 느낌의 깊은 바닥에는 일말의 따듯함도 깔려 있지 않았다. 누군가의 방문을 맞이하는 미소를 가진 문과는 다르게 집 안에 있는 자와 집 안에 들어오려는 자를 철저하게 가로막아 주는 역할만 하는 그런 문의 분위기를 가졌다.

엘리베이터 문 너머로 잠깐 내 눈에 비쳤던 문은 의문스럽게 변해 있었지만 그보다 중요한 것은 문이, 그녀의 집이 사라지지 않았다는 것, 그것이 중요했다. 지금의 내 마음은 단지 변한 문에 의아한 정도지만 만약 엘리베이터 문이 9층에서 열리는 순간 아무것도 보이지 않았다면 지금쯤 난 심각하게 우울해 하고 있었을 것이다. 이렇듯 어떤 상황에서도 긍정적인 생각으로 부정적인 에너지를 이기려 하는 것을 보면 약한 것 같으면서도 강한 사람이 되어가는 것은 아닐까 괜히 흐뭇해지기도 한다. 하지만 여전히 난 안정적이지 못한 상태에 머물러 있다는 사실만큼은 철저하게 외면하지 못하고 있다. 10층에서 1층까지의 거리는 생각들을 정리하기에 충분한 시간이었다.

내 집보다 한층 더 따뜻할 거라 기대되는 바깥세상에 발을 내딛고 있다. 일을 할 때에는 미처 몰랐는데 이따금씩 밖에 나오는 생활이 지속되면서부터 바깥세상이 꽤나 낯설고 신기하게 느껴진다. 예전에는 이 세상이 너무나 익숙하고 편하다고 느꼈던 것은 아니었을 텐데, 왜 새삼스럽게 세상 사람들 속에 섞이고 싶은 것인지 잘 모르겠다. 생각은 언제나 순차적이지 못하며 모순덩어리라고 생각하지만 그 누구도 나의 복잡한 마음과 생각의 퍼즐을 맞추기 위해 관심을 가져주지 않을 거란 사실을 너무나 잘 인지하고 있다. 그래서 무언가에 무뎌지는 건지 괜찮은 건지 괜찮지 않은 건지도 스스로에게 속이고 있는 것일지도 모른다.

거리는 느리다. 느려진 느낌이다. 속도는 모든 것에 해당되면서도 그 속도를 느끼는 것은 나뿐이다. 나의 기분이 느려지면 세상의 모든 속도가 느려진다고 느끼게 된다. 나도 누군가에 의해 수동적으로 느려지고 빨라진다면 복잡한 고민들 따위는 모르고 살수 있었을까? 정답이랄 것도 없는 혼란스러운 질문들만 자신에게 쏟아 부으면서 난 필요한 음식들을 구입하고 있다.

소량의 음식이 들어있는 봉지는 오른쪽 팔에 걸려있다. 봉지 안에 있는 음식들은 너무나 얌전히 머물러 있다. 날 물끄러미 바라보지도 않고 얼른 집에 가서 나를 먹어주라든지 봉지 안은 답답하니 날 꺼내주라는 말 같은 건 해주지 않는다. 고요함 속에 갇힌 내 귓가에는 봉지와 음식들조차 시끄럽게 떠들어 주지 않는다.

카페가 보인다. 길을 걷다가 카페를 보았다. 그녀가 들어있던 카페. 나의 용기가 깃들어 있는 카페. 카페 앞에 오랫동안 머물지 않아도 머무는 것 이상의 생각들을 떠올릴 수 있다. 난 이렇게 유유히 그 카페를 지나쳐 걸어간다.

수많은 건물에는 노동을 사겠다는 종이가 붙어있다. 몇 개의 구인 광고를 느릿느릿 정확히 읽어보았지만 도전하지 않았다. 분명 일자리를 고를 입장은 아니지만 확실한 느낌이 없었다. 현실적으로만 생각하려 노력해 봐도 내 마음의 공허함을 외면한 채 현실적인 시급한 구멍만 막을 수는 없었다. 내가 할 일이라고, 반드시 나와 인연이 되는 곳이라는 느낌, 그것이 없었다. 난 그렇게 돈만 소비한 채로 집으로 돌아가고 있다.

아파트 입구에 들어서면 저 못된 엘리베이터가 나를 미지의 세계로, 보이지 않는 100층 너머로 데려다 줄 것처럼 유혹한다. 하지만 이내 날 능멸한다. 지옥 같은 현실을 짓밟고 높이 올라가 환상적인 세계로 안내할 것 같은 저 엘리베이터는 나의 허상을 깨뜨리며 내 몸을 불쾌하게 받아들인다.

10층을 눌러 집으로 곧장 가려다가 9층을 눌러버렸다. 그녀의 집, 그녀에게로 가는 멀고 험난한 그 길의 유일한 장애물인 그 문을 확인하고 싶었다. 못된 엘리베이터는 9층에 멈춰 섰다. 그리고 나를 밀어냈다. 9층에 발을 내디딘 나를 불쌍히 여기며 엘리베이터는 재미있다는 표정으로 문을 닫아버리고 위로 올라가 버렸다.

그녀의 문 앞에 서 있다. 고개를 들어 문을 똑바로 바라봐야 하는데 망설여진다. 그 망설임은 지속되지 않았고 난 그녀의 집 문을 바라보고 있다. 다르다. 또 달라졌다. 어쩌면 달라진 것이 아니라 나의 착각이었으리라. 그녀의 집은 다시 낡아져 있었다. 낡아 있었다. 언제부터였는지 그 시초를 추측할 수 없을 정도로 오래된 느낌이다. 낡은 문은 어떤 소리가 나는지 들을 수 없지만 또렷하게 볼 수는 있다. 누군가 이 문을 열기 위해, 그리고 저 안으로 들어가 그녀의 세계로 들어가기 위해 무척이나 애를 쓴 흔적 같은 색깔이 묻어있었다. 문 손잡이에서는 세상과 단절된 채 하나의 좁은 통로만을 통해 거대한 빛을 받으려는 존재의 서글픈 향기가 솔솔 배어 나왔다. 그 익숙하고 목가적인 향기는 누군가가 품고 있는 저 문에 대한 분노도 부드럽게 정당화시킬 수 있는 힘이 깃들어 있다고 확신했다. 그 확신은 불안하게 떠다니는 내 마음을 다소 누그러뜨릴 수 있는 존재가 되기에 충분했다.

초인종을 눌러보고 싶었다. 이 행동이 얼마나 오랜만이고 쉽지 않은 행동인지 잘 알고 있으면서도 꺼려지는 마음을 억누르고 시도해보고 싶은 거대한 충동을 달래기에는 무언가 많이 아쉬웠기 때문에 저 초인종을 눌러봐도 괜찮다고 내 멋대로 허가를 해주었다.

초인종을 누르는 순간 손가락에 들어간 힘, 그 힘에는 어떤 요소들이 첨가되었을까? 문 손잡이에서 느낀 향기로부터 얻은 터럭만큼의 위로감과 따뜻함, 새것처럼 변했다가도 낡은 것처럼 변하는 문에 대한 의문의 답으로 믿고 싶었던 나만의 착각, 문이 열리고 그녀를 볼 수 있을 거라는 기대감보다 여전히 열리지 않겠지만 풀리는 의문보다 온갖 상상을 할 수 있는 지금이 더 나을 거라는 나만의 합리화, 이런저런 생각들이 손끝으로 모여 초인종을 눌렀다.

'띵 동! 띵 동!'이란 소리를 들을 수 있는 것처럼 내 마음은 시끄러웠다. 문은 열리지 않았다. 이유는 없었다. 그냥 그러하기에 그러했다. 너무나 당연했고 실망감 또한 당연했다. 아무런 일 없던 것처럼, 오랜 시간이 흐르지 않은 것처럼 그녀가 문을 열고 얼굴을 보여주길 바라던 일말의 헛된 내 마음은 욕심이 되어 부끄럽게 흩어졌다. 깊은 곳에서 빠르게 올라오는 한숨만이 지금 내가 서 있는 곳, 그녀의 집, 9층에서부터 저 아래 지하 세계까지 강력하게 꽂힐 듯이 멈추지 않고 무한대로 입 밖으로 뿜어져 나왔다.

이제 그만 10층으로 올라가 나만의 공간 속에 나를 꼭꼭 가둬둬야 하는데 발이 쉽사리 떨어지지 않는다. 지금 이 순간, 난 더 이상 무엇을 바라는 걸까? 내일을 기대해야 한다는 강요 속에 오늘의 헛된 희망을 꾹꾹 눌러 담아 아무도 볼 수 없게 숨겨야 하는데 이렇게 그녀의 집 앞에 서 있다.

그때 그녀의 문이 어떤 반응을 보였다. 미미하지만 분명 나에게 전해지는 어떠한 메시지일까, 진동이었다. 문이 흔들리는 진동이었다. 그녀의 집 안에서 그녀가, 아니 어쩌면 그녀 아닌 누군가 문을 열기 위해 손잡이를 잡았다 놓친 것일 수도 있겠다는 생각이 들었다. 지금 내게 도움을 요청하는 신호를 보내기 위해 안간힘을 쓰고 있는 것은 아닐까? 당장 문을 열고 밖으로 나와 나에게 해줄 말이 있는데 문이 열리지 않아서 집 안에 갇혀버린 것은 아닐까? 문이 고장 나서 열어 줄 수 없으니 제발 강제로 문을 뜯어달라는 간곡한 요청의 진동이 아닐까?

진동만으로 온갖 추측을 해보았지만 그것은 나의 바람이 낳은 환상일 뿐, 함부로 문을 뜯었다가 어떤 화를 입게 될지 모른다. 난 절대 허락 없이, 확실하지 않은 어떤 일이나 모험을 강행하고 싶지 않다. 아무리 그녀를 위한다고 해도 나를 지키지 못할 것 같은 일은 할 용기가 도저히 없다. 왜 그럴까, 왜? 언제부터 나를 보호하기 위해 어쩌면 안타까운 위험 속에 갇혀 있을지도 모르는 너무나 보고 싶은 그녀를 꺼내주지 못하는 걸까?

그녀는 분명 괜찮을 것이다. 그래야만 한다. 그것만이 나를 지키고 그녀를 지키는 일이라고 급하게 정리하며 한 층을 더 올라가 10층으로, 내 집으로 가야 했다. 진동은 선명하게 느껴졌다. 그리고 그 진동으로 인해 툭 떨어졌다. 떨어진 것은 사과였다. 내 손에 들려있던 비닐봉지 안에 얌전히 잠자고 있던 사과가 탈출했다. 이 못된 사과는 절대 내게 버려진 것이 아니다. 내게서 벗어나기 위해 안간힘을 쓰다가 내 마음이 약해질 수 있는 그녀의 집 앞에서 미미한 진동 따위를 이용하여 내게서 벗어난 것이 틀림없다. 문득 사과가 얄미워졌다. 하찮은 너 따위가 감히 먼저 나를 떠나려 한다는 것이 분해서 견딜 수 없었다. 사과를 주워담고 싶어졌다. 하지만 줍지 못했다. 미미하지만 지속적으로 느껴지는 그녀의 집 문이 뿜어대는 진동과 함께 기괴한 느낌이 내 등 뒤를 조여 왔다. 사과를 주우려는 시도를 못한 채 집으로 가는 계단으로 몸뚱이를 재촉하여 끌고 오다시피 신속하게 집 안으로 들어왔다.

진동으로 느껴지던 그것이 내 집 바닥에 귀를 대면 어떤 소리로 변환되어 들릴 수도 있다는 기대감은 폭풍처럼 밀려왔다. 그녀의 소리를 염탐하는 것이 왜 이렇게 오랜만인 것 같은지 기분이 묘했다. 묘하고 짜릿했다. 얼른 나의 유일한, 비밀스러운 청력에 대해 환상이 아니라는 것을 확인하고 싶었다. 이것만이 우울한 나의 일상에 웃음을 번지게 하는 사건이니까.

구입해 온 음식들을 부엌에 대충 던져놓고 거실로 날아갔다. 차가운 바닥에 엎드려 귓바퀴를 바닥에 밀착시켰다. 집중하고 또 집중하려 애썼다. 고요한 내 삶에 더 깊은 고요함을 들여놓으면서까지 그녀의 소리를 듣기 위해 모든 신경을 긴장시켰다.

그녀가 거실 쪽으로 뚜벅뚜벅 걸어오는 소리가 들린다. 멈춘다. 들린다. 멈춘다. 그녀의 움직임은 불규칙적이고 약간의 으스스한 느낌이 감돌았지만 들리는 기분이라는 것을 이렇게 사실적으로 느낄 때, 특히 지금 이 순간만큼은 그 어떤 어두운 감정들도 이겨낼 수가 있나 보다.

그녀는 무언가 먹기 시작했다. 무엇을 먹는지 듣기 위해 더욱 깊게 귀를 바닥에 파묻었다. 아삭아삭 아삭아삭! 이것은 분명 사과를 먹는 소리다. 그녀는 사과를 먹고 있다. 그 사과는 낯설지 않은 사과라는 직감, 그것은 내가 사온 못된 사과, 날 싫어하던 사과, 그녀의 집 앞에서 날 떠나버린 야속한 사과, 다시 주울 수 없던 사과일지 모른다. 확인하고 싶은 마음에 신발도 신지 않고 9

층으로 내려갔다. 떨어뜨린 사과는 없었다. 은은한 미소를 띠며 집으로 돌아왔다. 사과를 그녀가 먹었다니 이런 기분이 아마 따듯한 느낌인 것 같다. 그녀가 사과를 먹는 소리, 아삭아삭 그 소리가 너무 반갑고 소중해서일까? 눈물이 흐른다. 지금 쏟아내는 눈물의 양만큼을 행복함으로 기억하여 내 마음속 가장 깊은 곳에 저장해 둘 것이다.

시간이 흐를수록 그녀에 대한 나의 욕심은 늘어만 갈 거라고 생각했다. 하지만 지금 내 마음은 그렇지 않다고 말하고 있다. 그녀를 만나기 위해 집을 찾아가고 대답 없는 초인종을 눌렀지만, 그녀를 만나게 된다면 난 얼마나 달라질지 예측할 수 없다고 생각한다. 그녀를 다시 만나게 된다고 해도 지난 일을 굳이 들추어 의문들을 해결한다고 해도 사라진 건물이나 직장이 다시 나타나는 것은 아니다. 그녀의 마음이 원하지 않는다면 그녀에게 듣고 싶은 말을 받아내기 위해 함부로 나불거려서는 안 된다고 생각한다. 그녀는 지금 무언가 복잡하고 난해한 상황 속에 빠져있을지도 모른다. 그녀 앞에 시도 때도 없이 나타나 나의 궁금증을 해소해달라고 강요하듯 질문들을 쏟아낸다면 그녀는 미래를 생각할 힘을 잃고 지쳐 쓰러져 과거를 연상하며 괴로움 속에서 내게 대답을 해야 할 것이다. 궁금증을 해결해야 한다는 것이 반드시 옳은 일은 아니라는 것을 이제는 조금 알 것 같기도 하다.

궁금증을 제외하고도 그녀에 대해 염탐하고 그 염탐을 일상에서 우선순위로 여긴다는 것은 분명 그녀에 대한 나의 감정이 특별해서일 것이다. 그녀를 사랑한다는 말은 좀 낯간지럽다. 그 복잡한 감정에 대해서는 이론적으로도 경험으로도 청각으로도 획득한 정보가 없다. 내 깊은 곳에 그것에 대한 무의식적 정보가 숨어 있을 거라는 느낌만 갖고 있을 뿐이다.

난 그녀를 사랑하지 않는다. 아마 그럴 것이다. 궁금증을 해결하고 싶지만 그녀를 위해 캐묻지 않을 것이며 나의 미래를 위해 그녀에 대한 염탐을 언젠가는 멈출 것이고 그 멈춤이 언제인지는 아직도 정하지 못했다.

그녀가 궁금하고 보고 싶다. 내 마음을 함축적으로 표현할 단어나 문장에 대해서는 백 년이 지나도 떠오르지 않을 것이다. 사전을 통째로 외워도 그녀가 내게 끼치는 영향력에 대해 정확하게 표현하지 못할 것이다. 그것은 아마 내 문제점에 대해 지나치게 간과하고 아무렇게나 합리화하여 긍정적인 사람으로 포장해버리는 나만의 오랜 습성 때문일 것이다.

사온 음식들은 부엌에 던져져 있다. 내가 정리하지 않으면 아무도 저 음식들을 정리해 주지 않는다. 그것이 당연하기 때문에 서운하지도 슬프지도 않다. 다만 저 음식들이 야속할 뿐이다. 단 한 번도 스스로 나를 위해 냉장고에 들어가 주지 않는다. 단 한 번도.

바닥에 엎드려 있지만 귀를 바닥에 붙이지는 않는다. 언제부터 인가 그녀를 염탐하는 일을 조금씩 줄여야겠다는 의무감이 생겨 난 후부터 이렇게 바닥에 엎드려 있어도 들을 수 있는 것에 대한 잦은 확인을 절제하고 있다. 비록 극히 한정된 소리만 들을 수 있 게 되었지만 그 소리를 들을 때만큼은 모든 신경을 귀로 몰아온 다. 그러나 지금처럼 절제의 미덕을 갖추기 위한 수행을 할 때에 는 나의 눈부신 자랑거리인 시력으로 모든 초점이 맞춰진다. 이 럴 때 내 눈에 비친 풍경이 경이로운 자연의 아름다움이나 그녀, 또는 따듯한 그 무엇이었다면 얼마나 좋을까? 현실은 당장 없애 버리고 싶은 먼지, 먼지만이 깨끗한 나의 시력에 뻔뻔하게 누워 있는 모습으로 비친다.

집 청소를 한다. 깨끗이 한다. 그녀가 오늘이든 내일이든 내게 염탐을 허락하고 안 하고의 여부는 내가 청소를 하느냐 하지 않 느냐와 무관하다는 것을 이제는 안다. 이렇게 최대한 내 할 일을 해가며 취미 생활로만 염탐하기로 한다. 나를 꽤나 건강한 정신 상태의 소유자로 포장하기 위해 애쓴다. 샤워도 하고 텔레비전 도 틀어본다. 텔레비전의 소리를 최대로 끌어올리고 깔깔대며 웃 어댄다. 재미있는 프로그램 속 개그맨들의 목소리가 너무 웃겨서 배가 끊어질 듯이 웃어댄다. 귀도 심장도 마음도 저 개그맨들의 목소리를 조금도 듣지 못하지만 들리는 것처럼, 꼭 들려야만 하 는 것처럼 나에게 강요를 한다.

난 웃고 있다. 이 웃음은 허공에 고요함으로 떠돌다가 먼지가 되어 내 어깨 위에 돌덩이처럼 무겁게 내려앉는다. 이 무거운 먼지는 손으로 털어지지 않는다. 힘없이 거실 바닥에 주저앉는다. MP3 플레이어가 보인다. 아주 오랜만에 듣고 싶다. 어쩌면 그녀의 소리를 귀로 듣는 것보다 음악을 마음으로 들었던 때가 더 좋았을지도 모른다는 생각이 든다. 하지만 그것은 지금 음악을 들을 수 없기 때문에 그렇게 생각하는 것이다. 그녀의 소리만이라도 귀로 듣는 것이 훨씬 신 나는 일일 것이다. 그럴 것이다.

혹시 오늘은 들을 수 있을지도 모른다. 아주 오래전의 일처럼 느껴지는 마음으로 듣던 음악 소리. 그 소리를 기억하기 위해 기도를 한다. 그리고 조심스럽게 귀에 이어폰을 꽂고 재생 버튼을 누른다. 들리지 않는다. 이어폰을 귀에서 빼내어 심장에 올려놓는다. 들리지 않는다. 예전에 마음으로 듣던 그 음악 소리가 기억이 나지 않는다. 슬프지 않다. 슬프지 않아야만 한다. 이따위 명청한 기계가 치사하게 나를 기만하고 있을 뿐이다. 언젠가 예전처럼 들을 수 있을 것이다. 난 아무렇지 않다. 아무렇지 않을 수 있다. 꾹꾹 참았던 그녀에 대한 생각이 "펑"하고 터져 나왔다. 귀로도 마음으로도 들리지 않는 음악 때문에 짜증이 났던 내가 그녀의 생각을 하면 다시 평안을 찾을 거라 생각했나 보다.

그녀는 왜 사과를 먹고 있었을까? 그녀의 집 문에서 느껴졌던 진동 소리는 어떤 소리일까? 문을 열고 내가 떨어뜨린 사과를 줍는 그녀의 표정은 어떤 감정을 담고 있었을까? 그녀는 의문투성이다. 의문투성이인 그녀를 만나도 그녀에 대해 질문하지 않을 것이다. 혼자 추측을 할 것이다. 추측만으로 그녀에 대한 궁금증을 반 이상 해소할 것이다. 그녀는 나보다 더 돈이 없을지도 모른다. 사과 한 개를 무료로 먹고 무척이나 즐거워했을지도 모른다.

부엌에 있는 새로 사온 식빵이 보인다. 식빵 세 쪽을 은박지에 예쁘게 포장해서 그녀의 집 앞에 두고 왔다. 몇 시간 후 그녀의 집 앞에 가 보았다. 식빵은 그대로 있었다. 역시 의문투성이 그녀는 의도적인 질문에는 대답을 던져주지 않는 치밀한 의문 덩어리다. 식빵과 함께 쓸쓸히 집으로 돌아왔다. 피로가 밀려왔다.

꿈을 꾸었다. 그녀는 여전히 아름다운 모습으로 어딘가 걸어가고 있다. 선선한 바람에 흩날리는 머리카락에서 향기로운 사과향기가 난다. 그녀의 표정은 이중적이다. 불안함과 온화함을 적절히 섞은 눈빛이다. 질문 세례를 받을까 봐 두려움과 동시에 그어떤 질문에도 당당히 대답해 주겠다는 오만함 같은 표정이다. 그녀가 입고 있는 하얀색 원피스는 몸에 딱 달라붙지 않아 청순하게 펄럭거렸고 내가 손을 뻗어도 닿을 수 없을 만큼의 거리에서 나를 바라보고 있었다. 빨리 자신에게 다가와 안아달라는 손짓인 것 같기도 하고 절대로 가까이 오지 말라는 경고의 손짓 같기도 해서 잘 모르겠다. 난 대조적인 메시지를 혼동하고 있는 바보다.

·

그녀는 운동화를 신고 있다. 내가 사준 운동화라고 한다. 그런데 그 운동화를 아무렇게나 벗어두고 어딘가 깊은 동굴 속으로 급하게 도망가기 시작한다. 난 그녀를 잡으러 뛰어가지도 가만있지도 않은 중립적인 태도를 취하고 있는 것 같다. 아무런 진보 없이 안타까운 운동화만을 바라보고 있는 내 모습은 텅 빈 눈동자 사이로 차가운 회색빛이 감돌았다. 악몽이었다. 꿈에서 깨어나 현실이 아니었음을 확인하면서도 사실은 그것이 꿈이었는지 지금이 꿈인지 아무도 모른다. 어지러웠다. 짙은 피로감과 우울함이 밀려왔다.

그녀를 만날 수 없음이 만들어 내는 마음의 공허함을 채워줄 다른 그 무언가를 찾아 헤매는 내 모습이 슬프다. 그녀를 다시 만나는 일은 결코 쉬운 일이 아님을 인정하면서도 화가 나고 슬펐다. 악몽 때문은 아니었다. 난 언제나 무언가 단단히 슬픈 사람이었던 것 같다.

그녀의 소리를 들으려 바닥에 귀를 붙이고 집중했다. 들리지 않았다. 또 들리지 않았다. 매일 들을 수 있던 소리가 이젠 2~3일에 한 번씩 들리는데 이러다가 서서히 잔인하게 날 떠날 것이다. 청력은 언제나 내게 잔인하다. 낡아지긴 했지만 선명했던 그녀의 대문이 조금씩 흐려지는 것 같고 이러다가 정말 머지않아 그녀는 모든 흔적과 소리를 감춰버리고 홀연히 떠나가 버릴 것 같다.

며칠을 기다려도 그녀의 소리가 들리지 않는다면 그녀가 완전히 사라졌음을 인정하게 될까? 일주일, 한 달, 1년, 얼마나 오랜 시간을 다시 그녀를 들을 수 있다는 기대감으로 나 자신을 버릴 수 있을까? 그녀가 완전히 사라졌음을 인정하게 된다면 내 마음 속에 저장되어 있던 그녀의 소리를 꺼내어 추억하는 시간만으로 만족할 수 있을까? 정말 오늘부터 영원히 그녀를 다시 들을 수 없는 것일까?

깊은 한숨을 내쉰 후, 마음을 가다듬는다. 내일, 혹은 내일모레에는 다시 그녀의 소리를 들을 수 있을 것이다. 이렇게 갑작스럽게 허무하게 사라질 리가 없다. 연습할 수 있는 시간일 뿐이다. 그녀를, 염탐을 완전히 잊을 수 있는 연습. 정말 백 년을 기다렸는데도 다시 그녀의 소리가 들리지 않는 날이 오늘이라고 생각하자. 그리고 떠올리자. 그동안 저장했던 그녀의 소리를. 잘 떠오르지 않는다. 너무 깊숙이 저장해둔 탓일까? 집중하고 또 집중해도 잘 떠오르지 않는다. 짜증이 밀려온다. 다음부터는 좀 더 확실한 방법으로 기억하고 저장해야겠다.

아침이다. 이젠 아침이 두렵다. 그녀의 소리가 오늘은, 이제는, 다시 들려야 한다. 벌써 3일이 지났다. 그녀의 집 문은 낡고 선명하게 내 눈에 보여야 한다. 그녀의 문을 보러 갈 힘이 없다. 3일 동안 아무것도 하지 않았다. 그녀의 소리가 3일이나 들리지 않았다는 것이 날 극도의 불안감으로 빠뜨리고 청소도 샤워도 다 귀찮고 짜증 나게 했다. 이제는 들려야 한다. 제발.

들린다. 그녀의 소리. 들린다. 드디어 3일 만에 들린다. 그런데 즐거운 소리가 아니다. 그녀가 힘들어하는 소리다. 운동할 때 나는 거친 숨소리가 아니다. 힘들게 기어 다니는 소리다. 소리를 조금 더 심층적으로 분석하기 위해 뇌를 이리저리 굴려보지만 힘들어하는 이유에 대해서는 알지 못한다. 궁금하지만 원인은 알 수 없다. 이런 소리는 내게 괴로움만을 준다. 내가 도울 수 있는 것이 없다. 그녀가 무엇 때문에 얼마나 힘들어하는지 알 수 없다. 하지만 슬퍼만 하기에는 억울하다.

얼마 만에 듣는 소리인가? 얼마나 기다려오던 소리인가? 할 일을 미뤄두고 기다려온 소리. 난 이 소리가 괴로워도 기억할 것이다. 무조건 내 안에 깊이 저장한다고 해서 선명하게 남는 것은 아니었다. 언제든지 선명하게 떠올릴 수 있도록 이 소리에 색깔을 입혀 저장해야겠다.

이 소리는 짙은 초록색으로 저장해야겠다. 내 마음속에 이 소리를 초록색으로 묶어서 넣어두자. 그녀가 힘들어하는 소리지만 그녀의 소리이기에, 그토록 기다려왔던, 며칠 만에 들리는 희소성이 높은 소리이기에 나에게는 따뜻함이 될 수 있을 것이다. 어느 날 그녀의 소리가 또 들리지 않을 때 초록색 기억을 꺼내서 조심스럽게 추억할 수 있도록. 어차피 도움을 줄 수 없는 상황이므로 지금 할 일은 그녀의 소리를 기억하는 일이다. 선명하게 잘 기억해두자.

초록빛을 간직한 채 잠이 들었다. 꿈을 꾸었다. 쿵쿵거리는 진동을 느끼고 발코니에 나가보니 이삿짐 차가 있었다. 누가 이사를 가나 보다. 그런데 내 발밑에 짐들이 옮겨지고 있다. 9층이다. 그녀 집이다. 그녀가 이사를 가고 있다.

갑자기 왜 이사를 가는 것일까? 혼자 조용히 있고 싶은데 자주 초인종을 눌러대는 나 때문에 괴로웠던 걸까? 미안해지고 후회스럽다. 그녀의 이사만은 막고 싶다. 하지만 이미 진행되고 있다. 짐은 거의 다 날랐다. 그녀의 이사를 막을 수도 그럴 자격도 없다. 그렇다면 인사라도 멋지게 해주자. 당장 밖으로 나가기 위해 문을 향해 뛰어갔다. 내 집 문이 열리지 않았다. 나갈 수 없다. 내 집 문은 그녀 집 문처럼 낡게 변하고 칼날들이 박혀있다. 나가기 위해 문을 열려는 노력을 하다가 칼날에 베인다. 아픈지도 모르겠다. 통증은 없다. 빨리 1층으로 내려가 그녀에게 인사를 하고 싶을 뿐이다. 열리지 않는 문에 분노하면서 안타까움에 몸부림치다가 현실로 돌아왔다. 또 악몽을 꾸었다. 한숨 속에 눈물을 섞는다.

난 너무 어딘가에 얽매여 있다.

4

고통

끄고 싶다. 꺼 버리고 싶다. 머릿속에 민첩하게 움직이는 불안한 그 무엇들. 나만의 복잡한 감정들을 끄고 싶다. 스위치를 누르면 방 안의 불이 꺼지듯이, 활발하게 활활 타오르는 또렷한 원색의 촛불이 내 안에 깊숙이 담겨있던 한숨 속에 담긴 어둠에 의해 한순간 작아지며 사라지듯이, 지구 반대편에 사는 사람들의 이야기를 보여주던 텔레비전이 내 손가락의 작은 힘 하나로 눈앞에서 말끔히 사라지듯이 그렇게 간결하게 끌 수 있었으면 좋겠다. 방법이 떠오르지 않는다. 무언가 대단히 잘 알고 있었지만 미루고 미뤄왔던 것뿐이라고 확신했던 것 같은데 지금 내가 가진 문제의 명확한 모습에 대해서도 흐릿한 것 같다.

외면. 어쩌면 그것을 동경하고 있을지도 모른다. 언젠가 지금과 같은 혼란이 가미된 느낌을 느꼈던 적이 있었던 것 같다. 무언가 힘든 일을 겪었다고 인지했고 그로 인해 실컷 슬픔에 잠겼다고 생각했으며 사실은 별것 아닌 일이었다고 자기 합리화시켰다. 슬픔은 완벽히 그 순간에만 머물다 지나갔으며 난 지난 슬픔을 잘 이겨냈으므로 과거에 두고 온 일이라 느꼈고 현재의 상황과 무관한 일이었음을 확신하고 살았다. 그러나 아주 오랜 시간이 흐르고 나서도 난 아파하고 있었다. 그 순간을 제외하면 전혀 아프지 않았다고, 난 그때보다 훨씬 강해지고 행복해졌다고 느꼈는데 그것이 아님을 깨달았던 적이 있었던 것 같다.

그것은 신선한 충격이었다. 순간의 슬픔이라 확신했던 것은 내게 깊은 상처로 남았고, 강해졌다고 생각했던 나의 모습은 비뚤어져 있었다. 잊혔다고 생각했던 슬픔은 내게 세상에 대한 경계와 잘못된 선입견이 되어 내 안에 깊이 묻혀있었고, 슬픔은 끈질기게 내 안에 남아 모든 행복을 긁고 다녔다. 그랬다. 괜찮다고 확신했던 순간에도 괜찮지 않았던 순간이 있었다. 그리고 뒤늦게 깨달았을 때에도 무언가 많은 것을 놓치고 있었다.

끄고 싶던 복잡한 생각은 더 깊고 어두운 생각들과 기억들을 끄집어내고 말았다. 나는 미래만을 생각하기에는 꽤나 과거에 매여 있는 사람임이 분명하다. 이 사실만은 절대 잊지 않고 외면하려 하지 않기를 내게 가르쳐 주고 싶다.

갑자기 들리던 그녀의 소리가 이제 사라져 가는 소리가 되고 마음으로 스며들던 소중한 음악도 지금은 좁은 마음속에 담기지 못한다. 책을 읽으려 한다. 책의 내용들이 귓가에 은은하게 울려 퍼지는 것을 상상하지만, 그 이미지가 잘 떠오르지 않는다. 상상조차 할 수 없다. 또렷하게 떠올려야 할 환상적인 책 속의 소중한 이미지들. 어딘가 깊이 잠들어 있는 것만 같다. 또렷한 시각으로 담으려 애써도 책의 글귀들은 자꾸만 나에게서 벗어나려 한다. 새어나가려 한다. 담기지 못한다.

누군가 나의 이런 복잡한 문제들을 깨끗이 씻어 줄 수 없는 걸까? 그 누구도 날 대신하여 날 도와주려 하지 않는다. 결국 문제를 해결할 수 있는 것은 세상에서 오직 나뿐이라는 생각만 떠오른다. 그것에 대해서 더 이상 깊게 슬퍼하지 않는다. 이제는 나의 마음이 조금은 강해지고 있는 걸까? 더 강해진 것인지 오히려 더 깊은 슬픔 속으로 빠진 것인지 잘 모르겠다.

텔레비전을 켰다. 문밖을 나가지 않고도 다른 사람들의 삶을 염탐할 수 있게 해주는 텔레비전이 새삼스럽게 신기하게 느껴지는 순간이다. 어두운 상황 속에서 빛을 내는 사람들의 삶을 통해 희망을 얻을 수 있는 프로그램이 한창 방영되고 있다. 예전에는 별 관심 없었던 이런 프로그램이 오늘은 꼭 봐야 할 과제처럼 느껴지는 것은 왜일까? 왜 그렇게 느끼는 것인지 나 자신에게 솔직하게 물어본다. 정답보다는 추측만을 늘어놓는 나에게 신물이 난다. 이번만큼은 솔직한 대답을 내뱉기를. 어쨌든 변화를 바라고 있으니까 작은 것부터 변하기 위해 노력해야 한다.

왜 이 프로그램을 보고 싶은지에 대해 대답하려 한다. 그것은 아마도 딱히 할 일도 없고, 책도 잘 읽히지 않고, 음악도 들을 수 없고, 그녀의 소리도 들을 수 없기 때문이다. 아니다. 진짜 대답을 말해보자. 왜 어둠 속에서 빛을 내는 사람들의 삶을 지켜보려 하는가? 그들을 통해 삶의 위안, 희망, 어둠 속으로부터 도망 나오려는 발버둥보다 그 어둠 속에서 자신이 빛이 되는 방법 그 이상의 위로와 희망이 필요해서, 따듯함을 받고 싶어서, 느끼고 싶어서 난 이 프로그램을 보려 한다. 눈물이 흐른다. 무수히 많은 의문 중에서 정답을 찾지 못해 추측만 하던 과거의 나보다 훨씬 성숙해진 것 같은 느낌이 든다. 이 순간 충분히 나의 그 어떤 면을 발전시키기 위해 노력했다고 생각한다. 순간 텔레비전의 운명이 부럽다는 어린아이 같은 생각을 해 본다.

세상에는 참 다양한 삶이 존재한다. 그 다양한 삶을 모두 떠안고 느끼고 보여준다. 지루함도, 불가능도 없다. 그 어떤 곳도, 환상도 존재한다고 믿고 보여주며 복잡함 속에서 꺼질 수도 있다.

같은 세상 같은 시간 속에서도 사람들은 각자 다른 삶 속에서 다른 생각을 하며 산다. 그런데 지구 안에 있다는 공통점만으로 어떻게 모두가 같은 세계에 산다고들 할 수 있을까? 나 또한 저들과 다른 세계에 살고 있으며, 누군가와 같은 세계에 공존함을 느끼는 것을 동경해 왔다. 하지만 저들의 마음속을 들여다보면서 어쩌면 사람들은 서로가 같은 세계에 공존함을 느낄 수 있는 강력한 힘을 각자가 소유하고 있는 것 같다.

아픈 몸을 이끌고 고된 일을 해내는 억척스러움 뒤에는 배고픈 어린 아들이 있다. 온몸이 불편하고 말도 내뱉을 수 없는 여자가 사력을 다해 그림을 그린다. 그 그림 속에는 그린 이만의 내면이 표면적인 것에 지나지 않고 본질적인 그 무언가를 보여주고 있다. 당장이라도 병상에 있어야 할 사람은 마라톤을 멈추지 않는다. 그가 달려가는 결승점은 다른 사람들의 눈에 보이는 결승점과 다른 장소일 것이다. 그 어떤 성취감과 눈물겨운 고통을 이겨낸 자신에게 줄 수 있는 강한 마음, 그 이상을 선물하기 위한 것이다.

끝없는 계단을 오르는 자. 그 누구도 계단을 다 세어보지 못했다고 한다. 말 그대로 끝없는 계단. 사람은 누구나 끝이 있는데 끝없는 계단을 오르는 모습은 수많은 사람으로부터 무모하다고 손가락질을 받는다. 하지만 그는 믿고 있을 것이다. 그 계단의 끝은 자신의 끝보다 짧을 거라고. 계단 끝에 가면 지상 최대의 낙원이 있을 거라는 믿음을 잃지 않고 오를 것이다. 계단을 오르는 과정 곳곳에 천국의 선물들을 만나고 있다고 느낄 것이다.

많은 사람이 이른 아침 온몸으로 스며드는 졸음을 가볍게 밀어내고 자신의 일을 위해 걸어간다. 지쳐가는 몸을 위해 목구멍에 음식을 밀어 넣으며 충전을 한다. 충전된 몸은 아낌없이 의무감 속에 일을 하며 소진한다. 그들이 일하는 수많은 이유, 그들이 획득하게 될 안정감과 보람들, 그 평범한 일상들 속에 숨겨진 깊은 뜻, 그 짙은 행복을 나는 진심으로 느낀 적이 있었던가? 아무런 길도 보이지 않고 반드시 찾아야 할 길도 없지만 일찍 일어나 목적지 없는 자유로운 행군을 하는 사람, 그 시작의 용기와 이유에 대해 난 무엇을 추측할 수 있을까?

어떤 때에는 바보 같던 저 텔레비전이 오늘은 내게 참 많은 생각을 하게 한다. 평소에도 늘 생각이 많았던 나지만 그런 복잡한 생각들과는 무언가 판이하게 다른 생각들이 차곡차곡 쌓여가는 느낌이 드는 하루다.

내 인생의 최우선이 무엇이었을까? 이 간단하고도 지루한 질문에 다른 사람들은 선뜻 대답할 수 있을까? 난 대답을 빨리 내뱉지 못하고 있다. 대답을 못 하는 것인지 안 하는 것인지 수시로 속여왔을 내 안의 깊은 자아에 대해 깊은 신뢰가 없기 때문인지 꽤나 난감하고 어려운 질문으로 느껴진다. 질문을 아주 조금만 바꾼다면 나의 대답을 빨리 볼 수 있을까?

일상의 최우선이 무엇이었을까? 이 질문에 대해서는 대답 예상 후보들이 많이 떠오르긴 한다. 일할 때에는 일이 최우선이었던 것 같기도 하고, 음악을 듣는 일이었던 것 같기도 하고, 세상 사람들 속에서 귀에 이어폰을 꽂고 그들과 같은 세계에 공존함을 소심하게 느끼려 했던 시간이었던 것 같기도 하고, 그녀를 만난 이후로는 그녀에 대한 호기심이었던 것 같기도 하고, 모든 것이 그럴듯하지만 확신하고 싶은 것은 없었다. 다만 세상을 등지려 할 때에는 그 어떤 최우선도 없었던 것 같았다. 그것만은 확실했다. 또한 그녀를 듣게 된 후로는 세상의 일부분에 대한 청력이 생겼다는 것에 기뻐했고, 그래서 그녀의 소리를 듣는 것이 최우선이었던 것 같다. 지금은 그녀의 소리도 희미해져 일상의 최우선이 사라진 것 같다고 느끼는 걸 보면 그녀의 소리를 염탐하는 일이 내 일상의 최우선이었나 보다. 애석하게도 나의 일상의 최우선은 나를 위한 것이라고 보기 어려운 타인의 소리를 주워담는 일이었다. 그것이 몹시 흥분되고 기쁜 일이었음에도 불구하고 지금은 매우 분하다. 왜 그런 것일까? 잘 모르겠다.

현재의 삶과 미래를 위한 목적, 꿈, 의무감, 책임감, 열정이 풍부한 마음의 부자들을 보며 난 자신에게 일말의 반성, 어쩌면 아주 거대한 양의 반성이 필요한 것이라고 느꼈다. 하지만 그 반성이라는 것에 대해 구체적인 계획을 세우기에는 무언가 결여되어 있음을 느낄 수 있다. 그래서 조금은 슬퍼졌다.

그들은 텔레비전에 나올 만큼 대단히 희망적이다. 그런 그들에게 위로와 희망을 얻을 수 있다는 것에 일단 만족해야 한다. 그들이 가진 희망과 내가 가진 희망의 양을 함부로 급하게 비교해서는 안 된다. 비교는 그 자체로 발전을 촉진시키기도 하지만 자칫

잘못하면 극도의 절망감에 이르는 병에 걸릴 수 있다. 특히 나처럼 예민하고 불안한 사람에게는 쉽게 적용될 수 있다는 것을 잘 인지하고 있기 때문에 희망을 추출하여 내 안으로 가져오는 일을 매우 조심스럽고 순조롭게 진행해야 한다.

 문득 떠오른 생각이 있다. 나에 대해서도 의심과 경계를 품고 있는 것은 아닌지 의심스럽다. 물론 누구나 자신을 속이는 부분이 있겠지만 내 안에 강력한 힘이 있다고 믿고 싶고 또 그래야 할 시기인데 쉽게 나약함을 버리지 못하고 있는 것 같다. 하지만 너무 자책하지 않으려 한다. 난 괜찮다는 말속에 충분히 괴로워했고 달라질 거라는 의지를 갖고 있으니까.

 여전히 들리지 않는다. 하지만 들을 수 있는 세상 속에 나를 던질 수 있는 힘을 내 안에서 반드시 찾아낼 것이다. 이것이 이론적으로는 잘 알고 있어도 현실적으로 힘든 일이라는 것도 잘 알고 있다. 가능성에 대한 의심을 버릴 줄 알아야만 나 자신의 감정을 잘 조절하는 강한 사람이 될 수 있을 것이다.

 들을 수 있는 사람들은 반드시 나보다 쉽게 세상과 가까이 소통할 수 있다는 믿음을 버리려 한다. 어쩌면 듣지 못하는 절망을 이겨내기 위한 말도 안 되는 자기 합리화에 지나지 않는 대목일 수도 있다. 사실 들을 수 있는 사람들 모두 나보다 훨씬 세상의 소리를 통해 가깝고 행복하게 소통하고 산다는 것이 정답일 수도 있다. 하지만 그렇다고 믿어버린다면 나 자신을 더욱 괴롭게 만들 거라는 것을 잘 알고 있기 때문에 조금은 편파적인 판정이더라도 괜찮다고 나를 위로하고 싶다.

뛰어난 청력의 소유자들, 그들은 모두 시끄러운 세상 속에 존재할까?

언젠가 이런 장면을 본 적이 있다. 어지러운 세상 속에서 자기 생각에 몰두해있는 사람에게 그 사람의 친구가 신 나게 떠들어댄다. 하지만 그는 듣지 못한다. 그의 청력은 뛰어나지만 자기 생각 속에 빠져있기 때문에 친구의 말을 듣지 못한다. 친구는 무슨 생각을 하느라고 내 말을 다 못들은 거냐며 핀잔을 준다. 그는 미안하다며 다시 말해보라고 말한다.

사실 난 이 장면이 잘 이해되지 않았다. 청력이 있는 사람들은 듣고 싶지 않아도 다 들린다고 알고 있었는데 왜 다른 생각에 깊이 빠져있다고 해서 바로 옆에 앉아있는 친구의 말도 듣지 못한 걸까? 그렇다면 들을 수 있는 사람들은 모두 그처럼 자기 마음대로 듣기도 하고 듣지 않기도 하는 것일까? 이런 궁금증들은 이론적인 대답도 날 만족시켜주지 못할 것이라 생각해왔다. 하지만 지금은 흐릿하게나마 이해가 될 것 같기도 하다.

뛰어난 청력의 사람도 고요 속에 갇힐 수가 있다고 믿고 싶다. 그렇다면 나처럼 듣지 못하는 사람도 시끄러운 세상 속에서 어느 감각기관을 통해서, 또는 소리가 아닌 그 무엇, 예를 들면 색깔이

나 향기와 느낌 따위로 세상을 가까이 들을 수 있지 않을까? 자신의 처지를 바라보는 시각이 몹시 치우쳐 있는 건 아니었는지 곰곰이 생각해 볼 필요성을 느끼고 있다. 진정 내 인생의, 일상의 최우선이 무엇인지, 즉 내가 살아가야 하는 즐거운 이유를 찾아야 할 필요성부터 결여되어 있었나 보다.

또다시 나의 마지막을 내 멋대로 앞당겨 정해버리는 시도는 겪지 말아야 할 아픔이다. 그러기 위해서 지금 이 순간 가장 중요한 것이 무엇인지 뒤틀림 없이 똑바로 볼 수 있어야 할 것이다.

그녀. 사라져버린 그녀. 어쩌면 사라지지 않았을지도 모른다. 여전히 내 집 아래층에 있는 집. 그 공간 안에 담겨있을지도 모른다. 하지만 그녀는 더 이상 내게 들리지 않는다. 그녀가 들리지 않게 되었다는 현실이 염탐자로서의 끝이 되어버린 것 같다. 더이상 그녀가 들리지 않는데도 내 예상처럼 크게 슬퍼하지 않는 것 같아서 이상하다고 생각했다. 하지만 몇 달이 지나고 보면 어쩌면 지금의 내 모습은 아주 많이 힘들어하고 있다는 것이 정답일지도 모른다. 다만 난 괜찮고 싶을 뿐이고 그러기 위해 노력하고 있을 뿐이다.

일을 하며 살던 나의 과거가 너무나 까마득하다. 지나치게 낡아버려서 만지면 부서질 듯 연약한 추억이 되어버렸다. 지금 돌이켜 보니 그녀의 소리를 실컷 염탐하던 날들보다, 그녀와 같은 건물에서 일하던 날들보다, 과자 공장에서 일하던 때가 더 안정적이고 평화로운 삶이 아니었을까 하는 생각이 든다. 왜냐하면 기억 속 수많은 과거 장면들 중에서 과자 공장에서의 삶이 가장 낡고 약하게 존재하고 있기 때문이다.

과거의 일, 이미 지나가 버린 낡아빠진 힘없는 기억, 여린 기억을 움켜쥐기에도 지금의 나는 힘이 부족하다. 앞으로 시작해야 할 일, 나의 미래를 위해 해야 할 많은 일을 위해 강력한 힘을 내뿜어야 한다는 부담감을 안고 어찌할 바를 모르는 어린아이 같다. 들리지 않는다는 이유 때문만은 아니었던 것 같은데, 분명 모든 순간이 만족스럽지 않았던 것 같다. 하지만 지금 생각해보면 지금보다 훨씬 만족스러운 부분들이 있었다.

조급한 마음을 꾹꾹 눌러 담고 천천히, 또 천천히 생각했다.

음악, 일단 음악을 듣고 싶다. 그녀의 소리도, 그녀 자체도 내 안에 없던 시간, 그 시간 속에 존재하던 음악, 마음으로 듣던 그 음악을 듣고 싶다. 찾고 싶다. 내게도 찾고 싶을 만큼 소중한 그 무엇이 있었다. 잊고 있었던 보물을 기억해낸 것처럼 설레었다. 하지만 설렘만큼의 불안함과 걱정도 내게 달라붙어 있다.

음악을 언제 왜 잃어버렸는지부터 떠올려야겠다. 언제였더라? 음악을 듣는 기계가 고장이 났었던 것 같은데, 그게 아니면 내 마음이 고장 났었던 건가? 생각해보니 그녀의 소리를 듣게 된 이후로 음악을 듣지 못했던 것 같다. 그렇게 내 마음은 음악에서 멀어지고 결국 고장 난 것은 음악을 재생시키는 기계가 아니라 음악을 귀가 아닌 마음으로 듣던 순수한 마음속 재생 버튼이 고장 난 것이 분명했다. 그렇다면 해결 방안은 무엇일까? 어떻게 하면 난 다시 음악을 마음으로 들을 수 있을까? 난 알고 있을 것이다. 음악을 다시 들을 방법을 잘 알고 있을 것이다. 하지만 잠시 잊고 있는 것이다. 그것뿐이다. 분명히 언젠가는 반드시 다시 음악을 듣고 있는 내 모습을 만날 것이다. 그렇게 차분히 마음을 위로하려 했다.

따뜻함을 또 받기 위해 텔레비전을 켰지만 마음에 들지 않은 프로그램만 보였다. 엄지손가락에 온 힘을 모아 텔레비전 버튼을 눌러 바보 같은 프로그램을 내 눈앞에서 당장 사라지게 만들었다. 괜한 심술이었을까? 난 심술이 났다. 한껏 화가 부풀어있는 심술을 눌러서 심술의 정체를 알아내려 했다. 그것은 외로움, 짙은 외로움이었다.

천천히 생각해보면 그동안 난 홀로 감당해야 했던 일들이 꽤나 많았다. 무언가 변화를 꾀하고 있는 진취적인 시기인 지금도 복잡하고 무겁게 얽혀있는 감정들을 홀로 풀어나가야 한다. 이 무거운 일을 나누어 줄 수 있는 존재에 대해 욕심을 부린다면 그것은 지나친 욕심일까, 아니면 마땅히 향유해야 할 욕심일까? 내게도 이런 욕심을 부릴 자격이 있다면 그 누군가를 찾기 위해 어떤 노력을 해야 할까?

그 누가 선뜻 내게 특별한 존재가 되어주려 할지 자신이 없다. 아무리 좋은 시각으로 똑바로 세상을 바라보려 해도 세상 사람들은 언제나 냉담하게만 느껴질 뿐이었다. 하지만 일말의 희망을 갖고 있다. 내가 변하면 세상 사람들도 변할 거라는 이치를 믿고 있다. 내가 변해야만 하는 이유가 나의 짙은 외로움과 고단함을 달래주고, 내가 기댈 수 있고 편하게 그 사람의 가슴에 머무를 수 있는 그런 존재를 찾기 위해서만이라면 그 존재를 찾고 난 후 그때에는 나의 변화에 대해 어떻게 받아들이게 될까? 그리고 그 존재가 사라진 후에는 나의 변화가 아무런 소용이 없어질 수도, 다시 안 좋은 상황으로 변할 수도 있는 것 아닌가? 기댈 수 있는 존재가 나타나든지 그렇지 않든지 상관없이 나의 변화가 나를 위해서라는 것을 더 깊이 자각할 필요가 있다는 결론이 나온다. 그 누구를 위해서도 아니다. 나를 위해서 변해야만 한다고 느끼고 있다.

변화, 그것이 필요하다고 느끼면서도 그것이 순조롭지만은 않다. 난 두려워하고 있다. 아마도 내 안에 깊이 자리 잡고 있는 두려움 때문에 획기적인 변화가 더딘 것 같다. 구체적으로 어떤 면을 어떤 방향으로 어디서부터 어떻게 어느 순서대로 변화시켜야 하는지에 대해서도 매우 어려운 것 같다.

지금의 내 인생이 뒤틀려 있는 것이 맞는 것이라면 뭔가 대단히 잘못되고 우울한 나의 인생에 가장 큰 영향을 미친 것은 어떤 것이었을까? 듣지 못하는 나의 장애 때문이라고 생각하기에는 많은 것을 놓쳐버릴 것만 같다. 삶의 끝을 만들려고 했던 시간과 그 후 고요함에 들여놓았던 그녀 소리의 존재에 대해 난 그 어떤 원망을 해도 되는 것일까?

삶을 포기하려 했던 그 순간, 도대체 얼마나 힘에 겨웠던 건지 잘 기억이 나지 않는다. 고요함 속에 언제나 혼자였던 내가 그녀라는 존재를 알고 그녀를 통해 세상에 대한 기대감을 품었고, 은은하게 품었던 그 기대감은 실망감이 되어 세상과 나의 거리를 더욱 멀게 만들었다. 홀로 감당하기에는 견딜 수 없었던 부정의 감정들에 짓이겨진 마음은 나의 몸을 버리려 했었나 보다. 얼마나 고통스러웠는지 왜 기억하지 못할까? 말끔하게 사라질 고통이었던가? 아니다. 꽤나 지쳐있었던 거였다. 기억하기 싫었을 것이다. 외면하고 또 외면했을 것이다. 정면으로 부딪쳐 뜨겁게 위로받으며 아름답게 치유되지 못한 상처는 곪고 또 곪아서 내 안에 깊이 남아있었을 것이다. 여전히 그 상처를 안고 살았을 것이다. 다만 극한의 고통을 외면하며 괜찮은 척하고 싶었을 때 내게 기적이 다가왔던 거였다.

적막감 속에 들려왔던 그녀의 소리, 그 소리를 듣게 되었다는 사실만으로 이전의 상처가 치유될 수 있다고 믿었을 것이다. 나의 아픔을 위로하는 어떤 존재를 직면했다는 사실만으로 격하게 반가워서 그 존재에 매달렸을 것이다. 그래서 아픔을 잠시 잊었을 것이다. 하지만 지금 이렇게 그녀의 소리도 사라졌을 때에 나의 아픔은 원점으로 돌아가며 더 배가된 아픔들과 함께 더 고통스러워진다는 것을 그때는 미처 몰랐으리라.

슬픔을 만끽하면서 나 자신을 변화시키려 목 놓아 울어 대리라. 문득 나타났던 그녀 소리의 존재 자체를 인제 와서 원망할 수는 없다. 아무런 소용이 없다. 자책도 책임 전가도 혼란스러운 지금, 복잡한 생각들을 서서히 끄고 차분한 생각들을 정리해나가야 할 것이다. 그녀를, 소리를, 그녀에 대한 소리를, 그리고 소리를 염탐하던 염탐자.

나 자신을 탓할 수는 없는 노릇이다. 태어나 처음으로 함께하고 싶은 여자를 만났다고 생각했다. 절망 뒤에 그녀의 소리가 들렸을 때 태어나 처음으로 소리를 만났다고 생각했다. 어쩌면 그 모든 것이 처음이 아니었을지도 모른다는 생각은 지금에서야 하게 되었다. 어쨌든 그녀의 소리가 선명하게 들려왔을 때에는 그 소리 듣는 일을 다른 일보다 우선시 여겼으며 그 소리를 소유하려 했다. 그녀에 대한 의문들에 정답을 찾아내려 무척이나 애를 썼고 신경을 곤두세웠다. 하지만 그녀는 절대 풀 수 없는 복잡한 미로처럼 얽혀있었다. 난 언제나 정답을 찾지 못하고 홀로 추측 놀이에 빠져 상상만으로도 만족할 수 있다고 자신을 달래 왔다. 이따금씩 폭풍처럼 찾아오는 간지러운 궁금증에 미칠 것 같을 때면 의문들에 대한 정답이 궁금해서 참을 수 없는 분노에 휩싸이기도 했다. 그때의 분노에 대해 차분히 생각해보면 오히려 나 자신에게 의문이 더 많은 것이 아닐까 하는 생각이 든다. 정확히 무엇을 위해 그토록 슬퍼하고 힘들어했는지에 대해 아주 냉정하게 과거의 내 감정을 탐색하고 생각해 봐야 할 필요가 있는 것 같다.

깊은 잠이 찾아오지 않는 밤, 긴장감에 휩싸여 있다. 긴장감이라기보다는 불안감이라는 표현이 더 적절할지도 모른다. 내게 '차분하게'라는 말보다 불안정하고 불완전하다는 말이 더 어울린다고 비밀스럽게 인정하고 있다.

그녀의 소리를 듣지 못한 지 며칠이나 지났는지 잘 모르겠다. 어쩌면 아무런 발전 없이 퇴색해 가는 내 영혼이, 흘러만 가는 날짜를 세어보는 일조차 고통스럽고 불편하게 느끼고 있는지도 모르겠다. 그녀의 소리는 더 이상 들리지 않는다고 완벽히 인정하지 않았다. 틈틈이 마음속으로 말한다. '이젠 더 이상 들리지 않아. 더 이상 그녀를 들을 수 없어. 예전처럼 나 자신에 관련된 다른 일들에만 몰두하며 살아가면 된다'고 마음을 달래보며 그녀의 소리가 내게서 끝이 났다는 사실이 아무렇지 않은 것처럼 괜찮고 싶었지만, 사실은 미련을 버리지 못하고 있는 것 같다.

그녀의 소리를 마지막으로 한 번 더 듣고 싶다. 아니 그래야만 했다. 이제 변하려 노력할 테고 그녀라는 사람에 대한 생각 따위는 서서히 내 일상에서 아주 멀어져 가며 그것이 내 마음에 상처를 주지 않는다고 믿으려 한다. 앞으로 나의 미래는 모든 것이 잘

될 것이며 더 이상 고요함 속에 갇혀있는 불쌍한 영혼으로 살지 않기를 기대하고 있다. 하지만 마음의 준비가 완벽히 되기까지는 시간이 더 필요하지 않은가?

잠이 들 것 같아 눈을 감으면 그녀가 떠오른다. 그녀의 소리를 선명히 듣던 시간도 백 년 전의 일만 같고 내 마음속에 담아두었던 그녀의 초록빛 소리를 꺼내려 해도 회색빛 먼지 모양의 걱정들만 튀어나올 뿐이다. 무언가를 감내하고 다시 한 번 그녀의 소리를 들어야 한다는 욕구가 또 발밑으로 스며드는 새벽, 뒤척이다 잠이 깼다. 당장 해결해야 할 무거운 과제를 떠안고 청했던 잠은 내게 편안히 다가와 주지 않는다. 악몽이라도 꾸고 싶은데 잠은 내게 다가오지 않는다. 깨어있는 현실이 악몽 같고 꿈은 저 멀리 날아가 버린 현실인 것만 같다.

그녀의 소리, 염탐자, 비밀스러운 염탐자, 우울한 염탐자에서 난 벗어나고 싶다. 기다리지 않아도 다가올 미래를 환하고 따뜻하게 밝히고 싶은데, 그것뿐인데…. 변화가 필요한 나는 요즘 부쩍 세상에 관대해진 부분이 있다고 생각하는데, 세상에 대한 불만도 욕심도 현저히 줄어들었다고 생각하는데, 듣지 못해 우울했던 마음도, 나를 무시하는 것만 같은 세상의 따가운 시선도 이젠 놓아줄 수 있을 것 같은데, 투쟁 속에 지쳐있던 마음은 예전보다는 훨씬 맑고 가벼워진 것만 같은데. 모든 게 나만의 착각일 뿐일까? 사실 난 터럭만큼도 변하지 않는 어두운 영혼일 뿐일까?

여전히 난 차가운 영혼. 변화무쌍한 이 세상에서 어둠만을 헤매는 바보다. 세상은 아직 내게 너무나 무겁고 흐릿하다. 아무리 긍정의 힘을 좇기 위해 심장이 터질 때까지 있는 힘껏 달리고 또 달려가 보아도 힘겨운 전력질주를 끝내는 결승점은 왜 나타나 주지 않는 걸까? 외롭고 추운 길고 긴 달리기를 멈추기 위해 거대한 행운이 나타나 주길 바라는 것은 터무니없는 환상일 뿐이겠지.

위로가 담긴 희망, 그것이 아니더라도 도움이라는 것을 받아보고 싶다. 날 도와줄 수 있는 존재가 나타난다면 내게 얼마나 머물러 줄까? 순간에 머물다 지나갈 임이라면 내게 영원을 기대하지 못하도록 못된 말투의 소유자여도 좋을 것 같다. 영원히 머물 수 있는 존재라면 내 안에 깊숙이 자리 잡고 격하게 집착해 주었으면 좋겠다. 나의 가장 깊은 곳에 들어가 뿌리내리고 절대 빠져나올 수 없는 공간 속에 갇혀 영원히 내 안에 각인될 수 있는 존재였으면 좋겠다.

긍정적인 생각을 억지로 늘리려 애쓰면 애쓸수록 내가 얼마나 어두운 사람이었는지 알 수 있다. 반갑지 않은 내 모습들을 따갑게 느껴갈수록 마음속 비밀스러운 바닥까지 훤히 드러나는 것만 같아서 두렵다. 그렇다면 난 무언가 감추고 싶은 걸까?

내 인생에 악영향으로 다가오는 어두운 그림자, 그 그림자가 이젠 그녀가 되어 버렸다. 난 왜 그녀에 대한 환상을 깨끗하게 지워 버리지 못하는 걸까? 텔레비전에서 말하는 사랑, 사랑 따위는 절대 아닐 것이다. 그것만은 확신했다.

지금 그녀의 소리를 듣고 싶다. 단 한 번만이라도, 마지막이라 해도 그것이 지금이었으면 더할 나위 없이 좋겠다. 내 마음이 그녀의 소리를 원하는 그 이유도 짜증도 모두 쓰레기통에 구겨 넣고 뚜껑을 닫아버린 후 뚜껑 위에 앉아있다.

지금 그녀의 소리를 듣고 싶다. 거실 바닥으로 달려가 엎드려 귀를 바닥에 붙인다. 소름 끼치게 차가운 바닥은 얼어있는 몸과 마음을 더욱 강한 얼음으로 만들어 버린다. 따듯함을 찾는 내게 더 진한 차가움이 전해지는 느낌은 나를 강하게 만드는 것이라고 믿고 싶다. 떨리는 마음으로 귓가에 담고 싶은 그녀의 소리를 듣기 위해 기다린다. 이 순간 세상과 더 멀어진다. 아무 소리도 들리지 않는다. 그녀의 소리는 완전히 죽어있다. 더 깊은 고요함 속으로 난 추락하고 있다. 그리고 갇혔다. 세상과 아주 멀리 있는 시리고 짙은 어둠 속으로, 손끝 하나 닿기조차 싫은 그 극도의 적막감 속으로 던져진다. 그녀의 행방에 대해, 아니 그녀의 생사에 대해서도 얻을 수 있는 정보는 더욱더 멀어져만 가고 있다.

그녀는 지금 어디서 무엇을 하고 있을까? 끓어오르는 불안감에 넘칠 것만 같은 눈물을 숨겨두고 있다. 그리고 상상을 가장한 저주를 떠올리고 있다. 입가에 은은한 미소와 창피한 분노와 원망을 가득 품고 있다. 곧 뿜어낼 듯 거친 욕들이 입안에 맴돌며 입술을 마르게 한다. 주변 공기는 차가운데 나 홀로 뜨겁다. 내가 동경하는 따듯함과 다른 뜨거움. 고통스럽다. 조금 전까지 잡고 있었던 긍정의 끈을 놓쳐 버린 채 깊은 나락의 늪에서 누군가를 강력하게 저주하고 있는 괴물과 같다.

그녀도 어둠 속에 갇혀있기를. 나보다 더 짙은 어둠 속에서, 더욱더 차가운 공기 속에서 아무것도 볼 수 없고 아무것도 들을 수 없어 혼란스러워하고 있기를 비밀스럽게 바라고 있다. 지독한 어둠 속에 갇혀있는 그녀를 구경하며 홀로 밝음으로 탈출하게 되기를. 밝은 빛을 가득 입은 눈부신 내가 어둠 속에 울고 있는 그녀를 기꺼이 꺼내주며 온갖 생색을 낼 수 있기를. 아니다. 그 반대였으면. 그녀만은 밝은 곳에서 머물기를. 그 아름다운 미소가 빛을 머금고 더 아름답게 빛이 나기를. 그리고 어둠 속에 쓰러져 있는 나를 발견해 주기를. 어둠 속으로 가녀린 그녀의 하얀 손을 뻗어 강력한 긍정의 힘으로 나를 구출해주기를. 오직 그녀만이 나를 밝음 속으로 데려가기를.

아니다. 누가 어둠 속에 있고 누가 밝음에 있는지가 전혀 중요하지 않도록 서로가 절대 상대방을 구해 낼 수 없기를. 그녀와 나는 쉽게 닿을 수 없는 전혀 다른 세계에 떨어져 있고 서로를 구해주는 발상 따위는 절대 떠올리지 못하는 체계에 박혀있기를. 하지만 서로를 그리워하고 자신이 처해있는 상황에서 벗어나기 위해 스스로 강력한 힘을 발휘할 수 있는 사람이기를. 그래서 아주 오래전 기억 저편에 아련하게 떠오르는 설렘처럼 다시 서로 같은 세계에 공존하기 위해서, 서로 함께 하기 위해서 자신을 먼저 돌볼 줄 아는 사람이 되기를. 그녀도 그러하고 나도 그러하기를….

상대방을 구해주고 생색을 내는 악함도 없고 상대방이 나를 구해주리라는 기대감과 의존감도 없이 나 자신이 변해야만 상대방이 변하는 세상 속에 존재하기를. 내가 그녀를 잊고 쓸데없는 미련, 집착, 원망, 자책도 모두 힘껏 버린 후, 밝은 빛을 입고 다니는 멋진 사람으로 변하면 그때 세상에서 가장 따뜻한 곳에서 천천히 그녀를 기다리게 되기를. 그녀도 나처럼 스스로를 밝음으로 안내할 때까지 내 걱정 따위 하지 않고 자신을 위한 시간 속에 있기를. 그녀도 나도 누군가에 의해 밝음으로 구출되기를 기다리지 않고 스스로 밝음으로 찾아가기를. 세상에서 가장 따뜻한 그곳에서 우리는 그렇게 다시 만나게 되기를. 서로 잠시 마주친 후에 반대 방향으로 흘러가 다시 헤어진다 해도 절대 밝음으로 자신을 이끈 노력을 후회하지 않기를. 헛되지 않기를. 아파하지 않기를….

그녀는 지금 어디에 있을까? 어떤 생각을 하고 있을까? 그녀도 나처럼 복잡한 인생에 대해 셀 수 없이 많은 생각을 하며 고뇌의 생활을 하고 있을까? 오늘도 그녀의 소리가 들리지 않았다. 그녀의 소리를 들을 수 있던 짜릿함은 반짝이는 순간의 행복이었던 걸까, 더 큰 불행의 씨앗이었던 걸까?

소리. 그것은 처음부터 내 것이 아니었던 것을 난 자꾸만 잊어버린다. 그녀의 소리를 듣게 된 이후로 소리를 담아두려 애썼다. 하지만 소리는 소유할 수 있는 것이 아니었나 보다. 어쩌면 귀로 듣는 소리보다 마음으로 들을 수 있던 소리의 가치가 더욱 대단한 것일지 모른다는 생각이 든다. 이러한 생각을 하는 것은 내가 듣지 못하는 사람이기 때문일 수도 있고, 기적적으로 그녀의 소리만을 들을 수 있었고 그 소리가 떠난 지금이 힘들기 때문일 수도 있다.

소리를 소유한다는 것, 그것은 정확히 어떤 것일까? 세상 사람들의 마음속에는 저마다의 소중한 소리가 담겨 있을까? 그렇다면 그 소리들은 어떤 빛깔일까? 세상 사람들이 소리를 소유할 수 있는 거라면, 그 소리에 빛이 있다면 그것은 아마 따듯한 초록빛이기를. 머지않아 세상 사람들과 밀접한 소통을 하게 될 때에 세상 사람들로부터 따듯한 초록빛의 소리를 받을 수 있는 내가 되기를, 따듯한 내가 되기를….

지금의 난 예전과 같다. 아무것도 듣지 못한다. 그녀의 소리조차 들을 수 없다. 더 이상 염탐자가 아니다. 지금의 난 예전과 같지 않다. 처음부터 내 것이 아니었던 소리를 잠시나마 만났다가 헤어졌을 뿐인데 그 이상의 것을 잃어버린 느낌이다. 그 느낌만 제외하면 예전의 나와 다를 바 없다고 자신 있게 말할 수 있을까?

그녀의 소리를 만났지만 그녀의 소리를 완전히 소유했다고 말할 수 없다. 만약 완전히 소유하여 내 안에 여전히 남아있다면 그녀의 소리를 새로이 듣지 않아도 이렇게 큰 상실감은 느끼지 않았을 터. 잃는다는 것은 한 번도 가져보지 못했다는 것보다 훨씬 지독한 두려움 속에 괴로워해야 하는 것 같다. 언제나 괜찮다는 말로 나를 속여 왔지만 사실은 힘들어하는 내 모습을 만났을 때 난 무척이나 괴로웠다. 하지만 자신을 속이지 않으면 긍정의 끈은 더 멀어져만 간다는 것도 잘 알고 있다. 그래서 괜찮다. 그러려고 한다. 정말 괜찮다고 한다. 모든 것이 괜찮아지고 있다고 아무 문제 없다고 당당히 내게 말해 본다.

이제는 정말 아무렇지 않게 그녀의 소리를 보내려 한다. 정말 아무렇지 않게 되어서 아주 많은 시간이 흐른 뒤에 그녀를 만나거나 그녀의 소리를 다시 듣게 되더라도 그때에도 아무렇지 않게 웃을 수 있도록 지금 그녀의 소리를 보내려 한다. 아주 나중에 그녀의 소리를 다시 들을 때 눈물이 흐르지 않기 위해서 지금 눈물을 흘린다. 눈물이 자꾸 흐른다. 천천히 아주 고고하게 흐르기를 바라지만 눈물은 무겁다. 뚝뚝 분노가 섞여 있는 눈물일 거다. 이 눈물의 무게는 지하 감옥까지 쉬지 않고 직진하여 쇳덩어리로 만들어진 바닥을 뚫을 것처럼 거칠고 냉정하게 뚝뚝 떨어진다.

지금의 이 눈물을 그녀가 눈치채 주기를. 무겁고 차가운 눈물이 내 집 거실 바닥을 거칠게 뚫고 내려가 그녀의 집에 떨어지기를. 아주 커다란 굉음으로 그녀의 눈앞에 멈춰 나의 복잡한 감정을 담은 다양한 표정들을 보여주기를. 무덤덤한 그녀도 내게 일말의 동정심과 죄책감 따위를 느끼기를. 내게 마음을 줄 듯한 기대감을 주었던 자신을 자책하기를. 그리고 나의 차갑고 거친 눈물을 빠르게 녹여줄 따뜻한 눈물을 뿜어내기를. 내가 흘린 눈물을 기꺼이 품에 안고 자신의 마음속에 깊게 스며들도록 담아주기를….

내가 왜 슬퍼해야 하는 것인지 왜 눈물을 흘려야 하는 것인지 절대 모르고 싶은 밤이다.

미래에 심각한 문제들이 많이 놓여있다는 사실을 인정하고 싶지 않은 날들 속에서 오랜만에 솔직한 눈물을 쏟아냈던 시간이 물러가고 또다시 깊은 밤이 찾아왔다.

꿈을 꾸었다. 누군가 대단한 존재를 만났다. 그가 누군지 얼굴조차 제대로 확인하지 못했지만 그가 내뿜는 오로라에 기가 눌렸고, 잔뜩 긴장하여 부들부들 떨고 있다. 그는 내가 바라는 소원은 뭐든 이루게 해줄 수 있다고 거만하게 말하고 있다. 그의 머리부터 발끝까지 천천히 구석구석 탐색해 보고 싶은데 얼어붙은 몸과 함께 나의 시선은 그에게 가까이 가지 못하고 있다. 답답하면서도 어쩔 수 없는 상황 속에서 난 아무것도 할 수 없는 바보 같다.

그는 매우 대단한 능력의 소유자가 분명하다. 나같이 하찮은 존재의 소원 따위를 이루게 해주는 일은 옷에 붙은 먼지를 떼어내듯이 귀찮지만 간단한 일처럼 여겨지는 듯하다. 그에게 내가 귀찮은 존재인 것 같지도 않고 나를 특별한 사람, 자신만의 사람이라고 여겨주는 것 같지도 않다. 그는 작은 먼지에도 슬픔을 탈출할 기회를 주는 사람, 뭐랄까 음, 박애주의자 같기도 하고, 나에게 바라는 것이 있어서 나를 협박하기 위한 수단으로 대가 없는 도움을 주려는 것 같기도 하고, 도통 뭐가 뭔지 모르겠다. 하지만 지금 내가 가장 집중해야 할 대목은 그가 나의 소원을 이루어줄 준비가 되어있다는 사실이다. 그가 누군지 나의 소원을 이루어주는 깊은 뜻이 무언인지 알지 못하지만 그에게 순종적이어야 할 것 같다. 무조건적으로 그의 신경을 건드리지 않기 위해 눈치를 보고 있다. 무조건 내 소원을 이뤄줄 사람이라면 조금은 내가 당당해져도 된다고 생각하지만 망할 이 꿈속의 나는 납작 엎드려 있다.

내가 바라는 하찮은 소원을 이루어 주신다면 어떤 것도 드릴 수 있다고 말하고 있다. 현실의 나로서는 짜증이 나지만 꿈속의 나는 아직도 자신의 가치를 바닥으로 떨어트리는 멍청이다.

내 앞에 우뚝 서 있는 저 빛나는 잘난 존재는 내게 온갖 질문을 퍼부어 댄다. 부담감과 은근한 무시가 담겨있는 저 질문들이 없는 세상에 가게 된다면 평생 혼자 살아도 좋다는 생각이 들 만큼 나를 지치게 하는 질문들을 쏟아낸다. 이유 없이 묵직한 막대기로 매를 맞아도 마음을 쑤시는 지금의 상황보다는 편하리라. 대답하기 싫은 말들만 추출해내는 저 얄미운 질문들로 내 마음을 들추고 쑤셔댄다.

저 대단한 존재의 눈은 사람 속을 훤히 들여다볼 수 있는 신기한 기계를 감추고 있는 것이 확실하다. 어쩌면 이렇게도 아픈 곳만을 귀신처럼 알아내서는 곧바로 아주 날카로운 칼로 온몸과 마음을 깊숙이 쑤신다. 뾰족한 칼날은 천천히 잔인하고 깔끔하게 나의 영혼에 구멍을 만든다. 그리고 칼날은 그의 미소와 함께 빠져나가지만, 나는 가엾은 내 영혼의 구멍을 어떻게 막을지에 대해 막막하기만 한데, 이때 더욱 날카롭고 차가워진 칼날이 빠르고 얄밉게 내 안 깊숙이 차갑게 들어온다. 내 안에 빠르게 들어온 칼날에 찢긴 몸의 고통은 배가 될 터인데, 난 아픈 몸과 마음을 버려둔 채 나를 향한 그 존재의 우아하고 아름다운 난도질에 찬사를 보낸다. 분명 제정신은 아닐 것이다. 아픔을 치료할 방법을 궁리하기에는 꽤나 지쳐있었던 터라 지금의 나는 괜찮아진 것이라고 잠시 착각하고 있다. 그의 우아한 난도질을 여유롭게 관람하고 있다. 애처로운 관람 시간 속에서 무너져가는 나를 구해줄 존재는 나밖에 없다는 것을 또 깨닫는다. 하지만 몹시 늦은 것 같다. 난 피를 흘린다.

내 몸에 구멍이 너무 많아서 작은 두 손으로는 도저히 막을 수가 없다. 아주 소심한 소리조차 내뱉지 못하는 나의 피는 조용히 세상의 눈치를 보며 흐르고 있다. 시뻘건 피를 바라보며 내 감정이 기쁜지 슬픈지에 대해 고민한다. 그리고 시뻘건 피에 섞여 있

는 초록빛을 발견한다. 그 초록빛은 그녀에 대한 기억을 담아두
었던 비밀스러운 색깔인 것 같다. 맞다. 떠올랐다. 그녀의 소리를
염탐할 때 저장해두었던 소리를 포장한 색깔이었다.

또 다른 색도 보인다. 소중한 기억도, 슬픈 기억도 있다. 아름
다운 색깔들, 그토록 내가 동경하는 따뜻한 색깔들로 포장된 추
억 주머니들이 피가 되어 흐르며 버려지고 있다. 이럴 때 어떻게
해야 하는 것일까? 화를 내야 하는 것일까? 모르겠다. 사람들과
의 상호작용에서 무조건 화부터 내야 하는지 무조건 움츠러들어
야 하는지 잘 모르겠다.

화를 내지 않는다. 다만 저 대단한 존재에게 무척이나 소중할지
도 모르는 공간에 나 따위가 감히 들어와 있으며 더러운 나의 피
로 인해 피해를 준 것은 아닐까 하는 미안함만이 내 안에 가득 퍼
지고 있다. 이것이 나를 보호할 수 있는 마음인지 나를 포기하는
마음인지 잘 모르겠다. 그 누구도 가르쳐주지 않는다. 내게 가까
이 다가와 나의 내면을 공유할 사람은 세상 그 어디에도 존재하
지 않는다. 누군가 눈앞에 보인다 해도 언제나 혼자였으니까. 지
금도, 그리고 앞으로도 그럴 것 같은 믿기 싫은 믿음이 내 안에
깊게 뿌리박혀 있으니까.

이것은 꿈이다. 분명히 꿈인데 꿈에서조차 자유롭지 못한 것 같
다. 망할 저 괴물 같은 놈에게 미안해 죽을 지경이다. 도대체 무
엇이 미안한 것일까?

이것이 꿈이든 현실이든 죽어가는 느낌의 선명함은 내가 가진 모든 것을 신랄하게 조여 온다. 고통의 시간이 지나면 흔적 없이 사라져 버리는 걸까? 소원을 들어준다고 믿었던 저 정체 모를 존재에 의해 이렇게 내 의지와 상관없이 소멸하여도 되는 걸까? 나에게도 살아야 할 이유가, 살아서 지켜야 할 그 무엇, 나라는 존재 자체의 자격이라는 것이 터럭만큼이나마 남아있다고 왜 말해주지 않는가? 왜 아무도 나의 가치에 대해 말해주지 않는가?

난 죽어가고 있다. 깊은 내 자아, 나만의 세계, 내면의 그 무엇들이 아닌 바깥세상. 차가운 바깥세상 사람들은 누구도 나의 죽음을 슬퍼하지 않겠지만 나만은 지금 이 순간 나를 지켜내야 하는데 나를 살려내지 못하고 있다. 아무리 꿈이라 해도 이렇게 선명하게 고통스러워하고 있는데, 내 모든 것이 내가 지켜보는 앞에서 쓸쓸하게 버려지고 있는데, 왜 난 화를 내지 않는 것인지, 바보같이 멍청하게 울고만 있는 것인지 답답하다. 이 꿈이 답답하고 내가 답답하다.

목소리가 없어도 화를 낼 수 있는데, 충분히 나를 표현해낼 수 있을 텐데 스스로를 더 어둡고 조용한 곳으로 밀어 넣는 것만 같아서 답답하고 견딜 수 없는 꿈이다. 좋은 시력도 필요 없다. 두 눈은 내 앞에 다가온 고통을 더 선명히 담아내어 내 가슴에 절망을 던질 뿐이다. 내 두 눈은 버려지는 피를 보았다. 버려지는 추억을 보았다. 고통스럽게 죽어가는 나의 마음을 보았다. 슬픔만을 담아낼 눈이라면 이 시력마저도 흐릿하게 만들어 버리고 싶다.

눈을 감으면 더욱 선명하게 비치는 흐느끼는 어둠 속 나의 모습들이 필름처럼 지나간다. 눈을 감아도 사라지지 않는다. 소원을 들어준다던 존재의 난도질도, 피도, 나를 지켜내지 못하는 바보 같은 나의 모습도 눈을 감아도 사라지지 않는다.

눈물이 흐른다. 대단한 그 존재의 우아한 난도질에 의해 내 몸에서 쏟아져 내린 피의 양보다 더 많은 눈물이 흐른다. 이 눈물은 다 어디에 숨어있던 것일까? 그리고 나의 무엇을 지켜내기 위해 또는 나의 무엇을 버리기 위해 눈물을 쏟아내고 있는 것일까? 지금 난 살아있는 것일까 죽어있는 것일까? 이것이 꿈에서 끝날 것인가 아니면 깨어날 수 없을 것인가? 꿈속에서조차 복잡한 고민의 나뭇가지를 조금도 쳐내지 못하고 엉켜있는 채로 풀지 못한다.

흐릿하다. 눈물로 인해 시야가 흐리다. 흐려진 시야를 맑게 바꾸기 위해 눈을 찡긋거리며 눈물을 걷어내려 한다. 이 행동은 지극히 본능적이고 솔직하다. 슬픔을 봐야 할 거라면 차라리 시야도 청력처럼 흐려지기를 바라는 것처럼 자신을 속였지만 사실 그 어떤 것도 안타까워 버릴 수 없는 것이 나의 진심이었다. 슬픔이라도 또렷하게 확인하고 싶은 그 본능은 어떤 심리인지 아무리 내 마음이라도 쉽게 간파할 수 없다. 안구에 껴있는 눈물의 안개들은 좀처럼 쉽게 걷히지 않는다. 눈물조차 심술을 부리며 말썽이다. 서글프다. 모든 것이 너무나 서글퍼진다.

보이지 않는다. 아무것도 보이지 않는다. 제대로 보이지 않는 두 눈 때문에 더욱 짜증이 솟구친다. 그리고 비참하다. 지금 기분은 매우 비참하다고 표현하고 싶다. 무엇이 그토록 비참한지에 대해서 내뱉으려는데 명쾌한 문장이 떠오르지 않는다. 생각이 필요하다. 지나치게 많아서 엉켜있는 생각들을 비집고 들어가 또 다른 생각을 꺼내 와야 한다.

지금 무엇이 비참한지에 대해 생각한다. 아마도 대단한 그 존재에게 패배했다는 느낌 때문일 거다. 의심 많은 내가 내 소원을 이루어 주리라 너무나 쉽게 믿어버린 어이없는 사실 때문이다. 억울하기 때문이다. 나의 피와 추억을 난도질당하고도 그 난도질을 우아함이라 느껴댔던 잘못된 감정 표현 때문이다. 그리고 무엇보다 더 비참한 것은 어떤 것도 그 존재로부터 지켜내지 못했다는 것에 대한 뭉개져 버린 자존심일 것이다. 잘 알지도 못하면서 대단한 존재라 믿었고 그 존재에 비해 나의 존재를 스스로 하찮게 만들었으며 내 가치를 바닥으로 만들어 버린 내가 원망스럽고 비참한 것이다.

그에게 부탁하고 싶었던 소원은 무엇이었을까? 몸과 마음이 난도질당해도 될 만큼의 중요한 소원이 무엇이었을까? 그 무엇도 나의 죽음보다 가치 있게 여겨서는 안 되었을 터인데 어떤 소원을 부탁하기 위해 나를 버린 것일까? 두려움에 떨며 자세히 바라보지도 못한 그 존재는 지금 어디에 있는 것일까?

어쩌면 내 안에 있는 나일지도 모르고 내가 만들어낸 허상일 수도 있다고 믿고 싶다. 내 안에 그 무엇, 나의 긍정적인 행보를 방해하는 부정적인 걱정거리들에 대한 두려움만으로도 충분히 싸워야 할 날들이 많은데 왜 내가 나의 소원을 이루기 위해 상대하고 싶지 않은 존재를 상대하려 하는지에 대해 잘 이해가 가지 않는다.

누군가를 무작정 무서워하고 두려움에 떨며 모든 것에 너무 쉽게 굴복해 버리고 말았던 나. 현실에서의 나는 그녀에 대해 많은 의문을 품고 억울해 했다. 어쩌면 이 꿈은 나에게 많은 메시지를 전달해 주기 위한 것일지도 모른다. 쉽게 납득할 수 없는 말과 행동들, 어떤 사건들과 관련된 의문들 모두 그녀에게만 해당되는 것은 아닐지도 모른다.

나와 그녀가 아닌 어떤 사람의 세상에서 바라본 나와 그녀의 모습은 어쩌면 나의 모습이 더 의문투성이며 정답 없는 사람일지도 모른다. 이 끔찍한 꿈에서 깨어나는 시점이 어딘지조차 제대로 파악하지 못하는 나지만 나에게 분명 미안해하고 있었다. 대단하고 무서운 어떤 존재를 경멸한다고 표현하려 애쓰면서도 그 존재 앞에서 망설임 없이 기꺼이 무릎을 꿇는 나의 모습을 통해서 비뚤어진 자기애의 최후를 본 듯한 느낌을 느끼고 또 시야가 흐려졌다.

현실이 그대로 투영된 것 같았던 꿈속에서 막 튕겨 나오듯 잠에서 깨어났지만 여전히 꿈과 현실의 애매한 그 시점에서 텅 비어있는 눈빛으로 불안정하게 허공을 응시한다. 아주 잠깐이나마 머릿속은 깨끗해진 느낌으로 가득 채워져 있다고 느꼈지만 몇 초 지나지 않은 지금 복잡하고 어지러운 생각들도 깨어났다.

생각해야 할 것들이 많은 것은 사실이다. 머릿속을 청소하고 싶은 나날들이지만 켜켜이 쌓여있는 먼지들을 어디서부터 치워야 할지 난감하여 아무런 행동도 하지 않는 나의 몸은 마치 돌처럼 딱딱하게 굳어있다. 그리고 차갑다. 여전히 난 따듯함을 되찾지 못했다.

머릿속에 청소해야 할 부분들 중 가장 심각한 부분을 검색해 본다. 그것은 아마 수많은 의문 속에 꽁꽁 갇혀있는 그녀, 그녀일 것이다. 당장 그녀를 생각해 본다. 그녀에 대해 어디서부터 어떻게 지워야 하는지 떠올린 후에는 내 인생의 걸림돌이 될 만한 걱정을 생성하는 그녀에 대한 생각을 얼마나 먼 곳으로 추방해야 하는지 그 일련의 과정들에 대한 걱정들로 나의 머릿속은 더욱 무거워지고 고통스러워진다. 고통만 더해지는 생각을 해야 하는 이유는 무엇일까?

난 확신했다. 그녀에 대해 생각해야 내가 원하는 미래에 다다를 수 있다는 믿음 때문이었다. 그녀에 대한 생각들의 끝을 상상해 본다. 그 끝은 결국 나만을 위한 걱정으로 돌아오길 바라기 때문일 거다. 그녀를 위한 걱정은 싫다. 더 이상 그녀 때문에 부정의 감정들을 맛보는 것이 두렵다. 그녀를 생각하는 것이 왜 고통스러운 일이 되었는지에 대해서는 지금 생각하고 싶지 않다. 다만 고통스러운 그녀를 떠올리면서 어떤 해결 방안을 찾아내고 그 끝은 나를 위한 그 무엇을 얻는 것으로 마무리되기를 바라는 것이 나의 진심일 것이다.

그녀를 생각하면 난 어지럽다. 그녀와의 시작, 그 처음에는 어지러움이 아니었던 것 같다. 설렘, 기쁨, 환희와 같은 핑크빛 감정들은 내가 품고 있던 세상을 향한 허상과 환상을 그녀를 통해 찾으려 했던 것뿐이다. 결코 그녀가 특별해서가 아닌 세상과 나의 매개체 역할을 해줄 그 무언가를 찾고 있을 때 그녀가 적절하게 나타난 것뿐이다. 그녀를 통해 세상의 따듯함을 느낄 수 있다고 굳게 믿고 싶었지만 내가 믿고 있던 어둡고 차가운 세상은 나의 헛된 환상을 재빨리 깨트리듯 잔인한 세상의 본색을 너무 빨리 드러내 주었다. 그래서 상처를 받았던 것 같다. 그 후 그녀를 통해 느끼는 세상은 의문투성이, 그리움, 분노 등의 거친 감정들을 다채롭게 일깨워 준 낡은 버린 존재였다.

힘들지 않았다고 느꼈지만 깊은 자아와 독대할수록 힘들었다는 것을 깨달아 간다. 힘들었다는 것, 이 사실은 희망적인 미래로의 힘겨운 발걸음을 시작하려는 내게 자꾸만 부정적인 감정들을 깨닫게 해준다. 이것 또한 나 스스로 혼자 이겨 내야 할 무거운 과제일 터. 그녀를 미워해야 하는 걸까? 그것이 정답일까? 그렇게 하면 무언가 결여된 느낌일 것이다. 그녀를 그리워해야 하는 것일까? 상처만을 남긴 그녀를 그리워하며 그녀의 행복만을 빌어주는 일이 미덕을 쌓는 일일까? 그렇다면 현실적으로 너무 바보 같은 일인 것 같다.

그녀에게 매여 있는 것은 절대 안 된다. 그녀의 생각에 너무 깊이 매여 있어서는 안 된다. 절대로 그럴 마음이 없다. 그녀에 대한 의문과 그리움, 분노 모두 나의 미래와 상관없는 깊은 곳에 버려두기 위해 그녀를 생각해야 한다.

궁금하다. 솔직히 궁금하다. 그녀가 궁금하다. 지금의 그녀가 미치도록 궁금하다. 수많은 의문을 만들어낸 그녀 자체를 멋지게 깡그리 잊어버리고 싶지만 아직 난 아무것도 버리지 못하는 상태다. 나의 이성과 감정은 전혀 친하지 않아서 모든 감정을 타협하는 일에 아직은 익숙하지 못하다. 그 점은 내가 나에게 배려를 해주어야 되는 것은 아닐까? 그녀를 향한, 잠시나마 따듯한 느낌을 보여주었던 세상을 향한 일말의 미련을 놓치지 않기 위한 나의 처절한 합리화일 뿐일까? 아니다. 난 감정과 이성의 타협을 위한 내 깊은 자아를 위한 배려를 하고 싶은 것이다.

그녀가 궁금하다. 지금의 그녀가 궁금하다. 그녀의 현재 모습에 대해 알고 싶지만 들리지 않는다. 시간은 순간적인 행복의 터널을 무심하게 지나쳐 우려했던 상황을 만나게 해주었다. 나의 시간은 지금 이 순간 멈춰있다. 아무것도 하지 않아도 흘러가길 바라는 시간은 절대로 순순히 사라져 주지 않는다. 이 순간조차 순간에 머무르다 사라질 시간이리라. 믿고 또 믿어도 지금의 나는 그녀를 듣지 못하게 되었다는 안타까움 속에 허우적대고 있다.

괜찮다고 말할 수가 없는 지경에 이른 기분이란 지금의 심경을 표현하는 적절한 말이 될 수 있을까? 몸과 마음도 지쳐있는 것이 분명한데 그 이유가 내가 겪었던 과거의 의문스러운 우울함과 미래에 대한 걱정 때문이기를. 그 뿐이기를. 며칠을 기다려도 또 하루만 더 기다리면 다시 그녀를 들을 수 있던 짜릿한 시간 속으로 들어갈 수 있지 않을까 하는 일말의 희망 따위 때문에 괴로워하는 내가 아니기를. 그녀를 들을 수 없다는 사실만이 내가 슬퍼하는 이유가 되지 않기를….

그녀의 소리를 들을 수 있었던 날들이 내게 가져다준 것은 순간의 만족감, 그것은 허탈하고도 아무것도 아닐 낭비일 뿐이었다. 그런데 그녀의 소리를 처음 듣게 된 순간부터 내 마음속에 닫혀버린 부분이 있었다. 그 닫힌 부분을 다시 열기 위해 노력하고 싶다.

잠깐의 정적이 지나고 지금 난 무언가 대단한 느낌이 떠올랐다. 이것은 마치 이 지구에 태어난 이후 단 한 번도 가져보지 못한 생각이 갑작스레 마음에 꽂혀버린 기분이다. 나도 듣고 싶지 않다고 생각할 수가 있다. 지금껏 들리지 않는 것에 대해 분노하며 때

때로 들리는 사람처럼 행동하였으며 사람들이 듣는 저 소리들을 변색 없이 그대로 내 안에 가져오기 위해 얼마나 처절한 눈물을 흘려 왔던가? 그런데 지금 문득 이런 생각이 드는 것이다. 듣고 싶지 않다는 말.

그렇다. 나도 소리를 고르고 싶다. 청력을 가진 사람들은 소리를 고를 수 있을 거라 믿었고 그것이 내겐 언제나 고통이었다. 난 절대 소리를 선택할 수 없다는 믿음이 너무 지나치게 굳어 있었기 때문에 더욱 고통스러웠다. 스스로를 더 깊은 고요 속으로 밀어 넣었던 것이다. 하지만 지금 생각난 듣고 싶지 않다는 말은 비현실적인 환상이 아니라 실현 가능성 있는 일이라고 느껴진다.

소리를 고르기 위해서는 먼저 들리지 않아도 들을 수 있는 마음속 무언가를 찾아야겠다. 그것이 무엇이었는지에 대해 희미한 기억을 더듬어 본다. 확실하게 존재했던 마음속 무언가를 찾아야겠다. 갑자기 마음이 급해지기 시작한다. 하지만 조급해할 필요는 없다. 더 이상 내 인생의 끝을 앞당겨 정하지 않을 거니까.

과거의 기억 창고를 뒤지는 작업은 꽤나 복잡한 일이지만 포기하지 않을 거다. 이젠 더 이상 그녀의 소리 듣기를 최우선으로 놓아둔 채 나와 내 미래를 버려둘 수는 없다. 더 이상 나를 지치게 하는 일은 절대 하지 않을 것이다.

음악. 난 음악을 되찾아야겠다. 음악을 다시 느껴야겠다고 다짐하고 보니 되찾아야 할 것들이 너무나 많다는 사실이 나를 조여 온다. 하지만 당장 큰 욕심을 이루지 못해 조급해하지는 않을 것이다.

아주 오래전, 내 인생 중 분명히 아주 잠깐쯤은 존재했을 평온했던 순간처럼, 소중했던 그 시간 속의 나처럼 지금 그럭저럭 만족할 줄 아는 여유를 갖고 싶다. 젊은이가 야망도 품지 않은 채 현실에만 안주하는 것처럼 비치는 것 또한 원치 않는다. 늘 새로운 것을 이루고 갖기 위해 진취적인 자세로 원대한 포부는 잃지 않으면서도 그보다 현재 갖고 있는 소중한 나의 그 무엇들을 지키는 일을 더 최우선으로 여길 줄 아는 현명한 사람이 되고 싶다.

바로 이거다. 지금의 내가 찾아야 할 것은 그녀의 소리가 아닌 마음으로 들리던 음악 소리다. 음악 소리는 스스로 내게 주었던 나만의 것이었고 나로 인해 잃어버린 소리였다. 그녀의 소리는 원래 내 것이 아니었으며 내게 무언가를 깨닫게 하기 위해 잠시 깃들다 가는 것일 뿐이다. 그녀의 소리가 내게 준 깨달음은 음악의 소중함일지도 모른다.

그녀의 소리를 듣는 것, 그 시작은 기쁨이었다. 그래서 참 행복했다. 하지만 그 행복이 순간에 머물다 가는 것뿐이라고 증명해 주는 것은 행복했다는 과거형으로 표현되는 내 마음이 말해준다. 행복했지만 지금의 나는 행복하지 않다. 그녀의 소리는 지금의 내게 행복이 아닌 과거가 되었을 뿐이다. 그것도 아주 오래된, 낡은, 힘없이 퇴색해버린 무채색의 차가운 소리. 그러므로 그녀의 소리를 그리워할 필요는 없다. 그녀의 소리 때문에 괴로워할 필요는 없다.

그렇다면 그녀에 대해 소리만을 붙잡고 싶은 걸까? 그녀 자체는 내게 밝은 세상이었고 또 어두운 세상이었다. 무엇보다 그녀에 관해 확실히 잊지 말아야 할 사실은 나와 그녀가 특별한 관계가 아니었다는 것이다. 그러므로 무겁게 생각할 필요가 없다고 내 자신이 인지해 주길 바란다.

그녀와의 환상적인 밤을 적나라하게 상상한 적은 많았어도 뜨거운 사랑을 나누지 않았다. 그녀를 통해 따뜻한 세상을 느껴보고 싶었고 그녀를 위해 육체적 고통이나 소중함을 줄 수 있다고 착각하기도 했지만, 극도의 정신력을 쏟아 주고 싶을 정도는 아니었던 것 같다. 우리는 밀접한 접촉 따위가 없었다. 그녀와 나 사이는 누가 봐도 명백히 별 사이 아니었다. 그러므로 내 마음이 힘들어하는 이유와 연관된 것은 그녀보다는 그녀를 통해 투영된 세상이라는 것을 스스로에게 알려주고 또 알려주어야 한다. 잊지 않도록 자꾸만 알려주어야 한다.

난 그녀를 사랑하지 않았다. 그녀에게 품고 있는 관심과 소유욕이 그녀에 대한 사랑이라고는 확신한 적 없었다. 누군가를 사랑하는 일, 사랑받는 일, 그 사랑이란 단어부터 너무 낯간지럽고 어색하다. 내겐 어울리지 않는 말이다.

절대 그녀를 사랑하지 않았다. 어떤 의미에서는 그녀가 내게 특별한 존재이기도 했지만, 그것은 특별한 사랑이 아니라 단지 그녀가 세상의 일부분이었으므로 그녀를 통해 세상을 염탐했던 것뿐이다. 하지만 그 염탐의 결과들이 내게 줄 거라 기대했던 따뜻함은 남아있지 않다.

꿈속의 나쁜 존재에게 빼앗긴 것일지도 모른다. 어쨌든 그녀를 통해 세상을 느끼려 했던 나의 염탐은 세상과 나의 거리를 조금도 좁혀주지 못했다는 결론이 나온다. 나와 세상과의 거리는 처음부터 가깝지 않았기 때문에 얼마만큼 좁혀진다고 해도 그 거리를 쉽게 알아차리지 못했으리라.

나를 무시하는 사람들에 대한 경계와 분노만큼 세상은 내게 멀리 있었으며 그 거리를 크게 좁히고 싶었던 욕심은 그녀를 향한 분노가 되고 말았고, 그 분노를 지우기 위해 또 분노를 맛보고 있는 것일지도 모른다. 지금의 나는 그녀에게 분노가 아닌 좋은 감정도 분명 남아있으리라. 사람들과의 교류, 아주 기초적인 상호작용들 속에 묻어있을 엷은 파스텔톤의 여린 감정들을 나누는 느낌, 그 느낌에 대한 조심스러운 호기심을 긍정적으로 자극시켰던 것이 어쩌면 그녀가 내게 준 사라지지 않는, 지금까지도 내게 남아있는 작은 선물이었을지도 모른다.

그녀는 내게 그런 사람이었다. 좋았던 사람이기도 했고 나빴던 사람이기도 했다. 중립적이고 의문투성이인 그녀는 지금 어디서 무엇을 하고 있을까? 지금의 내가 걱정하는 것처럼 내 눈에 어둠으로 비치는 세상 속에 존재하는 그녀가 아니기를, 아주 오래전 처음 만났을 때처럼 밝은 세상 속에 존재하는 그녀이기를, 내 편이 되어 돌아와 줄 계획을 품고 있는 따뜻한 세상을 안고 있는 선물이기를, 나를 덮어줄 따뜻함을 들고 오직 나를 위한 밝음 그 자체이기를, 우울한 상태에 젖어있는 내가 바라보는 어두운 세상의 색과 동일한 어두운 색의 옷을 입고 그 지독하게 어두운 세상과 손을 잡고 나를 등지고 서서 몰래 나를 지켜보는 것은 절대 아니기를, 그녀가 지나치게 어두워져서 내 눈에 보이지 않는 것만은 아니기를, 밝음 속에서 건재하기를, 그녀가 살아있기를 간절히 바라본다.

만약 그녀가 사라진 일에 대한 명쾌한 해답지가 있다면 그것을 구입하기 위해 노력할 필요가 있을까? 모르겠다. 그녀가 사라진 정확한 이유와 과정을 알게 된다 해도 크게 달라질 것은 없을 거란 느낌이다. 이런 느낌이 드는 이유는 현실적으로 그녀에 대한 의문을 말끔히 해결해줄 해답이 나타날 가능성이 없다고 믿기 때문일 거다. 만약 해답지가 나타나면 난 그것을 구입하기 위해 미친 듯이 돈을 벌지도 모른다. 그리고 또 뒤늦게 깨닫게 될 것이다. 나를 위함이 아닌 지나가 버린 과거를 위한 노력의 헛됨을 슬퍼하게 될 것이다. 이제는 그 궁금증을 놓아야 하는데 미친 듯이 궁금한 이 마음은 어떻게 다스려야 할까?

지금 어두운 기억을 떠올리려 하고 있다. 그녀와 일하던 건물이 사라지던 날 내 마음이 어떠했는지 기억해내려 애쓰고 있다. 그 마음은 어쩌면 불타버린 공장처럼 까맣게 타고 있는 내 마음을 위한 깨끗한 물을 놓쳐버린 것보다 더 심각한 절망이었을 것이다. 그 절망 속에 죽지 못한 가엾은 나의 영혼을 위해 한 방울의 물이 되어 나의 절망을 덮어준 것은 그녀의 소리였다. 하지만 그녀의 소리는 나의 어둠을 걷어가지 못했다. 그 소리는 절망을 은폐하였을 뿐이다. 절대로 나의 타버린 마음을 위로하여 꺼버리지 못했다. 여태껏 받아왔던 상처들이 씻겨나갔다고 느꼈던 모든 순간이 내겐 자기 합리화였고, 여전히 상처들은 내 마음속 깊이 켜켜이 쌓여 단단하게 굳어있다.

나의 귀에 기적을 불어넣어 준 이유가 무엇이었을까? 기적이 맞긴 맞았을까? 견딜 수 없는 아픔을 위로하고 싶었던 깊은 자아가 만들어낸 환청이었을까? 환청으로 인해 아픔을 닦아주고 싶었던 나의 자아가 내 생활을 버려둔 채 염탐자가 되어버린 음탕함을 벌하기 위해 음악도 그 무엇들도 빼앗아 버린 걸까?

기적은 기적이었다. 그 기적의 끝은 우울한 염탐자를 만들어 냈다. 그녀의 사생활을 듣는 일에 신이 나면서도 때로는 일말의 죄책감에 신경이 쓰이기도 했다. 그녀가 자신의 소리를 엿듣는 사람이 있다는 것을 알게 된다면, 그 사람이 나라는 것을 알게 된다면 서로 마음이 단단히 상하게 될 것이라고 생각했지만 그렇다고 계속 들려오는 소리를 외면하기에는 염탐의 재미를 포기할 수 없었다.

염탐이 경청이 되기를 바라던 순간도 있었던 것 같은데 내겐 염탐을 경청으로 변환하는 기계가 없었다. 기계가 없다는 적절한 핑계로 난 염탐자로서의 생활을 지속했다. 오직 그녀에게만 허락되었던 청력. 그 염탐이 그녀가 아닌 다른 존재들에게 다가가고 경청할 수 있는 용기로 전환되기 위해서 그녀의 소리가 끊기게 된 것일지도 모른다. 그리고 염탐의 대가로 지금의 나는 이렇게 외롭고 아파하고 있는 것일지도 모른다.

더 이상 그녀의 소리를 듣고 싶지 않다. 그녀에게 불같은 분노가 쌓여있어서가 아니다. 이제는 진심으로 나를 위해서 그녀의 소리만을 쫓는 지루하고 초조한 일상에서 벗어나야 할 시기다. 바로 지금부터.

잠이 들었다. 그리고 꿈을 꾸었다. 건물도 보이지 않고 사람들도 보이지 않고 어지러움도 없고 비애도 없고 짐도 없는 곳, 시간 제약도 없고 돈이 필요하지도 않고 지나친 자기애도 지나친 경계도 존재하지 않는 곳, 전쟁과는 아주 먼 나라, 지친다는 것을 알 수 없는 곳, 답답하지 않고 불안하지도 않은 달콤한 공간 속에 내가 있다.

나는 싱싱한 잔디가 가득한 곳에 한가롭게 누워있다. 이따금씩 내 귓가를 스치는 바람은 내게 속삭인다. 눈치 보지 않고 쉬어도 된다고 편안하게 나를 배려해 준다. 눈을 감고 바람을 느끼고 싱싱한 잔디의 냄새를 콧속 깊이 빨아들인다. 내 마음속 깊은 곳까지 잔디의 따뜻한 빛으로 물드는 기분이다.

눈을 뜨고 잔디를 자세히 살펴보고 있다. 아주 엷은 연두색 같다. 내가 손으로 몇 번 쓰다듬자 더욱 진한 초록빛으로 변했다. 방금 이슬을 머금은 것처럼 촉촉하게 반짝이는 잔디는 나를 따뜻하게 바라보고 있다. 잔디는 누구에게도 실망한 기억이 없는 어린아이의 눈빛처럼 순수한 눈빛을 기꺼이 내게 전해주고 있다. 내 마음속은 진한 초록색이 물들고 잔디와 나는 태양처럼 따뜻해진다.

언제나 따뜻함에 대해 갈망하며 차가운 거실 바닥에 붙이던 나의 배를 만져 보았다. 안팎으로 따뜻한 열이 느껴진다. 그 열은 분명 뜨거운 불은 아니었다. 타버릴 것 같은 불안감이나 걱정 따위는 감히 내게 접근하지 못한다. 나를 배려해주던 바람의 시원함이 담긴 차가운 열이었다. 시원하지만 따뜻했다. 뜨겁지 않고 따뜻했다. 안락한 낙원에 누워있는 나는 그토록 원하던 따뜻함을 안고 미소를 짓고 있다. 이것은 분명 꿈일 것이다.

난 잘 알고 있다. 현실이라면 많은 생각에 쌓여있었을 텐데 태평하게 미소를 짓고 있다. 바람의 속삭임에 눈을 감고 여유롭게 누워있는 것만으로도 이것은 꿈이다. 현실이라면 바람이 내게 무언가 바라는 바가 있어서 호의를 베푸는 것일지도 모른다고 내 멋대로 추측하고 많은 고민을 했을 텐데 난 이렇게 누워있다.

아무런 의심도 없고 힘겨운 투쟁 없이 이렇게 누워있다. 이대로라면 꿈이어도 좋다. 깨어나고 싶지 않다. 배려 깊은 저 바람이 영원히 내 곁에 머물지 않을 것이라는 사실을 잘 알고 있지만 괜찮다. 소중한 저 바람은 유유히 나를 떠나가겠지만 잠시나마 내게 머물렀던 따뜻함으로 내 안에 영원히 기억될 수 있기를 바란다. 현실로 돌아가도 부디 이 바람의 호의를 내가 잊지 않기를, 그 시원하고 따스한 온기를 잃지 않기를, 바람이 언제 어떻게 나를 떠나간다 해도 절대로 바람을 원망할 일은 없을 것이다. 이 평화가 조금이라도 더 지속되기를 바라면서 눈을 감고 조용히 풀냄새와 바람의 방향을 느끼고 있다.

언젠가 시끄러운 소리가 들려올지도 모른다. 그 언젠가에 대한 가능성 때문에 귀를 막을 준비도 되어있지만 아무 소리도 들리지 않는다.

이곳은 고요하다. 하지만 나처럼 지나치게 고요하지는 않다. 나의 고요함은 버려진 느낌, 어둠, 답답한 감옥 그 자체지만 이곳의 고요함은 어떤 향기로운 단어로도 형용할 수 없는 고귀한 행복이 깃들어 있다.

내가 알고 있던 고요함의 종류는 한 가지였던 것 같은데 지금 이렇게 평화로운 곳에서 생각해보면 천국 같은 고요함도 있고 지옥 같은 고요함도 있다. 어떤 고요함 속에 자신을 밀어 넣을지는 바로 내가 정할 수 있다는 확신이 든다. 이렇게 평화롭게 누워있다 보면 그 어떤 것도 마음대로 정할 수 있을 것 같은 강한 느낌, 오직 나만이 옳은 분별력을 가진 자가 된 것 같아서 무척이나 행복해진다.

아! 이곳은 매우 좋다. 여태껏 이렇게 행복한 꿈을 꾼 적이 몇 번이나 있었을까? 깨고 싶지 않은 꿈이다. 이 꿈에서 깨어나 차가운 현실로 돌아가면 난 또 꿈을 꾸겠지. 악몽을 꾸겠지. 그리고 지금 꾸고 있는 이런 행복한 꿈은 잘 떠오르지 않겠지. 그렇게 되면 무척이나 행복한 꿈을 그리워하겠지. 현실이 악몽이 되어 괴로움 속에서 꿈을 찾아 방황하겠지? 바람아! 악몽 같은 현실이라면 영원히 깨지 않아도 된다고 말해 주렴. 다시는 힘겨운 날들 속으로 돌아가지 않아도 된다고 말해주길. 영원히 내게 따듯함을 선물해주겠다고 말해주길….

꿈에서 깨어난다면 난 어디로 걸어갈 것인가? 어느새 걱정하고 말았다. 이 행복한 낙원에서조차 걱정을 만들어 내고 말았다. 깨달았다. 상황이 나를 지배하더라도 난 또 상황을 외면해 버릴 만한 걱정을 안고 있는 존재라는 것을.

역한 냄새가 난다. 어디선가 오래된 시체 썩는 냄새와 같은 심하게 역겨운 냄새가 난다. 황홀한 향기 속에 미소 짓던 조금 전의 나는 어디에 있는가? 보이지 않는다. 심각한 어지러움과 매스꺼

움만이 내 안에 가득 퍼져가고 있다. 향기로운 바람은 힘없이 소멸되었다.

빨리 이 꿈에서 깨어나 깨끗한 공기를 마실 수 있는 현실로 돌아가고 싶다. 언제까지나 이 꿈에서 깨어나고 싶지 않았던 마음은 이렇게 쉽게 변할 수 있는 가벼운 것이었다. 모든 인간은 간사하다고 했다. 하지만 나만은 그렇지 않으리라 다짐했지만 나 또한 간사하고 이기적인 인간일 뿐이라는 생각이 든다. 언제나 주변 상황이 변하길 바라고 나 자신이 먼저 변해야 하는 필요성조차 배제시키며 분노했던 모습이 결코 옳은 사람이 아니었다는 생각 때문에 미칠 듯이 괴로워진다. 모든 것이 내 탓이라는 자책이 싫다. 모든 것이 세상 탓이라는 책임 전가도 싫다.

냄새는 점점 내 모든 세포 곳곳에 퍼져나간다. 이러다가 내 안에 역겨움이 가득 퍼지고 온몸이 썩어 다시는 재활용할 수 없는 쓰레기로 전락 되어 버릴까 봐 무서워진다. 너무 어지러워 힘이 없다. 어차피 이것은 꿈이다. 아무것도 하지 않고 기다리면 이 냄새는 사라질 것이다. 그리고 현실로 돌아갈 것이다. 꿈에서 깰 때까지만, 조금만 더 버티면 된다. 이것은 꿈이다. 절대 현실이 아니다.

아무것도 하지 않아도 지독한 어지러움에서 벗어날 거라 믿었는데 내 기대는 꿈에서조차 이루어지지 않고 있다. 아무리 기다려도 이 역한 냄새는 사라지지 않고 있다. 점점 더 짙게, 가까이 박혀오는 고통스러운 이 냄새를 피할 수가 없다. 이렇게 꼼짝없이 지독한 냄새에 당하고만 있다. 코를 막아도 소용이 없다.

갑작스레 나타난 냄새의 근원지를 찾아내야만 할 것 같다. 이대로 가만히 있다가는 꿈도 현실도 무엇도 아닌 곳에서 아무것도 할 수 없는 쓰레기가 될 것만 같다. 평화롭게만 보였던 잔디밭은 잿빛으로 가득한 지옥이 되었다. 냄새의 원인을 찾기 위해 일어서야 하는데 힘이 없다. 냄새 때문에 속이 메스꺼워서 시원스럽게 구토를 하고 싶은데 그것조차 맘대로 되지 않는다. 이 냄새만큼이나 역겨운 토사물들이 내 안에 가득 차있고 그것들을 밖으로 내보내고 싶은 마음이 간절하다. 하지만 토사물들은 배 안에서 심장을 타고 목 안으로 차갑고 따갑게 올라오며 내 안의 모든 것들을 어지럽게 괴롭힌다. 실컷 괴롭힌 후에는 내 목을 타고 거칠게 돌아다니지만, 입 밖으로 나올 듯 말 듯 또 장난을 친다. 결국 내뱉지 못한 채 짜증이 난다. 토사물들에 무시당한 기분까지 겹쳐져 더욱 더러워진 기분을 제대로 가눌 수도 없는 상태지만 힘겹게 걸어가고 있다.

평화로운 내 꿈의 원인 제공을 찾아 난 걸어가고 있다. 더 이상 자책도 책임 전가도 원하지 않는 나지만 지금은 평화를 깨뜨린 것이 오직 이 역겨운 냄새라고 생각한다. 절대 내 탓이 아니다. 향기로운 바람과 초록빛 따뜻한 잔디가 사라진 것은 절대 내 탓이 아니었다고 생각한다. 걸어도 또 걸어도 끝이 보이지 않는다.

이곳은 너무나 넓고, 난 이렇게 넓은 공간에 갇혀있는 기분이 든다. 지독한 냄새는 내 걸음과 상관없이 일정하다. 조금 옅어지거나 조금 더 진해지지 않는다. 얼마나 걸어야 이 냄새에 도착할 수 있을까?

지친다. 분명 꿈을 꾸고 있다. 이제 나를 놓아주고 싶다. 편안히 쉬고 싶다. 가만히 누워 있고 싶다. 그 누구도 이 냄새의 원인을 찾으라고 강요하지 않았건만 스스로 험난한 길을 택한 바보다. 하지만 이런저런 생각도 걸음을 멈추게 하지 못한다. 냄새의 근원지를 꼭 찾아내고 말 테다.

얼마나 걸었을까? 걸음의 끝에 냄새가 매달려 있는 것처럼 지독하게 일정하던 냄새가 어느새 익숙해진 거 같다. 그럭저럭 견딜 수 있을 것도 같다. 그냥 이대로 꿈에서 깨어나기를 기다려도 크게 괴롭지 않을 것도 같다. 그런데도 난 계속 걸어야 할까?

냄새를 찾는 일을 포기하고 싶다. 나를 합리화시킬 만한 생각들을 늘어놓고 있다. 하지만 조금만 더 걸어보자고 나를 달랜다. 지금까지 걸어온 것의 목적이 사라진다면 걸어온 길이 너무나 허탈할 것 같기도 했고, 걸어온 길의 과정이 행복하지 않았기 때문에 무언가 보상을 받고 싶었던 것 같기도 하고, 어쨌든 이대로 꿈에서 깨어나기엔 아주 많은 부분이 석연치 않을 것 같았다.

걸어가고 있다. 이 지독한 냄새를 찾겠다고 일어선 순간부터 한 번도 멈추지 않았다. 마음속으로는 여러 번 멈추기도 했고 되돌아가기도 했지만 나의 몸은 멈추지 않았다. 그렇게 여전히 걸어가고 있다.

한참을 걷다 보니 지독한 냄새가 확 진해지는 장소에 다다랐다. 코끝을 날카롭게 찌르는 냄새 때문에 인상은 종이처럼 구겨지고 발은 뒷걸음질 치고 있다. 잠시 후 눈을 부릅뜨고 콧구멍을 무방비 상태로 만든 후 조심스럽게 냄새가 진동하는 그곳으로 걸어간다. 한 걸음, 두 걸음, 여섯 걸음, 일곱 걸음, 열다섯 걸음. 발은 멈추었고 눈도 멈추었다. 냄새의 원인을 한눈에 알아볼 수 있는 광경을 바라보고 있다. 충격적이고 기분이 좋지 않다. 냄새를 찾은 것이 후회되면서도 한편으로는 찾기를 잘한 것이라는 생각이 교차한다.

내가 본 것은 꿈이었다. 아주 예전의 꿈을 보았다. 이것은 분명 꿈인데 꿈속에서 예전의 내 꿈을 보았다. 언젠가 소원을 이뤄 준다고 믿었던 괴물 같은 존재에게 난도질을 당한 적이 있었는데 그때의 내 모습이었다. 내가 찾던 지독한 냄새는 나였다. 아니, 정확히 말하면 현실의 나는 아니다. 꿈속의 나였다. 물론 지금도 꿈이다. 모든 것이 꿈이다. 하지만 이 모든 것은 현실의 내 모습이 투영되어 있는 것일 터. 지독한 냄새는 진동했다. 사라지지 않았다. 내가 좋아하는 따뜻한 초록색은 차가운 빨간색과 함께 흐르고 있다. 내 몸속 깊은 곳에 숨겨두었던 소리들을 포장했던 설레는 초록빛은 빨간 피와 함께 처참하게 흐르고 있다.

왜 몰랐을까? 그 악몽을 꾸었을 때, 죽어가는 내 모습을 또렷하게 확인했는데 왜 처음 보는 것 같은 느낌이 드는 걸까? 이렇게 지독한 냄새가 나는 시체가 될 것이라고 예상하지 못했다. 쓰레기가 되어 평화로운 낙원에 잿빛 냄새를 풍기는 존재가 될 줄은 전혀 예상하지 못했다. 먼 훗날 행복한 꿈속에서 안락한 휴식을 취하고 있는 나 자신에게 피해를 줄 행동이라는 것을 왜 그때의 난 몰랐을까? 소원을 들어주는 존재인지 나를 죽이려는 존재인지 구분도 못 하던 멍청한 내 모습을 난 왜 행복한 꿈의 끝에서 지독한 냄새와 함께 확인하게 된 걸까?

아주 긴 터널을 뚫고 낯선 곳에 계획 없이 오게 된 것 같은 기분이 드는 아침이다. 행복으로 시작되어 기분 나쁜 악몽으로 끝난 꿈. 그 길고 긴 꿈에서 깨어나 차가운 바닥에 누워있다. 지난밤, 난 정말 이해할 수 없는 꿈을 꾸었다. 하지만 기분이 나쁘지만은 않다. 끝은 좋지 않았지만 처음은 좋았다. 그 좋았던 꿈의 느낌만을 오래도록 간직하고 싶다.

오늘도 여전히 고요하다. 그녀의 소리가 들리지 않은지 꽤 많은 시간이 흘렀음에도 가끔 헛된 기대를 하곤 한다. 어느 날 아침 일어나면 또 어떤 소리만을 듣게 되지 않을까? 그 소리가 나를 떠나갈 즈음엔 또 다른 소리가 내게 들려오지 않을까 하는 기대들. 은근한 기대조차 실망이 되어 입안에 공기가 된다. 그리고 한숨을 내쉰다. 소리로부터 고립되어 있지만 세상으로부터는 고립되지 않기를 조심스럽게 기대해 본다.

이제부터는 세상 속에 젖어들기 위해 노력하는 시간을 즐길 것이다. 세상 사람들 속에서 사람들을 깨끗한 시선으로 바라볼 것이다. 오늘 아침은 날씨가 좋은 것 같다. 그동안 나는 날씨에 관심이 있던 적이 있었던가? 뜬금없이 날씨에 대해 깊게 생각하려는 내 모습은 매우 낯설게만 느껴진다.

오늘 아침은 조금 따듯한 것 같다. 이 따듯함은 날씨 이상의 그 무언가로부터 전해지는 따듯함이기를 바라는 것처럼 따듯한 날씨를 특별하게 여기려 애썼다. 이해할 수 없는 꿈을 꾸고 깨어나 이해할 수 없는 생각들을 하고 있는 내 모습은 매우 낯설게만 느껴진다. 낯설다는 것은 변화라고 표현될 수 있을 것 같아서 기분은 좋은 것 같다.

따듯하다는 여름, 그리고 춥다는 겨울. 나라는 사람은 언제나 계절의 변화에 대해 민감하게 반응하지 않았다. 왜 계절의 변화에 대해 무신경했을까? 지금은 그 이유를 알 것 같다. 아마도 언제나 추웠던 내게 따듯한 계절과 추운 계절의 의미가 불편하게 느껴졌기 때문일 거다. 타인들은 따듯한 계절에 따듯하고 추운 계절에 춥고 또 어떤 경우에는 추운 계절에도 따듯하고 따듯한 계절에도 춥기도 하겠지만 난 언제나 추웠다. 항상 따듯함을 동경하고 꿈꿔왔다. 계절과 상관없이 언제나 추웠던 내게는 계절의 변화를 공감하는 일은 멀고도 사치스러운 일이었을 것이다.

내가 왜 계절의 변화에 무신경했는지에 대해 조금씩 알아가고 있는 단계이기 때문에 지금의 나는 달라지고 있다고 생각한다. 어젯밤 꿈처럼 따듯한 바람을 만날 수 있을 것 같은 기대감을 갖고 살려고 노력할 것이기 때문에, 다시는 멍청하게 내가 죽어가는 모습을 보고 싶지 않기 때문에, 나의 미래를 괴롭히는 지독한 냄새를 풍기고 싶지 않기 때문에 난 좋은 방향으로 달라지고 싶어 하는 사람이라고 생각한다.

그렇게도 느끼고 싶던 따듯함이 참으로 오랜만에, 이렇게 예고 없이, 길고 긴 꿈을 꾼 다음 날 아침 문득 아주 미미하게나마 느끼게 되었다는 사실이 나를 기쁘게 한다. 불타버린 공장처럼 고통스럽게 뜨거운 열이 아니라 눈이 많이 내리는 추운 겨울날 꽁꽁 얼었던 손을 녹이는 물, 콸콸콸 흐르는 욕실의 따듯한 물처럼 다행스럽고 기분 좋은 따듯함, 난 아주 옅은 초록색이었지만 그런 따듯함을 분명하게 느꼈다.

오늘은 참으로 신비로운 아침이다. 젖은 빨래처럼 축 늘어져 있는 나의 마음, 그 마음을 햇볕에 바싹 말리고 있는 기간이지만 나를 꽁꽁 숨겨두기만 할 수는 없다. 현실적으로 자신의 미래를 위해 노력하기로 마음먹었다면 다시 일해야만 한다. 곧 취업해야 한다. 꼭 그래야만 한다.

오늘은 오랜만에 외출해서 일자리를 알아봐야겠다. 외출 준비는 매우 더디다. 급하지 않다. 어젯밤 꿈은 묘했고, 아침은 기분이 좋다. 천천히 준비를 하자. 깨끗하게 씻고, 깨끗한 옷을 입고 문을 열고 집 문 앞으로 나왔다. 문을 열고 계단으로 내려가려다가 멈추었다. 집 밖에 나갈 때에는 보통 계단을 이용했고 밖에서 집으로 돌아올 때에는 엘리베이터를 이용하는 나였다. 그런데 지금 난 엘리베이터를 타고 내려갈지 보통 때처럼 계단으로 내려갈지 망설여진다.

엘리베이터를 바라보았다. 나를 무시하고 괴롭히던 때도 있었던 저 엘리베이터가 오늘은 전혀 사나워 보이지 않는다. 뭔가 숨기고 있는 것 같지도 않고 간사해 보이지도 않는다. 약간의 따뜻한 초록빛이 보이는 것 같기도 하고 아주 작은 소리가 들릴 것 같기도 하다.

은은한 향기도 날 것 같은 저 엘리베이터를 타기로 결정했다. 버튼을 눌렀다. 1층에서부터 내가 서 있는 내 집 10층까지 빠른 속도로 올라오고 있다. 언제든 전화하면 달려와 주는 특별한 사람의 마음을 받는 기분이 들어서 눈물이 날 것 같지만, 이 정도의 일로 감동 받고 운다면 상처가 많은 남자의 모습으로 비칠 것만 같아서 눈물을 삼켰다. 10층으로 올라온 엘리베이터는 들리지 않는 나를 배려해주듯이 나의 눈동자에 자신의 모습을 가득 채웠다. 입을 크게 벌린 엘리베이터에 나의 몸과 마음을 모두 태웠다.

1층까지 내려가는 동안 엘리베이터는 나를 배신하지 않았다. 1

층 밑에 깊은 지하 밑, 무서운 그 지하 감옥에 나를 버리는 짓은 하지 않았다. 그리고 난 1층에 무사히 도착했다. 묵묵히 나를 배려해 주려는 것 같았던 엘리베이터가 무척이나 고마웠지만 쉽게 표현하지 않은 채 엘리베이터에 실었던 몸과 마음을 갖고 내렸다. 그리고 건물 밖으로, 세상 속으로 아주 조심스럽게 걸어간다.

길고 길었던 어젯밤과 다르게 화살처럼 빨리 날아갔던 하루였다. 여유롭고 신중하게 일자리를 고르고 또 고르고 싶으면서도 최대한 빨리 정착하고 싶은 마음이 굴뚝같아서 아주 열심히 이력서를 제출하고 돌아오는 길이다. 표면적으로 보이는 무언가가 짠 하고 해결되어 있는 상황도 아니지만 어젯밤 꿈의 여운이 남아있는지 기분은 종일 묘하다.

집으로 돌아가는 길이 추운 것 같기도 하고 따뜻한 것 같기도 하다. 눈가에 그렁그렁 눈물이 맺히고 가슴엔 거대한 돌덩이가 내려앉아 있었던 게 백 년 전의 일처럼 무뎌지면서 발걸음은 꽤나 가벼운 것 같다. 걱정을 만들고 또 만들어내도 모자라던 나였는데 오늘만큼은 그 많은 걱정을 집에 두고 온 것처럼 단순한 사람이 되어 있다. 죽지 않고 살다 보니 어떻게든 이렇게 살아있음을 깨닫게 된다. 어두운 터널에만 갇혀있다가도 느닷없이 이렇게 머릿속이 가벼워지는 날도 있다는 것이 새삼 신선했다.

한겨울에 갇혀있는 나에게도 따뜻한 바람이 스쳐올 때도 있고 또 이런저런 날들을 관통하다 보면 언젠가 따뜻한 봄날이 불쑥 찾아오겠지. 인생은 참 신기하다. 가벼워진 발걸음을 옮기고 또 옮기는 작업을 절대 서두르지 않았음에도 시간은 끊임없이 나를 미래로 데려다 주어 지금의 나는 어느새 내 집 건물 앞에 서 있다. 언제나 현재를 걸어왔지만 언제나 과거에 있었고 또 언제나 미래에 있다는 것이 완벽히 이해되지 않으면서도 이 느낌이 싫지만은 않다.

10층에 올라가면 내 집에 도착할 수 있다는 생각을 하기 시작하면서부터 피곤함이 내 등에 달라붙는다. 오늘따라 그것들은 꽤나 가벼운 녀석들뿐이다. 엘리베이터를 타고 10층을 누를 것까지 미리 준비하고 있었는데 내 손가락은 망설이고 있다. 뒤통수에 강렬하게 꽂히는 뜨거운 시선을 가장 먼저 느낀 것은 엘리베이터 버튼을 누르려는 나의 손가락이었다.

나를 향해 뜨거운 시선을 쏘고 있는 존재는 다름 아닌 계단이었다. 불처럼 타버릴 정도의 뜨거움도 아닌, 따뜻한 뜨거움도 아닌, 계단만이 갖고 있는 존재감과 같은 묘한 뜨거움이었다. 저 계단도 언젠가 나를 괴롭힌 적이 있었던 것 같다. 이 순간 원망 따위는 내게 무의미했다. 지금 생각은 온통 저 계단으로 집까지 올라가야겠다는 생각뿐이었다. 잠시 망설였다. 내 등에 업혀 쌔근쌔근 잠을 청하고 있는 오늘의 피로들은 깃털처럼 가볍지만 10층이나 되는 집으로 걸어갈 때까지 종일 많이 걸어 다녔던 내 다리가 잘 버텨줄까에 대한 걱정이 들었다. 지금의 내 몸은 기운이 넘쳐나는 최상의 체력을 유지한 상태가 분명 아니지만 은은한 기운이 솟아나는 것 같은 향기를 맡았다.

평소처럼 내려갈 때에는 계단, 올라갈 때에는 엘리베이터라는 원칙을 오랜만에 어겼다는 것만으로도 오늘 아침이 신선해지는 이유였다. 오늘은 엘리베이터를 타고 1층까지 내려왔으니 올라갈 때에는 계단을 이용한다면 예전의 내 모습과 좀 더 완벽히 반대가 될 거라는 생각이 들자 더욱더 계단으로 올라가고 싶어졌다. 이것만으로 뭔가 대단히 획기적인 변화를 시작했다고 느끼고 싶었던 것일 수도 있다.

어쨌든 나는 온화한 미소를 띤 채 잠을 청하려는 저 엘리베이터에게 경계 없는 눈짓을 살짝 던져준 후에 계단으로 향했다. 2층으로 향하는 첫 번째 계단을 밟고 올라섰을 때 극도의 긴장감을 감출 수 없었다. 시작은 평화였으나 끝은 우울했던 지난밤 꿈처럼 외출할 때 내게 친절했던 엘리베이터와 판이하게 다른 모습의 계단, 날 괴롭히는 계단을 느끼게 될까 봐 두렵다. 두 번째 계단을 밟는 순간 안심했다. 계단은 오늘 화가 나지 않았다는 것을 느꼈기 때문이다. 정확히 어떤 경로를 통해 계단의 기분을 파악했는지에 대해서는 확실히 표현할 수 없지만 강렬한 느낌을 받았다. 계단은 화가 나지 않았다. 계단은 유치한 심술 따위는 부리지 않았다. 기꺼이 자신을 짓밟는 나를 묵묵히 위로 또 위로 올려줄 뿐이었다. 오늘은 엘리베이터도 계단도 완연한 봄의 향기를 닮아가고 있었다.

모든 일이 잘될 거라는 마법의 봄 차를 마신 것처럼 느긋하고 안정적이다. 계단을 밟고 높은 층으로 올라갈수록 기분은 더욱 차분해질 것 같은 느낌이 든다. 한층 한층 오를 때마다 거칠어지는 숨소리조차 들리지 않는 것처럼 계단은 고요했다. 순간 나와 계단이 같은 고요함 속에 갇혀있는 건 아닌지 착각하고 싶을 정도로 계단은 지금의 내가 머물러 있는 고요의 세계 속에 물들어 있는 것처럼 보였다.

계단은 정확했다. 그 수가 늘어나지도 줄어들지도 않았다. 나를 농락하지 않았다. 날 밀어내지도 않았다. 올라갈수록 느려지는 나를 재촉하지도 않았다. 10층에 도착할 때까지 계단은 조용히 나를 기다려 주었다.

4층, 5층, 6층, 7층, 8층, 9층. 벌써 9층까지 올라왔다. 순간 멈췄다. 내 다리와 내 마음, 내 시선이 멈추었다. 그녀의 집 문으로 내 모든 것이 멈추었다. 두 눈은 그녀의 집 문을 물끄러미 바라보고 있다. 백 년 만에 바라보는 느낌으로 형언할 수 없는 감동과 두려움이 뒤섞인 그런 느낌이다. 그 누구보다 애잔하게 그녀의 집을 바라보고 있다.

그녀의 문을 자세히 훑어보다가 눈에 띄는 틈을 발견했다. 문이 아주 약간 열려 있는 것 같다. 이것은 착시 현상이 아니며 꿈도 아니다. 그녀의 모든 것이 멈추어있는 것 같은 정적의 흐름과 함께 낡은 그녀의 집 문이 2mm 정도 열려있는 것 같다. 그 좁은 2mm 사이로 옅은 빛이 직선으로 새어나오는 것 같다. 그 빛이 닿지 않는 구석에 몸을 숨기고 튀어나올 듯이 뛰어대는 심장을 움켜쥐며 생각한다. 저 문을 확 열어버릴까? 분명히 열려있는 것이 맞는 것이라면, 조금만 힘을 주어 열어도 쉽게 열릴 것 같다. 지금 저 문을 열면 그녀가 완전히 사라져버리거나 또렷하게 내 앞에 존재하거나 둘 중 하나의 상황이 벌어질 것 같은 생각이 든다. 하지만 충동적으로 행동할 수 없다. 신중해야 한다. 예전의 나와 달라져야 한다.

요즘의 나는 그녀의 문을 열고 싶은 충동으로 안절부절못하던 고통 속에서 서서히 벗어나고 있지 않은가? 그녀에 대한 의문들을 외면하고 밝은 미래만을 생각하기로 굳게 마음먹지 않았는가? 그리고 무엇보다 그녀의 소리가 이제 더 이상 들리지 않는데 그녀를 마주치게 된다면 그녀를 더욱 잊을 수 없게 될지도 모르며 그녀에게 더 많은 것을 기대하게 될지도 모른다. 그렇게 되면 또 바보처럼 나를 버려두고 모든 일상을 그녀에 대한 원망과 기대로 채워버릴지도 모른다.

지금 저 문을 열어버린다면, 그녀를 마주치게 된다면 난 어떤 말을 해주고 싶을까? 그녀에게 난 어떤 모습으로 비칠까?

난 아직 초췌하다. 얼굴엔 아직 어둠이 걷히지 않았다. 의문과 분노가 완전히 사라졌다고 말할 수 없다. 그녀에 대한 의문과 여러 가지 감정들이 뒤섞여 더럽게 얼룩진 표정을 그녀가 알아차리기라도 한다면 얼마나 나를 경멸하겠는가? 만약 그동안 그녀를 염탐했다는 사실을 알고 있다면 난 어떻게 설명해야 할까?

절대 저 문을 열 수 없다. 초인종을 눌러보고 그녀가 열어준다면 그것은 정당하겠지만 집주인의 허락 없이 내 마음대로 저 문을 열어보는 것은 옳지 않다. 치사한 짓이다. 하지만 너무 나에게 관대하지 못하다는 생각이 들지 않는가? 한편으로 생각하면 억울하지 않는가? 저 문, 한 번쯤은 열어봐도 되지 않을까? 그 어떤 이유를 갖다 붙여도 내 행동이 정당화될 수 없다고 해도 지금 저 문을 열어보지 못한다면 오늘의 나를 후회하는 모습이 내 미래에 끈질기게 따라다니지 않을까? 그때 그 문을 열어 봤어야 하는데, 너무나 궁금하던 그 문을 과감히 열어봤어야 해, 그녀의 생사라도 확인해 봤어야만 한다며 땅을 치고 후회하지 않을까?

열어보자. 생각해보면 그녀는 내게 잘못을 한 부분이 있다. 이것은 엉터리 책임 전가가 아니라 객관적으로 봤을 때 그녀는 나를 고용해 주었지만 함께 일하던 건물과 함께 사라져 버렸다. 그녀가 내게 마음을 줄듯 희망 고문을 했다는 것은 나만의 착각일 수 있다. 하지만 이웃으로 나름 친하게 지내려 했던 내게 인사조차 없이 사라졌고, 시간이 흐른 뒤 그녀의 집에서 멀쩡히 잘 지내며 소리를 들려주었다. 내가 찾아가도 문을 열어주지 않았으며 사라진 건물에 대해서도 말해주지 않았다. 물론 그녀가 집에 머물고 있다는 것을 알아낸 수단이 염탐이었다는 것은 당당한 일이 아니다. 들렸다가 들리지 않는 그녀의 소리 때문에 나를 엉망으로 만들어 버리며 괴로움에 빠진 것도 내가 잘못한 것이겠지만, 어쨌든 난 그녀와 대화할 필요가 있다.

열어 보자. 저 문을 열어보자. 그동안 저 문을 열어달라고 지독하게 초인종을 눌러대지 않았는가? 여러 번 퇴짜를 맞고 집에 돌아와 염탐을 하며 분을 삼키지 않았는가? 그녀는 분명 집에 있으면서도, 초인종 소리를 들을 수 있는 완벽한 청력을 가졌으면서도 절대로 내게 문을 열어주지 않았다. 열어 보자. 저 문 손잡이를 잡고 팍 열어보자. 시원스럽게 활짝 열어보자. 그 안에 그녀가 존재하는지, 무엇을 하는지, 어떤 시간 속에 어떤 기분 속에 머물러 있는지 내 두 눈으로 직접 확인해보자.

어느새 내 얼굴엔 땀이 송글송글 맺히고 얼음보다 차가운 공기가 내 안에 가득해졌다. 빛이 새어나오는 그녀의 집 문 앞으로 조심스럽게 걸어간다. 그녀의 집 문 손잡이를 잡았다. 차갑다. 이것은 어젯밤 꿈에서 지독한 냄새가 나던 내 시체의 느낌과 같다. 차갑다. 진절머리나게 차가운 그 느낌에 현기증이 밀려온다. 문 손잡이를 돌리려는데 도저히 안 되겠다. 그토록 궁금했던 상황을 목격할 수 있는 절호의 기회인데 망설여진다. 저 문을 열기 위해서는 생각보다 많은 용기가 필요했다.

이루기 어려운 일보다 약간의 노력만 있으면 쉽게 이룰 수 있는 일에 대해 더 게으름을 피우고 싶은 것처럼, 아주 멀리 있는 곳에 출근할 때보다 집 근처에 있는 곳에 출근할 때에 더 지각을 많이 하게 되는 것처럼, 나의 마음이라는 것도 굳게 닫혀있는 문보다 열릴 것 같은 문에 더 겁먹는다는 것을 깨달았다.

　도저히 안 되겠다. 저 문을 열면 돌이킬 수 없는 죄책감에 시달릴 것만 같다. 어지러움 속에 시력을 또렷하게 정리하고 두렵도록 차가운 손잡이에서 손을 떼어 버렸다. 차가운 공기로 포장된 것처럼 굳어진 나의 몸을 이끌고 서둘러 10층으로 올라간다. 집 문을 열고 들어가자마자 단 일 초의 머뭇거림도 없이, 본능적으로, 늘 하던 것처럼, 자연스럽게 차가운 거실 바닥으로 달려가 몸을 아무렇게나 쓰러뜨린다. 그리고 바닥에 귀를 붙인다.

　바닥에 귀를 붙이면 그녀의 집 안에 존재하는 모든 소리를 들을 수 있던 그 날이 바로 어제였던 것처럼 당연한 듯이 추위에 덜덜덜 떨면서도 바닥에 귀를 붙이고 있다. 거센 바람에 눈조차 제대로 뜰 수 없는 산속에서 절벽 아래로 미끄러졌을 때 지옥 같은 그 상황을 벗어나기 위해 악착같이 나뭇가지 하나를 붙잡은 자의 간절하고 강인한 그 눈빛처럼, 나의 눈은 오래전 잃어버린 그녀의 소리를 기다리고 있다.

　지루한 정적을 깨뜨리는 기적이 바로 지금 또 발생했다. 착각이 아니기를, 꿈이 아니기를. 아주 희미하지만 그녀의 소리가 들려오는 것 같다. 얼마 만에 듣는 그녀의 소리인지 그 날짜조차 셀 수 없었지만 기뻤다. 평생 듣지 못하는 서러움을 위로받는 느낌이 밀려온다. 그녀를, 그녀의 소리를 완전히 잊고 나의 미래만을 위해 노력하겠노라 마음을 다스리고 위로하며 지냈던 시간들이 투명하게 흩날리며 나를 떠나간다.

난 지금 지나치게 기뻐하고 있다. 크게 들리지 않아도 괜찮다. 그녀의 소리가 다시 들린다는 것은 내일도 모레도 일주일 후에도 그녀를 또 들을 수 있게 될지도 모른다는 기대감이었기에 더욱 기뻤다. 그러나 이 기쁨은 오래가지 않았다. 지금 내가 느끼는 것은 이 기쁨에 대한 실망감이다. 들리는 자는 나보다 무조건 행복할 것이라는 편견을 와장창 깨뜨리기라도 하듯이 오랜만에 들려오는 그녀의 소리는 좋지 않았다. 매우, 몹시 좋지 않았다.

상상도 할 수 없는 그런 말들, 어디서도 접하지 못했던 거친 욕설이 그녀의 입에서 끊임없이 흘러나왔다. 그 욕설이 나를 향하는 것만 같아서 더욱더 기쁘지 않았다. 충동적으로 그녀의 집 문 손잡이를 돌려보려 했던 것이 후회스러웠다. 엘리베이터를 타고 곧바로 10층에서 내렸다면 그녀의 집 문을 열고 싶은 충동은 못 느꼈을 텐데 계단으로 올라온 것까지 후회스러워졌다.

기적적으로 들렸던 그녀의 소리가 더 이상 들리지 않는다는 사실에 개의치 않고 나를 뒤돌아보고 나의 발전을 위해 노력만 하자고 수없이 다짐했는데 여전히 염탐자에 불과하다는 실망감에 힘이 쭉 빠졌다. 그녀가 들키고 싶지 않은 비밀, 그녀가 꼭 향유해야 할 비밀을 나 따위가 감히 훔쳐본 것만 같아서 쓰라린 죄책감이 들었다. 염탐에 대한 죄책감, 그녀 몰래 그녀의 소리를 내 안에 담아두려 했던 것에 대한 부끄러움이 머리부터 발끝까지 민망하게 스며들고 있는 것 같아 슬프다.

마음을 다스려야 한다. 들리는 소리를 내 안에 담는 일을 당당하게 여겨도 된다고 합리화시킨다. 내가 진짜 미안해할 대상은 그녀보다는 나라는 생각으로 내 마음을 온통 뒤덮어 채우고 있다. 그녀의 소리가 다시 들렸고, 또 나에게 실망했지만 울지 않았다. 죽고 싶다는 생각도 하지 않았다. 난 강해지고 있었다. 분명히 그렇게 느끼고 있다.

5

시작

아주 오랜만에 들려온 그녀의 소리, 이제 다시 그녀의 소리를 매일 들을 수 있을까? 또다시 그녀의 소리를 염탐하며 키득키득 음탕한 미소를 뱉어대는 사람으로 돌아갈 수 있을까? 그럴 수 있다면, 그녀의 소리가 예전처럼 내일도 모레도 계속 날 찾아온다면 난 망설임 없이 염탐자의 생활을 택할 것인가? 그렇게 되면 또 이 소리는 언제 날 떠나갈까? 다시 떠나간다면 언제 다시 찾아올까? 그렇게 마음을 괴롭히며 내 인생을 제대로 돌보지 못하는 우울한 염탐자로 전락해버릴 것인가? 아니다. 이제는 아니다. 난 울지 않았다. 난 분명 강해진 것이다. 그 소리가 싫다. 그녀의 소리는 더 이상 내가 찾는 소리가 아니다. 그녀의 소리는 더 이상 우울한 염탐자가 찾는 소리가 아니다. 그녀의 소리가 사라짐에 슬퍼했던 것은 착각이다. 환상을 좇았던 것뿐이다.

그녀의 소리가 다시 들린 이유에 대해 생각해볼 필요가 있다. 절대로 그녀의 소리를 반가워해서는 안 된다. 더 이상은 그녀의 소리에 매여 나약해지고 싶지 않다. 늦었지만 지금부터라도 그녀의 소리를 완전히 잊어야만 한다. 그래야만 하는 정확한 이유에 대해서 알고 있다. 사실 난 너무 잘 알고 있다. 아주 오래전부터 잘 알고 있었을 것이다. 하지만 모른 척했다. 계속 모른 척했다. 모른 척하고 싶었고 이유도 없이 그러하기에 그러하다는 당치도 않는 인과관계를 성립시키려 억측을 부려왔다.

난 내가 아파하지 않기를 바라왔다. 때때로 나를 맘껏 비하하며, 내 모든 것을 낮추고 또 낮추려 했으며 될 대로 되라는 식의 객기를 부리기도 했지만 그것은 모두 지나친 방어였다. 내가 아파하지 않기를 진심으로 바라왔고 여전히 바라고 있다. 나약한 모습은 지구 밖으로 던져버리고 희망의 끈을 꽉 잡겠다고 굳은 결심을 했던 것도 내 안에 깊은 아픔들을 위로하고 보상받고 싶은 마음에서였다.

그녀의 소리가 싫다. 그녀의 소리는 슬픔을 이겨낸 임시방편과도 같은 것이었다. 절망의 끝에서 울다 지쳐있는 내게 기적적으로 다가왔던 그녀의 소리가 영원히 머물 수 없다는 것은 처음부터 난 알고 있었을 것이다. 언젠가는 나를 떠날 기적임을 알면서도 그 소리를 내 안에 깊이 담아두고 영원히 소유하려 했던 욕심이 나를 더 나약하게 만들었으리라.

그녀의 소리가 내게서 멀어진 것은 내가 현실 속으로 가까워짐을 의미하며 그녀의 소리가 다시 가까워지는 것은 내가 더 나약해짐을 의미한다는 것. 그 달갑지 않은 비례에 대해서 난 지나치게 잘 알고 있었을 거다. 이제는 제발 그녀와의 완전한 이별을 선언해야 한다. 또다시 나의 빛나는 미래를 차가운 바닥에 붙여 밀어낼 수는 없다.

내 앞에 펼쳐질 아까운 시간들을 그녀 소리를 기대하는 것에 묶어 두어서는 안 된다. 더 이상 우울한 염탐자가 되어 나약하게 울지 않을 것이다. 이제는 제발 그녀의 소리에 대해서, 그리고 그녀에 대해서, 정면으로 솔직하게 내 안에 가득 차오르는 진실에 대해서 인정해야만 한다. 나 자신에게 뚜렷하게 자각시켜야 한다. 다시는 잊을 수 없도록, 잊고 싶어 하지 않도록 큰 깨달음을 통해 넓은 생각을 내 안에 가득 키워야 한다.

내가 잘 알고 있으면서도 모른 척하고 있는 그 무엇, 그 무엇을 정면으로 인정하는 일은 나를 고통스럽게 만드는 하나의 사건이 될 수도 있겠다. 하지만 작은 고통으로 인해 커다란 깨달음을 얻을 것이다. 더불어 올바른 생각들을 끌어안고 세상과의 타협을 이루어 나갈 수 있다면 기꺼이 나에게 강요해야 한다. 지금도 내게 감추고 있는 그 무언가를 강요해야만 한다. 반드시 그래야만 할 것이다. 그녀에 대해, 그녀의 소리에 대해 솔직하게, 정면으로 인정해야 한다. 그 지독한 자기애에 대해서.

나른하다. 지금 몸이 따듯한지 추운지 분간할 수 없다. 몽롱하다. 지금 기운이 있는지 없는지 잘 모르겠다. 모든 것에 무뎌지고 깊은 잠을 청하고 싶지만 지금의 내게 필요한 그 무언가가 철저하게 배제되어 있다는 느낌만이 강렬하게 나를 맴돈다.

음악. 음악이 듣고 싶은 날이다. 아주 오랜 시간 동안 듣지 못했던 음악의 감동, 그 전율을 내 안의 모든 것이 그리워하고 있다.

아주 오랜만에 가슴으로 듣는 음악 소리를 듣고 싶다. 음악을 듣는 상상만 해도 걷잡을 수 없는 설렘이 온몸에 퍼져나간다. 따듯한 햇볕이 내리쬐는 잔디밭에 앉아 음악을 듣고 싶다. 내가 좋아하는 음악을 들으며 풀 향기를 맡고 싶다. 여린 잔디들은 마음을 활짝 열고 있다. 모두 강렬한 햇빛을 거부하지 않고 마음껏 받아들인다. 여린 잔디들은 강렬한 햇빛을 머금은 짙은 초록빛이 된다. 따듯하게 살랑거린다. 바람에 살랑거린다. 바람은 시원하지만 따듯하다. 잔디들은 바람에 따듯함을 나눠주고 바람은 내게 따듯함을 나눠준다.

따듯한 바람, 따듯한 잔디, 따듯한 햇빛, 따듯한 음악, 따듯한 마음. 그 낙원에서 음악을 듣고 싶다. 이 상상이 이뤄진다면, 정말 그럴 수만 있다면 그보다 더 행복할 수 있을까? 햇빛, 바람,

잔디, 음악… 그리고 그것들을 온전히 받아들일 수 있는 열린 마음. 이 소박한 기대가 지금의 내겐 너무나 간절한 꿈이다. 언젠가 꼭 그 꿈을 이루고 말 테다. 난 강해지고 있으니까 꼭 이룰 수 있을 것이다.

집 안에 앉아 이런저런 생각을 하고 있다. 멍하니 허공을 응시하는 것처럼 보일 수도 있겠지만 깊은 내 과거에 대한 회상과 미래에 대한 원대한 기대감을 품고 있다.

나는 지금 무엇에 대해 생각하고 있다. 왜 무엇에 대해 생각하고 있는 걸까? 무엇, 무엇, 그 무엇은 바로 공장, 과자 공장. 공장에 대해 생각하고 있다. 미련 없는 공장에 대해 생각하는 내가 마음에 들지 않는다. 절대로 맘에 들지 않는다. 하지만 무작정 밀어낼 수는 없다. 밀어내도 공장은 내 머릿속에 남아있다.

공장을 생각하면 공장에서 맡았던 공기에 대해, 그 공기의 온도와 공기 속에 존재하는 시간에 대해, 그 공기의 향기에 대해 떠오른다. 공장을 생각하면 좋지 않았던 일들도 많았지만 꽤나 만족스러웠던 날들이 먼저 떠오른다. 공장을 생각하면 불타던 모습보다도 평화롭게 그 자리에 존재해주던 든든한 건물의 표정이 떠오른다. 공장을 생각하면서 안정적이고 은은한 미소도 지어본다.

공장을 생각하면, 어떤 말로 표현해야 할지 모르겠다. 형용할 수 없는 단어를 말해야만 하는 것은 아닌데 왠지 말하기가 쑥스럽기도 하고 자존심 상하기도 하고, 아무튼 몹시 마음에 안 들지만 떠오르는 단어가 있긴 하다. 그리움, 공장이 그립다. 아주 조금. 아주 터럭만큼이지만 공장이 그립고 또 그리워진다.

공장에서의 결과에 대해 답을 써내야 한다면 이렇게 쓸 것이다. "공장에서의 삶은 결코 불행하지 않았다. 공장은 나를 불행하게 하지 않았다."라고 쓸 것이다. 공장에서 평탄하게 일하던 시간 속의 나는 공장이 불타는 일, 공장을 그만두는 일, 감당할 수 없는 오해와 경계로 얼룩진 힘든 일들이 일어날지도 모른다는 슬픔을 예측할 수 없었다. 이렇게 많은 시간이 흐른 뒤에 공장을 떠올렸을 때 내 머릿속에 가장 먼저 떠오르는 공장의 이미지는 안정적인 모습의 공장이다. 슬픈 일들이 일어나기 전에, 고통스러운 사건 따위가 일어날 거라는 의심은 전혀 하지도 않았던 그 시간 속에 존재하던 공장.

슬픈 사건보다 좋았던 모습이 먼저 떠오르는 이유는 단 하나다. 내가 그리워하는 것은 공장의 슬픈 사건들을 제외한 공장의 모습. 그뿐이기 때문일 거다. 슬픈 사건들을 제외한 공장의 모습, 오롯이 그 시간들을 그리워하고 있다.

점심시간에 먹던 과자, 퇴근길에 적당히 채워져 있던 통통한 나의 지갑, 내가 청력을 가진 평범한 사람이라고 생각했을 거리의 사람들 속에 서 있던 시간, 그 모든 것이 평화로웠다. 하지만 그때의 나는 그 평화로움 속에서 슬퍼할 이유들을 찾곤 했었다.

누구나 같은 것을 가지고 있지 않다는 것을 이해하지 못했다.

누군가는 너무나 쉽게 갖게 되는 것이 누군가에게는 간절하게 갖고 싶지만 가질 수 없으며 분명 다른 사람이 갖지 못한 그 무언가를 갖고 있다는 것을 난 믿지 않았다. 물론 지금도 온전히 믿는 것은 아니지만 그 지친 번뇌의 늪에서 헤어나기 위해 노력하고 있다.

내가 갖지 못한 것에 대해 지나치게 슬퍼했으며 청력을 가진 세상 사람들을 지나치게 경계했다. 언제나 스스로 더 깊은 고립을 원했으며 세상과의 거리감을 좁힐 수 있는 열쇠를 내 안에서 찾을 수 있다는 것 또한 모른 척했다. 사소한 슬픔에 지나치게 괴로워했고 더 큰 슬픔을 만난 뒤에야 그 슬픔은 슬픔이 아니었음을 깨닫게 된다는 것을 알게 되었다. 이 사실만으로도 너무나 값진 그 무언가를 얻고 있다고 말하고 싶다. 지금의 나를 떠올릴 먼 미래의 나에게 지금의 나는 불행하지 않다고 환한 미소를 지어 보이고 싶다.

실컷 위로한 뒤에 긴장이 풀어지듯 내 몸은 무거워진다. 어딘가에 기대고 싶다. 언젠가는 내 마음이 기대도 되는 곳이 아주 많았으면 좋겠다. 기대고 싶다는 생각이 들 때마다 달려갈 곳이 있었으면 좋겠다. 조금만 달려가면 나를 기다리고 있는 무언가에게 내 모든 것을 편히 기대어 따듯한 위로를 받을 수 있는 곳이면 좋겠다. 그것이 음악이 될 수도 있을 텐데. 음악이 더 간절해진다.

음악이 듣고 싶다. 공장에 대한 그리움을 떠올리다가 음악에 대한 그리움이 더 짙어짐을 깨달았다. 내겐 음악이 꽤나 큰 안식처였을 터. 콘센트 앞에 MP3 플레이어가 보인다. 오랫동안 쉬었던 탓에 조금은 지쳐있는 모습으로 누워있었지만 그것을 재생시켜보고 싶다. 음악을 듣고 싶다.

음악, 내게 다시 찾아와줄까? 이젠 더욱더 간절해졌다. 그녀의 소리는 내가 찾던 소리가 아니었다. 내게 필요한 소리, 진심으로 내게 위로를 줄 수 있는 소리, 내가 찾는 소리는 바로 음악인데 지금 내 곁에 없다. 제발 다시 내 것이 되었으면 좋겠다.

충전은 완료되었다. 여전히 기계는 힘없이 졸린 표정을 지어 보였다. 임종을 앞둔 사람에게 노래를 불러달라고 목을 누르며 떼를 쓰는 철없는 사람이 된 기분이다. 내게 노래를 들려줄 준비가 전혀 되어있지 않은 것처럼, 미소를 잃은 환자처럼, 목소리를 잃어버린 사람처럼 심각하게 지쳐있는 표정의 MP3 플레이어에게 음악을 들려달라고 부탁할 수 없다.

무척이나 음악이 듣고 싶다. 아주 오래전 내가 듣던 그 음악을 여전히 잘 간직하고 있을 저 기계에 빨리 그 음악을 재생시켜달라고 명령하고 싶지만 참을 수밖에 없다. 이제 예전처럼 음악을 가슴으로 들을 준비가 된 것 같은데, 저 기계는 준비가 되지 않은 것 같다. 아주 조금만 더 미뤄야 할 것 같다. 아주 조금만 더 참아봐야겠다. 예전에 듣던 그 음악, 지금 내가 미치도록 그리워하는 그 음악, 참고 또 참아야겠다. 아끼고 또 아껴두어야겠다. 기계가 내게 마음을 열 시간을 좀 더 주기 위해, 음악과의 감동적인 재회를 위해.

음악을 들어보고 싶은 충동을 꾹꾹 눌러 담고 거실 바닥에 누웠다. 내 마음은 세상을 향해 조금씩 열려가고 있지만 한순간에 많은 것을 변화시킬 수는 없다. 그렇게 나는 여전히 시리도록 차가운 거실 바닥에 대해 나 자신을 이해시킨다.

잠이 들었다. 꿈을 꾸었다.

난 외출 준비를 하고 있다. 아마 이력서를 제출하기 위해서인 것 같다. 깔끔하게 머리를 빗고 깨끗한 옷도 다려 입었다. 멋스럽게 각이 잡힌 바지와 셔츠를 입은 내 모습은 꽤 멋있어 보인다. 현관문을 열고 계단을 내려가려는데 이상하다. 밖이다. 벌써 밖이다. 10층에 사는 내가 방금 현관문을 열고 나왔을 뿐인데 세상 사람들은 나와 동등한 높이에 서 있다. 모두들 분주히 움직이고 있다. 내 시선은 세상 사람들을 향해 신기하게 흩어지고 있지만 사람들의 시선은 절대 흩어지지 않는다. 각자 자신이 보고 싶은 부분을 열심히, 그리고 선명히 바라보고 각자의 세계를 믿고 걸어가고 있다.

난 엘리베이터를 타려고 애쓴다. 엘리베이터 1층에 표시되어 있는 버튼을 누르자 곧바로 열린다. 기억상실증에 걸린 걸까? 10층에서 1층까지 내려온 사실을 기억하지 못하는 건가, 아니면 그녀에 대한 부분 청력처럼 공간 이동 초능력이 생긴 걸까? 신기함과 두려움 사이로 비집고 새어나오는 호기심을 가득 안고 주변을 둘러본다.

나와 같은 높이에서 걸어 다니는 사람들. 그리고 사람들과 발밑에 동일하게 존재하는 땅. 내 집 문, 1층에서 열려있는 엘리베이터. 내가 서 있는 곳은 10층인지 1층인지 분간할 수 없다. 사람들은 눈앞에서 걸어 다니지만 난 밖으로 나가지 못하고 있다. 밖으로 나가면 10층 아래로 떨어져 죽을 것만 같다. 그렇다면 이곳은 10층인가?

도무지 설명할 수 없는 기이한 현상이다. 10층 같기도 하고 1층 같기도 하다. 여기가 1층이든 10층이든 상관없이 분명한 건 2층부터 9층까지가 사라졌다는 것이다. 어디로 증발한 것일까? 증발했다는 표현이 맞는 것일까, 아니면 소멸된 것인가? 아니면 처음부터 존재하지 않았던 것일까?

신기하다. 그동안 내 인생에 신기한 일이 너무나 많았지만 그중에서 가장 신기한 일이다. 9층은 정말 없는 걸까? 계단을 내려가보기로 했다. 구조가 어떻게 된 건지는 잘 모르겠지만 한 층 내려갔다. 그런데 또다시 좀 전에 내가 있던 곳이다. 마치 다른 시간이 여러 공간에서 동시에 존재하는 영화처럼 혼란스럽다.

1층부터 8층 따위는 처음부터 없었는지 방금 없어진 건지 크게 중요하지 않다. 그녀, 9층은 어떻게 된 것일까? 1층부터 9층까지 처음부터 없었던 것일까? 어쩌면 난 처음부터 1층에 살았던 것일 수도 있다. 그런데 내 집이 10층이라고 착각했던 이유는 1층부터 10층까지가 실재하는 것이 아니라 단순히 내가 느끼는 나와 세상과의 거리감. 그뿐일 수도 있다.

그녀도 처음부터 이곳에 오지 않았던 것이 분명하다. 어쩌면 그녀 자체가 존재하지 않는 것이 분명하다. 그렇다. 그녀는 존재 자체가 나의 환상이었다. 처음부터 없었던 사람, 실재하지 않았던 소리. 난 애써 잊으려 하지 않아도 된다. 그녀는 없다. 어디에도 없다. 2층부터 9층까지 없다. 오직 세상과 나와 곧바로 연결된 10층인지 1층인지만이 존재할 뿐이다.

화들짝 놀람과 동시에 잠에서 깨어났다. 꿈에서 깨어나 지난밤 꿈의 의미를 생각했다. 꿈을 자주 꾸는 편이지만 자각몽이 많았다. 이번 꿈은 철저하게 현실이라 믿길 만큼 선명했다.

나의 속마음은 지난밤 꿈을 믿고 싶었던 것일까? 그녀, 차라리 없던 사람이기를. 그렇게 믿으면 내 마음이 더 편할까? 세상에 대한 기대감과 분노를 품게 해준 그녀가 존재하지 않는 사람이라고 믿는다면 내 마음은 어떨까? 어떤 위로를 받을 수 있을 거라 기대했던 것일까?

난 슬픔을 잊고 싶었을 것이다. 뜨겁게 위로받고 싶었을 것이다.

난 사실을 너무나 잘 알고 있다. 나의 삶은 의문투성이였고 그 의문들을 낱낱이 속 시원히 들춰낼 수는 없더라도 커다란 응어리는 풀 수 있을 만한 열쇠는 내 안에 있었을 것이다. 난 사실을 너무나 잘 알고 있다. 어디까지가 진실이고 어디까지가 꿈인지를.

답답하다. 내 안에 많은 어떤 것들이 너무 답답하다. 폭발해버릴 것 같이 답답하다. 지난밤 꿈이 마음에 들지 않았다. 그래서 더 답답하고 짜증이 낭자하게 흩어진다. 차가운 바닥에 누워 지난밤 꿈을 생각하면 할수록 기분은 더 상하고 있다.

춥다. 콧물이 흐른다. 소리 없는 재채기가 연달아 발사된다. 재채기를 핑계로 얄미운 눈물이 한 방울 쭉 흐른다. 계속 튀어나오고 싶었던 것 같다. 하지만 내가 강해지고 있다는 믿음을 갖고 있어서 감히 내 안을 탈출하지 못했었나 보다.

눈물은 재채기의 꼬리를 잡고 있다가 얼른 따라 나온다. 이것만은 봐주겠다. 또 흐른다면 그 눈물은 슬픔으로 판단해버리고 실컷 놀려줄 테다. 춥다. 좀 움직여야겠다. 벌떡 일어났다. 집 문을 열고 나가면 아주 옅은 온기라도 만날 수 있을 것 같은 생각이 든다. 외출할 일은 없지만 문 밖을 나가보기로 했다. 문을 열고 계단을 내려갔다. 지난밤 꿈에서 보았던 계단과 겹쳐져 보인다. 하지만 얼굴을 좌우로 빨리 흔들어 시선을 정리한다. 기분 나쁜 꿈을 떨쳐내기 위해 10층과 1층의 거리가 얼마나 되는지 느껴보기로 한다. 계단을 뛰어 내려가기 시작한다.

지난밤 꿈처럼 9층부터 2층까지 사라지고 10층과 1층이 하나가 되어 버리면 어떻게 해야 하나 걱정을 떨쳐내기 위해 더 빨리 뛰어 내려간다. 뛰어 내려가면서 생각한다. 10층과 1층의 거리를 좀 더 가까이 느끼기 위해 더 빨리 속도를 내며 생각한다. 여전히 세상과의 거리를 10층에서 1층까지의 거리보다 훨씬 더 두텁게 안고 있는 건 아닌지 생각한다.

내려가고 또 내려가도 1층은 나오지 않는다. 세상은 보이지 않는다. 내 마음은 100층에 머물러 있다. 100층에 서 있다. 세상으로 가려면 100층을 내려가야 한다. 아니다. 내 마음은 세상에 가까이 열리고 있다. 난 곧 1층을 볼 수가 있다.

"급하게 뛰어 내려가기만 한다고 마음이 열리는 것은 아니야." 하고 계단이 말해주는 것만 같다. 계단이 이상하다. 자꾸만 늘어난다. 끝없이 내려가고 또 내려간다. 얼마 전 친절하던 계단은 왜 또 심술을 부리는 걸까? 쿵쿵 발을 구르며 계단을 노려본다. 내 이마에는 땀방울이 맺히고 땀방울은 계단을 뚫기 위해 힘차게 떨어지지만 계단 속으로 스며들고 이내 사라져 버린다. 여전히 계단을 노려보고 있다. 계단의 표정이 묘하다.

심술을 부리는 것 같지는 않다. 무언가 내게 일침을 놓는 표정이다. 나의 몸만이 급하게 움직이고 있기 때문에, 내 마음을 어딘가에 슬며시 두고 왔기 때문에, 내 마음을 온전히 데려오지 못했기 때문에 이렇게 세상 밖으로 나가는 계단이 많을 수밖에 없다고 계단은 내게 말해주는 것 같다. 내가 뭐 어쨌다고 또 이렇게 얄밉게 구는 것일까? 계단이 내게 어떤 대단한 깨달음을 느끼게 해주려 한다 해도 계단을 완전히 신뢰할 수 없다.

'계단아. 제발 내게 한결같은 태도로 대해줘. 너마저 날 혼란스럽게 만들지 말아줘.'

계단은 나의 마음을 읽었을 것이다. 지금 계단은 나를 바라보고 있다. 계단을 완전히 신뢰할 수 없다는 것을 몹시 안타까워하며 슬퍼하는 것 같았다. 부분적으로가 아닌 온전히 마음을 열기 위해 노력해야만 진짜 세상으로 나갈 수 있다고 계단은 크게 외치고 있었다. 계단의 메시지를 온전히 받아들이려 애쓰고 있다. 그리고 여전히 1층을 향해 달려가고 있다.

저 못된 계단은 오늘 내게 1층을 보여주지 않으려 단단히 마음먹은 것이 분명하다. 아무리 내려가도 1층은, 세상은, 내 발끝에, 내 마음 끝에 닿지 않는다. 정신을 잃었다. 체력은 모두 소진되었다. 난 이렇게 쓰러져 있다. 나만의 감옥과 진짜 세상과의 사이 그 애매한 어딘가에 이렇게 쓰러져 있다.

몇 시간이나 흘렀을까? 눈을 뜨고 사방을 둘러보았다. 10층에 있다. 10층 공중에 떠 있다. 난 여전히 불안정하게 머물러 있음을 알게 되었다. 내가 원하면 언제든지 건물에서 나갈 수 있다고 생각했지만 이렇게 세상의 땅을 밟지 못하고 공중에 떠 있게 되는 날도 있을 거라고는 전혀 예상하지 못했다.

어떻게 해야 진짜 세상과 가까워질 수 있을까? 계단은 나를 따듯하게 바라보려 애썼다. 계단이 보내주는 따듯함을 온전히 받으려 애썼지만 계단에 대한 불신이 남아있기 때문에 그 따듯함을 반 정도만 받고 집으로 돌아왔다.

꿈을 꾼 것처럼 긴 터널을 방황하다가 돌아온 느낌이다. 얼음처럼 차가운 바닥에 엎드려 마음껏 차가움을 견뎌낸다. 거실 바닥은 지나치게 차가워서 곧 몸과 마음이 얼어버릴 것 같지만 피하지 않을 것이다. 이렇게 차가움을 정면으로 느낀 후에 당당하게 초록빛 따듯함을 찾을 것이다.

따듯한 미래에 대한, 더욱 강해질 나에 대한 막연한 불안감을 억누르고 쏟아져 내리려는 이유 없는 눈물들을 억지로 삼키고 또 삼킨다. 이 눈물들이 내 마음속에 뒤엉키도록 내버려 두고 있다. 어마어마하게 많은 생각을 정리하는 일, 솔직히 지겹다. 당분간 아무것도 하고 싶지 않다. 그냥 이대로 아무렇게나 어디로든 흘러갔으면 좋겠다.

거실 바닥은 여전히 얼어붙을 듯 차갑지만 피곤한 탓에 기절하듯이 잠에 빠져들었다. 꿈을 꾸었다. 너무 잘 알고 있으면서도 모른 척했던 그 무엇이 피곤한 몸과 마음속으로 깊숙이 자리 잡고 있다. 기억하고 싶지 않은 과거. 그것은 누구나 갖고 있는 비밀이다. 꿈은 나의 비밀스러운 과거를 새삼스럽게 상기시킨다.

못된 이 꿈이 케케묵은 비밀을 꺼내 내게 각인시키는 이유가 무엇일까? 그 이유를 내가 궁금해하는지, 그렇지 않은지는 묻지도 않고 꿈은 내게 과거를 보여준다. 최면에 빠진 것처럼, 나도 까맣게 잊고 있었던 기억을 보게 된다. 무의식 저장 창고에 깊숙이 처박아 두었던 그 기억, 난 그 기억을 보고 있다. 꿈을 통해서 난 그 기억을 보고 있다. 영화처럼, 선명하게 재생되고 있다. 나의 못된 무의식은 그 기억을 생생히 빠짐없이 아주 잘 녹화해 두었던 것이다. 그리고 지금 꿈을 통해서 그 기억을 내게 보여주고 있다.

출근 준비를 하고 있다. 공장을 그만두게 된 것은 그녀와 일할 수 있는 행운을 만나기 위함이 분명하다. 그녀와 한 건물에서 일한다는 것은 그녀와 매일 마주칠 수 있다는 기쁨이고 그 기쁨은 밤까지 이어져 설렘으로 잠을 설치게 한다.

일찍 잠에서 깼다. 아침 일찍 일어나 깨끗하게 샤워도 하고 어떻게 하면 더 남자답고 더 멋있어 보일지 고민하다 단추는 몇 개를 여며야 하나, 소매는 얼마나 걷는 것이 좋을까, 바지는 어떤 색을 입을까 고민을 한다. 사람들은 나를 보수적으로 보지만 내 딴에는 꽤나 꾸민 모양새로 출근 준비를 한 것이다. 일어나자마자 샤워를 하며 이를 닦았으니 아침 식사를 한 후에는 양치하지 않고 곧바로 외출하는 것이 평범한 나의 생활 패턴이었지만 지금은 다르다.

그녀에게 눈인사를 하며 미소를 지어 보여야 하므로 출근 직전에 양치질도 한 번 더 하게 된다. 같은 건물 다른 층에서 일을 하더라도 출근과 퇴근 때에는 인사를 하는 것이 어색하지 않다. 모두들 그렇게 하니까. 집을 나서며 그녀에게 어떤 표정으로 인사를 건넬지에 대해 고민한다. 자꾸만 번지는 미소를 감춘다. 그녀는 언제나 나보다 일찍 출근한다. 대신 퇴근은 내가 조금 더 늦다.

오늘따라 버스가 느리다. 그녀보다 조금 늦은 출근이지만 보통 사람들보다 출근이 빠른 편이어서 교통이 덜 혼잡하고 버스 안에 앉을 자리가 있을 때가 많다. 그런데 오늘따라 사람들도 많고 버스가 너무 느리다. 버스에 있는 시계를 보고 깜짝 놀랐다. 내 시계가 고장 난 것이다. 일찍 일어났다고 생각했지만 늦잠을 잔 모양이다. 늦잠을 잤다고 생각하니 몸이 찌뿌둥한 것 같기도 했다. '어쩌다 한 번 늦는 것은 크게 혼나지 않겠지.'생각하며 버스에서 하차했다. 그녀와 함께 일하는 곳, 따듯한 세상을 내게 전달해 줄 수 있는 그녀가 있는 천국과도 같은 곳, 그 건물이 내 눈앞에 있다.

그 건물을 바라보고 있다. 내 발걸음은 조금씩 뒷걸음치며 분명 내겐 아무 소리도 들리지 않는데 사람들은 꽤나 시끄럽다고 느끼는 것 같다. 건물은 춤을 추고 있다. 아니다. 자세히 들여다보면 춤을 추고 있는 것이 아니라 몸부림치고 있다. 건물은 활활 타고 있다. 뜨거운 저 불은 건물을 이리저리 태우며 튼튼하던 벽들을 무너뜨린다. 건물 안에 있던 사람들도, 그녀도 모두 활활 타오르고 있다. 모든 것은 이 자리에서, 이 시간 속에 사라져 버리고 있다.

난 믿지 않을 거다. 난 믿지 않는다. 보이는 것이 다 사실은 아닐 것이다. 내가 출근해야 할 건물을 찾을 거다. 어제처럼 그 건물에 들어가 그녀에게 인사를 하고 세상 속으로 더 가까이 다가갈 것이다. 그런데 건물을 찾을 수가 없다. 건물은 내 시야에서 내 마음속에서 이 순간 증발해버렸다. 그렇게 갑작스럽게 건물을 떠나보냈다.

건물을 계속 찾고 있다. 찾을 수 없다. 어쩔 수 없다. 건물이 사라진 것뿐이다. 집에 돌아가면 나도 그녀도 아파트 안에서 편안히 쉬고 있을 것이다. 터벅터벅 걷는 나의 걸음걸이는 애처롭다. 그림자마저 힘이 없다. 왜 그럴까? 건물이 사라져 버렸기 때문일까? 괜찮다. 건물도 그녀도 내일이면 다시 그 자리에 나타날지도 모르니까 난 괜찮다. 아무 일도 없었다는 듯이 집으로 돌아온다.

나의 두 눈에 비쳤던 그 광경은 여전히 동공에 머물러 있다. 절대로 내 안에 들어와서는 안 되는 기억이다. 애처롭게 춤을 추던 건물의 모습이 눈 안으로 들어와 목을 타고 심장을 간질이고 마음속 깊이 들어온다면 현실을 인정해버릴 것 같다. 그리고 슬퍼할 것 같다.

마음에 담지 않기로 했다. 내 마음은 좁다. 몹시 좁다. 내가 머무는 시간 속에서 그 무언가가 불타버린 기억 따위는 공장 건물과 공장을 떠난 후 타버린 나의 마음뿐. 그녀와 건물은 불타버린 기억으로 내 안에 저장할 수 없다. 그렇게 치명적인 슬픔을 담아낼, 견뎌낼 공간은 더 이상 내게 없다. 외면해버릴 것이다. 오늘 난 건물을 찾지 못했다.

감긴 눈가에 촉촉하게 물이 적셔온다. 이 물이 그 날의 불을 끌수 있다면 얼마든지 쏟아낼 수 있으련만, 시간은 내 마음대로 맞출 수 없는 복잡한 퍼즐이다.

꿈에서 깨어났다. 난 잠이 들었고 방금 잠에서 깼다. 지난밤 꿈은 인정하고 싶지 않은 현실의 기억이고 그것이 꿈을 통해 나를 찾아왔다. 방금 분명히 꿈에서 깨어났지만 현실에서 깨어난 것 같은 기분이다.

착각 속에 사는 내가 정신병자로 느껴지기도 한다. 착각이라는 것은 꼭 나쁜 것만은 아니다. 이 착각마저 내 곁에 없었다면 몇 번이고 나를 지옥 불에 버렸을 것이다. 환상 속에 살았던 지난날을 정당화시키는 것도, 대충 합리화시키는 것도, 후회하는 것도 지금의 내겐 다 무의미할 뿐이다. 어쨌든 이렇게 살아있고 미래가 남아있다. 이것이 가장 중요하다는 것을 잊지 않으려 한다.

거실 바닥에 앉아 집 안을 둘러본다. 오른쪽으로 시선이 멈추면 쌓여있는 책들이 보인다. 언제였던가, 저 책들을 읽고 또 읽었었는데 어떤 내용이었는지, 어떤 감동이 숨어있었는지 기억이 나지 않는다. 음악도, 책도 모두 내게 돌아오기 위한 준비를 하고 있는 것만 같다.

책 위에 수북하게 쌓인 먼지들은 조용히 내 손길을 기다리고 있다. 외출하지 않고 집 안에 종일 머무는 동안 내가 할 수 있는 일은 많을 것이다. 컴퓨터로 일자리 검색, 청소, 빨래 등의 일들은 잠시 미뤄두고 모르는 사람들에 대해 생각한다. 세상 사람들에 대해 생각한다. 그들이 하는 행동과 각기 다른 목소리의 느낌에 대해서 생각한다. 그들은 어떤 생각을 하며 하루를 사는지, 타인과의 소통은 무엇을 통해서 시작하는지, 듣지 못하는 사람에 대해 어떻게 대해야 한다고 생각하고 있는지 사람들에 대한 생각은 온통 의문형이다.

사람들의 삶은 얼마나 윤택하고 또 얼마나 찌들어 있을까? 그들의 삶과 나의 삶을 비교해 본다면 나의 인생은 순탄한 편에 속할까? 하루쯤 투명인간이 되어 그들의 삶을 섬세하게 염탐해 볼 수 있다면 나의 인생이 감사하게 생각되는 순간이 많을까, 아니면 비참하게 느껴지는 순간이 많을까?

인생에 대한 만족감, 행복이라 불리는 모든 것을 기준으로 냉철하게 판단해 볼 때 길거리에 돌아다니는 수많은 인생들 속에 나의 인생은 몇 등이나 될까? 내가 몇 등이라 해도 만족하지 못할 것이다. 이대로의 마음가짐이라면 일등을 해도 꼴등을 해도 불만족스러울 것이다. 비교. 그것은 세상 사람들과 같은 세계에 공존하고 싶은 따뜻함은 아닐 것이다. 물론 상황에 따라 비교라는 것이 발전을 가져올 수도 있겠지만, 나에게는, 특히 지금의 나에게는 비교라는 것은 사람들과 나 사이에 선을 긋는 행위로만 사용될 것이다.

그동안 참 많이 힘들어했던 것 같다. 착각. 그 찬란한 환상에 의지해서 나 자신에게 위로받으려 했었던 것 같다. 내가 구축해 놓은 환상 속에서 슬픔을 덮어두고 안정을 찾아가는 듯했지만, 그것 또한 착각이었다. 슬픔은 얇은 막 밑에 도사리고 있었으며 결코 사라지지 않은 채 숨어있었던 것뿐이었다. 그녀의 소리를 영원히 가질 수 없다는 것을 잘 알고 있으면서도 그녀의 소리가 멀어지는 것을 두려워했다. 하지만 내가 두려워한 것이 멀어지는 소리가 아니었음을 서서히 깨닫고 있다.

그녀의 소리를 멀어지게 한 것 또한 나였을 터. 내 깊은 자아일 것이다. 올바른 길로 나아가는 내 모습을 바라는 내 깊은 자아. 짙은 자기애를 품은 나는 그녀의 소리를 멀어지게 하여 이제 그만 나를 현실로 데려오려는 경고를 해주고 싶었을 것이다. 멀어지는 소리는 나 자신이 내게 준 경고였을 것이다

그녀의 소리, 즉 그 환상, 슬픔을 덮을 얇고 연약한 그 환상의 소리는 달콤했다. 순간의 쾌락을 안겨주고 차갑게 떠나버릴 달콤함을 난 오래도록 끌어안고 싶었다. 그렇게 내 깊은 내면의 자기애를 거부하고 환상에 집착했으며 현실로 믿고 싶었다.

믿고 싶었고 믿었다. 하지만 슬펐다. 그리고 꿈을 꾸었다. 꿈속에서 외면하고 있던 현실을 보았다. 과거를 보았다. 그 현실을 새로이 깨닫고 지독한 꿈에서, 환상에서 지금 깨어난 상태인 것 같다.

현실적으로 돌아오려 하고 있다. 아픔을 이겨낸 미래인으로 성장하기 위해 발버둥 치고 있다. 슬픔을 억지로 덮을 환상 따위는 모두 걷어버리고 새로운 세상 속으로 나아가기 위해 발버둥 치고 있다. 더 이상 도망가지 않을 것이다. 이제 나의 아픔을 외면하지 않기로 했다. 덮어주지 않기로 했다. 지나치게 슬퍼하지도 않기로 했다. 적당히 아파하고 꿋꿋하게 멋지게 이겨낼 것이다. 그녀에 대해 생각하지 않으려 억지로 노력하지는 않을 것이다. 어떤 방식으로도 나를 괴롭히는 일은 절대 하고 싶지 않다. 그녀의 소리를 담기 위해 차가운 바닥에 나를 내던지는 일도 이제는 정말 하지 않을 것이다. 그녀에 대해 생각할 것이다. 밝고 따뜻하게 생각할 것이다.

그녀는 따뜻했다. 차가운 세상 속으로부터 고립되어 있는 내게 세상의 따뜻함을 보여주려는 천사처럼 내게 나타났다. 그녀의 밝은 느낌은 절대로 지겹지 않다. 자연스럽게 잊힐 때까지 그녀를 생각해도 될 것 같다. 그녀의 따뜻함만을 기억한다면 말이다.

그녀를 통해 따뜻한 빛을 받고 싶었다. 하지만 그녀는 문득 떠났다. 그 떠남을 계기로 심한 추위를 느끼고 싶지 않았다. 진정한 따듯함을 맘껏 가져보기도 전에 더 심각한 추위만은 피하고 싶었다. 그러기 위해서 어쩔 수 없었다. 나만의 세계를 구축해야만 했다. 내가 만든 환상의 세계, 그 세계 안에서 고급스러운 비밀을 소유한 느낌을 누릴 수 있었다. 그 환상 속에서 그녀는 건재했다. 환상 속에서 그녀는 내게 소리를 들려주었다.

내가 가장 갖고 싶었고 세상과의 거리감을 느끼는 가장 큰 이유였던 소리를 그녀는 내게 들려주었다. 그녀의 소리는 내가 만들어낸 환상이었지만 난 좋았다. 너무 좋아서 현실인지 환상인지 꿈인지 죽음인지 뭐가 뭔지 전혀 알 수 없게 되었다.

그녀의 소리를 좋아했다. 지나친 자기애를 난 좋아했다. 나만의 차가운 세계 안에서 그녀는 내게 소리를 들려주었다. 그녀의 소리는 내가 만들어낸 환상이었지만, 그 환상이 참 좋았다. 그녀의 소리를 정의한다는 거 자체에 복잡해지지만 지금의 나는 이렇게 말하고 싶다. 죽음을 택하려 한 뒤에 마지못해 기쁨을 좇아가는 지름길이었다고. 그렇게 생각해두자.

그녀가 건물과 함께 사라졌다는 사실을 잘 알면서도 모른 척했다. 모른 척하고 싶었다는 표현보다는 그럴 수밖에 없었다는 표현이 내게 깊은 위로를 안겨줄지도 모른다. 그녀를 더 깊이 느끼고 싶었고 그녀를 통해 세상을 느끼고 싶었다. 그런 대상이 사라졌음을 인정하기보다는 내 세계 안에서 그 존재를 연장시키는 것만이 나를 지켜줄 수 있을 거라 믿었고 지금도 그 믿음을 크게 부정하고 싶지 않다.

그녀의 소리가 멀어진 이유보다 그 이유를 잘 알고 있었을 내 자신이 더 서글프다. 언제나 세상과 나는 멀었다. 그렇게 느끼며 살았다. 내가 가까이 느끼려는 세상은 내 마음과 너무나 멀었다. 그 거리를 좁히기에는 나의 환상마저도 몹시 어려웠을 것이다.

그녀의 소리는 달콤했고 지독했다. 그녀의 소리는 내게 꼭 쥐여주고 싶었던 세상의 끈이었다. 하지만 그 끈은 튼튼하지 못했다. 사실 튼튼하지 못한 건 그 끈이 아니라 내 마음이었을 것이다.

밀려오는 자책과 책임 전가의 혼란 속에서 버틸 수 있다. 내가 대단한 내일을 만나기로 결정한 사람이라는 것을 절대로 잊지 않기로 했다. 이제부터는 차가운 바닥에 누워도 차갑다고 느끼지 않으려는 노력도 할 것이다. 이러한 노력의 결과가 머지않아 따듯한 바닥을 만들어줄 것이라는 믿음을 잃지 않을 것이다. 언젠가 따듯한 바닥에서 따듯한 잠을 청할 것이다. 그리고 초록빛 잔디밭에 누워 한가로이 바람과 놀고 있는 꿈을 꿀 것이다.

잠이 들었나 보다. 아주 잠깐 눈을 감았다 뜬 것 같은데 어느새 어둠은 어딘가로 떠나버리고 눈부신 아침만이 나를 깨웠다. 지난밤, 지친 영혼은 그 어디에도 날 데려가지 않았다. 악마에게 처참하게 살해당하지도 않았고 따듯한 초원에서 누워있지도 않았으며 잊고 싶은 과거의 일들을 선명하게 재생시켜주지도 않았다.

공장도 그녀도 나타나지 않았다. 무거운 마음을 쓰다듬으며 잠을 청하던 지난밤에서 무언가 상큼한 일을 기대하고 싶어지는 지금 이 아침으로 순간 이동을 한 느낌이다.

그렇다. 철저하게 순간 이동을 한 느낌이다. 꿈을 꾸지 않았던 지난밤에는 나의 영혼이 편안히 쉬었을 것이다. 그렇다고 생각하니 기분이 좋아지는 것 같다. 나의 영혼은 아주 편안하게 내 안에 깃들어 있다가 아침이 오는 시간에 딱 맞춰서 나를 마중 나왔을 것이다. 그리고 지금 내 안에 내가 되어 감성과 이성의 타협을 적절하게 조절하고 있을 것이다.

외출하는 날이 아니면 난 씻는 것이 귀찮다. 꼭 매일 씻어야만 하는 부담감 따위는 없다. 그 누구도 내게 씻지 않으면 안 된다고 말해준 적은 없었지만 최대한 주변 눈치를 살피며 남이 알아차리지 못할 만큼의 날짜만큼 씻지 않고 버티며 살아왔던 것 같다. 내 옷 구석구석 먼지가 달라붙어 기침이 나는 날에도 먼지가 더럽다고 생각하지 않았던 것 같다. 먼지와 나, 둘 중 누가 더 더러운 것인지 그 미묘한 문제를 풀어야만 하는 이유는 없었다.

그녀, 그녀를 만나던 날에는 유독 자주 씻었던 것 같기도 하다. 그녀를 둘러싸고 있는 공기마저 그녀를 닮아 깨끗할 거라 믿었던 나는 그 깨끗한 공기에 침투할 못된 더러움들이 내 몸에 붙어있다는 생각이 들었다. 그래서 그녀를 생각하며 아주 깨끗이 기분 좋게 씻었던 것 같다.

어떤 날들은 깨끗했고 어떤 날들은 더러웠을 내 모습을 지금 생각해본다. 난 더러운 번민에 싸여있었던 것 같다. 지금은 내가 더럽다고 생각하지 않는다. 며칠째 입고 있는 옷도, 치아도, 손톱도, 눈빛도, 마음도 아주 조금씩 정확하게 정화되어 가고 있다고 느끼고 있다. 이 느낌이 진실인지 착각인지는 많은 시간이 흐른 뒤에 선명하게 알게 되겠지만 중요한 것은 지금의 나다. 바로 지금 생각하고 지금 행동하는 나. 그것이 지금의 나인 것이다. 난 더럽지 않다.

오늘 아침은 나의 청결 상태에 대해 수많은 생각을 했다. 언제나 그렇듯 생각의 끝이라는 것은 선명하지 않다. 하지만 언제나 희미한 결론보다 중요한 것은 나의 마음이었다.

화장실에 들어가 거울을 바라보고 있다. 거울 속에 비친 나는 근사한 미남은 아니지만 꽤나 안정적인 미소를 지으려 하고 있는 운치 있는 사람이다. 그리고 구석구석 깨끗이 씻기로 했다. 외출할 계획은 없지만 아침 일찍부터 꼭 씻어야겠다는 느낌이 들었다. 거울을 자세히 들여다보는 일을 그다지 즐기지 않는 나지만 오늘따라 거울이 자꾸 나를 따라다니는 느낌이 든다.

뽀송뽀송하게 청결한 공기가 마구 튀어나올 것 같은 몸은 외롭지 않은 냄새가 난다. 문득 외로움의 반대말이 떠오르지는 않지만, 꼭 외로움의 반대라고 표현해야 할 것만 같다. 몸 표면에 붙어있던 상쾌한 수분들은 지루한 나를 떠나버렸다. 나의 피부는 수분을 갈망하는 거칠고 차가운 돌멩이와 같다. 거울 속의 내 얼굴을 보았다. 표정이나 분위기 따위가 아닌 내 얼굴을 보고 있다. 내가 보고 싶은 것이 무엇인지 정확히 알아차리지도 못했으면서 계속 거울 속의 나를 바라보고 있다. 문득 벌겋게 튀어나온 뾰루지가 보인다. 고개를 들고 거울에 좀 더 자세히 비추어 본다. 그리고 오른손을 들어 조심스럽게 손가락으로 뾰루지 주변을 만져 본다. 이 뾰루지들이 모두 사라지면 나도 어느 정도 호감형의 얼굴일까 하는 생각이 든다.

우습다. 혼자서 어이없는 웃음을 지어 보이는 건 오랜만이다. 아니 처음일지도 모른다. 왜 내가 씻은 후 옷도 챙겨 입지 않은 채로 거울을 보고 있는지, 왜 이런 생각을 하고 있는지 꽤나 신선하고 신기하다. 청력 따위의 능력이 관여하지 않은 채 나의 호감도를 좌우하는 요소가 그까짓 뾰루지에 한해 생각했다는 것 자체가 신선하고 신기했다. 그냥, 뭐랄까? 잘 모르겠지만 무거운 무언가가 점점 흐려진다는 느낌이 드는 것 같은 기분 좋은 안정감 비슷한 것이 내게 가까워지고 있다는 기분이 들었다.

호감도라는 것에 대해서도 내 생각에서 튀어나온 단어라는 것이 꽤나 우습고 낯부끄러웠다. 평범한 단어임에도 내겐 부끄럽고 낯설었다. 그건 아마 나와 세상과의 거리감을 좁히고 세상 속으로 자연스럽게 스며들고 싶은 간절함을 솔직히 비추고 있는 거울

이기 때문일 거다.

소유한 돈이 경제력을 판단하는 전부라면 난 매우 가난하다. 하지만 돈이 아닌 것들로 경제력을 판단할 수 있다면 그리 가난하지 않다. 아니, 가난했지만 그 가난에서 벗어나고 있는 단계인 것 같다. 아마도 가난을 안고 있음과 동시에 부유한 마음을 향해 발전하고 있는 좋은 상태인 것 같다.

텔레비전을 켜면 세상은 시끄럽기도 하고 조용하기도 하다. 물론 그 시끄러움이 내 귀에 담기지 않지만 두 눈에 가득 찬다. 내 눈에 비친 세상은 시끄럽고 조용하다. 사람들은 듣고 싶은 소리를 쫓아가고 듣기 싫은 소리는 내쫓는다. 그런 습성조차 경멸했던 나의 마음은 잔잔한 바다처럼 잠이 들고 있다.

사람들이 원하는 소리를 듣고 싶다면 나도 들을 수 있고 사람들이 원하지 않는 소리 또한 듣고 싶다면 그 소리도 난 들을 수 있을 것 같다. 사람들이 듣고 싶어 하는 소리, 듣기 싫어하는 소리 모두 내가 듣고 싶지 않다면 난 거부할 수 있다. 청력이 없다고 해서 듣고 싶은 소리와 듣기 싫은 소리를 선택할 수 있는 능력도 없는 것은 아니다. 나 자신에게 많은 소리를 들려줄 것이다.

예전처럼 음악도 듣고 책도 읽고 세상의 소리들을 직선으로 들을 것이다. 햇빛에 비치는 그 소리를 보이는 색 그대로 들을 것이다. 가령, 초록색 소리를 회색으로 들어버린다거나, 그래서 그 회색 때문에 괴로워하는 일 따위는 거부하겠다. 내가 찾는 소리들은 언제나 나를 찾아올 준비가 되어있다는 것을 절대 의심하지 않을 것이다.

텔레비전의 소리가 너무 큰 것 같다. 물론 내 귀는 여전히 닫혀 있지만, 난 들을 수 있다. 아주 예전처럼, 어쩌면 예전보다 더 발전된 선명한 마음의 귀가 열리고 있기 때문이다. 텔레비전의 볼륨을 한껏 줄인다. 내 입가엔 미소가 번지고 있다. 여전히 듣지 못하는 장애인이지만 시끄러운 소리를 줄이는 사람이 되어 가고 있다.

메일이 왔다. 이력서를 제출한 곳에서 면접 제의 메일이 온 것이다. 너무나 감사하게도 들리지 않는 내게 노동의 기회를 주겠다는 행운을 던져준 것이다. 어쩐지 오늘은 너무 씻고 싶더니만 외출할 일이 생기려고 그랬나 보다. 내게도 이렇게 옳고 밝은 예감이라는 것이 찾아왔다는 사실이 참 기쁘다. 너무 기쁘다. 총알보다 빠르게 외출 준비를 마친 후 집을 나섰다. 엘리베이터와 계단이 조금 두렵긴 했지만 그 두려움조차 날려버릴 만큼 난 들떠 있었다. 나의 들뜬 마음을 아는지 모르는지 계단과 엘리베이터는 깊은 잠에 빠져있었다. 가벼운 발걸음으로 계단을 밟고 1층으로 뛰어 내려갔다.

면접을 봐야 하는 장소는 한 번도 가보지 못한 동네였다. 인터넷을 통해 버스 노선을 알아냈지만 버스 노선이 언제 변경되었는지 버스는 보이지 않았다. 할 수 없이 택시를 타고 가야 했다. 경제적 사정이 좋지 않았기 때문에 택시비에 대한 부담감은 꽤나 무겁게 느껴졌지만 면접에 성공할 생각을 하며 그 부담감을 억지로 걷어냈다. 그리고 이 택시에서 내리는 순간만을 애타게 기다린다.

택시비는 오천 원이 나왔다. 너무 아까웠다. 아까운 마음을 떨쳐내고 건물에 들어서려는데 건물 바로 앞, 내가 택시에서 내린 곳에서 열 걸음 정도 되는 곳에 버스 정류장이 있었고, 그 정류장에 정차하는 버스 번호 중에 내가 찾던 버스의 번호가 적혀 있었다. 깊은 분노가 끓어올랐지만 꾹 참았다. 눈앞에 보이는 건물이 생각보다 훨씬 깨끗하고 고급스러워 보였기 때문에 더 빨리 안정을 찾을 수 있었다.

면접을 보려는 이 회사는 공예 디자인을 하는 회사였는데 커다란 서점과 연결되어 있었다. 면접을 보는 장소는 3층이었고 면접 전 대기 장소는 2층 카페였다. 1층은 커다란 서점이었고 예쁜 계단을 타고 올라간 2층은 북 카페가 있었다. 북 카페에는 1층에 진열되어 있던 책들보다는 훨씬 적은 양이었지만 작은 책장 두 개를 다 채울 정도의 책들이 들어 있었고 편히 독서를 할 수 있도록 테이블과 의자 몇 개가 흩어져 있었다. 1층과 2층의 차이점은 책의 양과 테이블과 의자의 유무일 뿐인데 1층은 서점, 2층은 북 카페라고 철저하게 나뉘어 있는 이유에 대해 확실하게 이해가 되지 않았다. 2층에는 커피를 판다고 하지만 커피를 산 후 1층에서도 마실 수가 있는데 왜 2층만 카페라고 불리는지 깊이 이해되지 않았다. 편안한 의자와 넓은 테이블이 있어야만 카페라 불릴 수 있는 것인지 잘 모르겠다. 생각해보니 카페의 정의조차 제대로 알지 못하고 있었던 것 같다.

면접은 3층 사무실에서 보는 것으로 알고 있고 취업을 하게 된다면 내가 일하게 될 장소 역시 3층에 있는 사무실이라고 했는데, 왜 2층 카페에서 대기해야 하는 걸까? 이 또한 이해가 되지 않았다. 의문투성이인 낯선 장소. 여기서 난 불시착한 외계인처럼 눈동자만 굴리고 있다. 대기 시간은 늘어가고 있다. 면접은 지연되고 있다.

옆 테이블에 어떤 여자가 앉아있다. 정장 차림의 저 여자는 평소에 잘 안 입는 옷을 꺼내 입은 게 분명하다. 그 여자의 옷 안에서 그 여자의 몸과 마음은 훼훼 겉돌고 있다. 저 여자는 지루해 죽겠다는 표정과 함께 나를 힐긋 쳐다본다. 마치 나와 같은 생각을 하고 있는 것 같다. 서로가 같은 이유로 이곳에 앉아있다는 것을 알아차린 표정이다.

잠시 후 나의 키보다 5cm는 작을 것 같은 남자가 무거운 안경을 낀 채 투벅투벅 다가온다. 면접을 보러 온 거냐고 저 여자와 나에게 묻는다. 입을 크게 벌리며 "네"라고 대답하는 저 여자와 고개를 끄덕이는 나를 보고 그는 말한다. 3층 사무실에서 사장님과 면접을 보게 될 것인데 사장님이 지금 부재중이시라 자신이 1차 면접을 진행한다는 말이었다. 그의 설명을 들으며 난 생각했다. 저 남자는 날 무시하지 않는 특이한 사람이구나. 어쩌면 모든 사람이 날 무시하지 않는지도 모른다는 생각이 들었다. 공장 사람들도 나를 무시하려는 의도를 가진 적은 없었을지도 모른다는 생각도 든다.

그는 지나치게 입을 크게 벌리지도 않았고 천천히 말하지도 않았으며 수화를 사용하지도 않았다. 그의 설명이 담긴 간단한 종이를 건네긴 했지만 그것은 그녀에게도 전달된 것이었다. 저쪽 테이블에 앉아있던 그녀는 내 옆에 와 앉았다. 은근슬쩍 그녀의 스커트 밑을 바라보고 싶었지만 꾹 참았다. 저 남자는 분명 눈치챈 것 같다. 어쩌면 저 남자도 이 여자의 다리를 훔쳐봤을지도 모른다.

사람들 사이에 앉아있는 것이 너무나 오랜만의 일이라서 이것이 현실임을 자각하기가 꽤나 힘들었다. 하지만 생각보다 괜찮았다. 사람들과 가까이 앉아있다는 것, 서로가 무언가 대화를 나눈다는 것. 아, 이런 느낌이었구나.

'낯선 사람들을 경계해야 하는데 내가 왜 이 사람들에게서 세상을 느끼려 하는 걸까.'라는 생각이 든다. 하지만 잠시나마 이런 생각을 한 것을 후회한다. 예전의 나와 달라야 한다. 낯선 사람들을 무조건적으로 경계하는 습관을 버리지 못한다면 난 영원히 세상과 가까워질 수 없을 것이다. 더 이상 모순덩어리가 되는 일은 그만두자.

사람들은 여전히 대화를 하고 있다. 불편한 정장을 입은 이 여자도, 무거운 안경을 끼고 있는 저 남자도, 세상을 가까이하고 싶은 차가운 나도 이 카페 안에서 이야기를 하고 있다. 사장님은 1시간이나 뒤에 오신단다. 시간이 되면 기다렸다가 2차 면접을 보든지 아니면 내일 다시 와도 된다고 한다. 난 망설임 없이 전자를 택했다. 저 여자가 기다리겠다고 대답해버려서가 아니다. 지금의 분위기가, 이 공기가 마음에 드는 것 같다. 아주 잠깐이라도 이곳에서 편안히 앉아있는 것도 괜찮을 것 같다.

3층에서 면접을 본 후 최종 합격이 된다면 3층 사무실에서 컴퓨터로 소품 디자인을 하게 될 것이다. 그리고 내가 디자인한 작품을 직접 만든 후 이곳 2층 카페 한쪽에 있는 진열장에 진열하게 될 것이다. 그렇게 되면 이 북 카페를 방문하는 사람들의 시선에 한 번쯤 진열장이 걸릴지도 모른다. 진열장을 둘러보다 마음에 드는 소품을 발견해 줄지도 모른다. 그리고 내가 만든 소품이 맘에 든 어떤 사람은 소정의 돈을 지불하고 나의 감정과 손때가 묻은 그 소품을 데려갈지도 모른다. 이곳에 취업하게 된다면 감동적인 일들을 생각보다 많이 접하게 될지도 모른다는 기대감이 밀려온다.

이곳에 취업하게 될까? 느낌은 좋다. 무거운 안경을 낀 저 남자가 사장님께 나를 좋게 말해줄 것이다. 아직 2차 면접이 남은 상태의 실업자 치고 지금의 내 모습은 지나치게 여유 있어 보일지도 모르겠다. 이곳에 취업하게 되는 경우에 대해 온갖 상상을 하고 있는 내게 불쑥 커피 한 잔이 놓인다. 이 북 카페에서 일하는 직원이 내게 커피를 주었다. 이곳에 책을 보러온 사람이었다면 마땅히 돈을 지불해야 마실 수 있는 차. 그 차가 지금 무료로 내 앞에 놓여있다.

그 남자를 바라보았다. 무거운 안경을 손가락으로 추켜올리며 내게 잘 마시라는 눈빛을 쏘아댄다. 어색한 미소를 지어 보였다. 그리고 커피잔을 바라보았다. 커피잔 위로 따뜻한 김이 모락모락 피어오르고 있다. 김은 S자 모양으로 올라가며 매력적인 향기를 풍긴다. 그 향기는 내 얼굴에 자연스러운 미소를 만들어낸다. 이 순간 내가 참 많이 변했음을 느낀다. 예전의 나라면, 이 커피는 당연히 받아야 할 대우라고 생각했을 것이다. 이곳에 오기 위해 써버린 택시 요금과 2차 면접을 위해 기다려야 하는 시간의 대가에 비하면 커피는 턱없이 모자란다고 느끼며 미간을 한껏 찌푸렸을 것이다. 하지만 지금의 나는 미소를 짓고 있다. 난 분명히 많이 달라져 있었다.

낯선 사람이 주는 커피를 이 낯선 장소에서 아주 편안하게 천천히 들이키고 있다. 최대한 천천히 커피를 마시고 있다. 그러나 커피는 빠르게 줄고 있다.

배를 만져보았다. 따듯했다. 세상에서 가장 차가운 내 집 거실 바닥과 붙어있던 지난밤의 한기는 허공으로 사라지고 나의 배는 따듯하다. 커피잔을 만져 보았다. 커피잔도 따듯하다. 커피잔을 만진 손도 따듯하다.

내게 커피잔을 주었던 그 종업원의 손도 따듯할 것 같다. 종업원의 손과 무거운 안경을 낀 남자의 마음, 그리고 커피. 그 모든 온기가 똘똘 뭉쳐져 뱃속에 골고루 전해지듯이 난 따듯해졌다. 이 따듯함은 전혀 예상치 못한 따듯함이면서도 매우 익숙하다. 아주 오래전 그녀의 집을 방문했을 때 마셨던 그 차 맛의 온도와 흡사한 커피를 마시고 있다. 커피 한 잔을 마셨을 뿐인데 어떻게 이렇게까지 따듯해질 수 있는지 신기하다.

커피 한 잔 속에 오늘 처음 만난 사람들의 마음이 들어있다고 생각하는 나도 신기하고 세상에 마음을 열기로 결심한 후에 처음 사람들과 가까이에서 오랜 대화를 나눈 것도 신기하고 모든 게 다 신기하다. 무언가 내게 서서히 다가오는 그런 느낌이 아니라 어느 날 문득 낯선 곳에서 만난 사람에게서 갑작스럽게 따듯함을 느끼게 되었다는 사실은 아주 신선한 충격이 아닐 수 없다.

몰랐다. 정말 미처 몰랐다. 낯선 장소, 낯선 사람들이 내게 따듯함을 줄 수 있다는 사실이 놀랍다. 세상의 어지러운 공기 속에 따듯함이 늘 존재하고 있었다는 사실도 새삼스럽게 놀랍다는 생각이 든다. 그리고 그 따듯함을 별 거부감 없이 쉽게 받아들일 수도 있는 내 모습도 놀랍다.

덜컹!

이렇게 느닷없이 문득 내 마음이 빠르게 열려버린 걸까? 열려버린 내 마음의 문. 그 틈 사이로 부드럽게 들어온 따듯함이 원망스럽지 않은 이 묘한 느낌. 나쁘지 않다. 세상과 나. 아주 조금은 가까워지고 있는 것 같다. 두렵지만 나쁘지 않다. 정말 나쁘지 않다.

난 세상에 마음의 문을 열고 싶었을 것이다. 언제나 그랬을 것이다. 그리고 문득 이런 생각을 한다. 내가 이렇게 면접을 보러 온 것은 단순히 돈이 필요해서만은 아니라는 생각이 든다. 어쩌면 마음속에는 아주 오래전부터 따듯한 피가 존재했을지도 모른다는 생각도 든다. 지금의 나는 부드럽다. 세상의 모든 위험 요소로부터 나를 보호하기 위해 긴장을 늦추지 않았던 모습은 언제나 거친 바늘이 박혀있는 듯했다. 하지만 지금의 나는 부드럽다. 마음속 구석구석 가득 퍼져있는 날카로운 바늘은 서서히 녹아가고 있다.

그동안 내 안에 따듯함이 존재하고 있다는 것조차 느끼려 하지 않았다. 철저하게 외면했었다. 왜 그래야만 했겠는가? 난 강해야만 했다. 부드러운 것은 약하고, 거친 것만이 강하다고 생각했다. 하지만 나 자신을 변화시켜야 한다고 느끼면서부터 부드러워지고 있다. 그리고 부드러워짐과 동시에 더 강해지고 있었다.

이 카페에 들어설 때 깊은숨을 내쉬었다. 그때부터 내 마음에 약간의 틈이 벌어진 것 같다. 꽁꽁 닫아 두었던 마음의 문이 열쇠를 찾고 문이 열려버린 느낌이다. 카페 의자에 앉아 틈이 벌어진 마음을 미처 알아차리지 못했다는 표정을 짓고 있었다. 세상 속에 속하고 싶은 마음을 무거운 안경을 쓴 남자에게 마음껏 보여주고도 아무것도 모른다는 표정을 짓고 있었을 것이다. 저 낯선 사람이 내게 커피를 준 것은 세상과 내 마음의 연결 매개체를 만들어주기 위한 것이다. 저 사람은 내 마음을 읽어주고 내 틈에 커피를 부어 준 것이다. 그 커피를 마시고 따뜻함을 느낀 후에야 비로소 마음이 벌써 이만큼 열려 있게 되었다는 것을 확신할 수 있었다. 지금 내 마음이 열렸음을 확인했다. 지금의 마음이 닫히지 않고 밝은 곳을 향해 더욱 활짝 열리기를⋯.

그렇게 기다리던 2차 면접을 보았다. 면접이 끝났지만 1층으로 내려가지 않고 2층으로 내려와 내가 앉아있던 자리에 앉았다. 난 이렇게 카페에 앉아있다.

이십오 분쯤 흐른 후였다. 활짝 웃고 있는 나를 느낀다. 그리고 2층이 카페라고 불리는 이유에 대해서도 확실히 이해하고 있다. 그것은 음악이었다. 이곳은 음악이 흐른다. 1층은 고요했다. 고요함 속에서 책을 읽는 사람들이 가득 차 있고 2층은 음악 속에서 책을 읽을 수 있고 음악 속에서 차를 마실 수 있다. 무료로 골라 읽을 수 있는 책과 푹신한 의자, 그리고 음악까지 이런 행복이 다시 찾아오다니 쉽게 믿기지 않는다. 이것은 꿈이 아니었다.

방금 2차 면접을 끝냈고 느낌이 좋다. 아마도 합격할 것이다. 길고 긴 어둠의 터널을 지나 밝은 햇빛을 마음껏 먹는 기분이다. 너무 오랫동안 음악을 듣지 못했지만 음악은 낯설지 않았다. 즐겨듣던 그 음악은 아니었지만 좋았다. 매우 좋았다.

오페라의 느낌이 가미된 뉴에이지풍의 강렬한 느낌이랄까, 뼛속 깊이 선명하고 따뜻하게 스며드는 이 음악을 설명하고 싶다. 음악에 대해 전문적인 지식이 전혀 없지만 마음껏 설명해대고 싶은 순간이다. 이 음악은 감동적이고 감미롭다. 불안하게 빠르지도 않고 우울하게 느리지도 않고 적당히 안정적이면서도 강렬하며 슬픔 속에서 강한 희망의 의지가 불쑥 솟아오르는 느낌이랄까. 대단한 웅장함과 서글픈 눈물이 섞인 음악을 듣고 있다. 서글픈 눈물이 섞여있지만 그 눈물의 느낌은 결코 우울하지 않다. 그 느낌조차 아름답게 포장될 수 있다. 너무나 반가운 음악이기에 아름답게만 듣고 싶다.

음악을 듣지 못했던 긴 고통의 시간들. 그 시간들 속에 존재했던 커다란 공허함이 지금 이 순간 한꺼번에 채워지는 느낌이다. 이 복잡한 느낌들은 부드러운 액체가 되어 눈에서 흘러내리고 있다. 하지만 슬프지 않다. 다만 울고 있을 뿐이다. 아주 뜨거운 눈물을 흘리고 있다. 지금 흘리는 눈물은 내 집 거실 바닥처럼 차갑지 않다. 조금 전 마신 커피처럼 따듯하다.

음악을 듣고 있다. 내게 기적 같은 청력이 생긴 것은 아니지만 난 음악을 듣고 있고, 그래서 무척 기쁘다. 사람들이 귀로 소리를 담는다는 그 청력은 영원히 나에게 찾아오지 않을지도 모른다. 다만 지금 내게 있는 소중한 것들을 지켜내는 일에 박차를 가할 것이다. 청력을 소유한 사람들보다 더 특별한 나만의 소중함. 보이지 않아도 가슴으로 안을 수 있는 나만의 보물. 가슴으로 듣는 음악을 열심히, 아주 기쁘게 지켜낼 것이다.

귀로 담을 수 있는 그녀의 소리는 고통스럽다. 하지만 가슴으로 듣는 음악은 이토록 따듯하다. 이 커다란 행복이 내게 다시 찾아와 주었다. 음악은 내게 돌아와 주었다. 그리고 다시는 나를 떠나지 않을 것이다. 세상의 따듯함이 담긴 이 카페, 따듯한 커피와 함께 내게 돌아와 주었다. 세상의 모든 사람이 공유하는 따듯한 공기와 함께 내 마음속에 흘러들어와 주었다.

난 이 음악을 들으며 울고 있다. 하지만 지금의 내 모습은 그 누구보다 강하고 기쁜 모습으로 비칠 것이다. 음악을 들으며 푹신한 의자에 기대어 눈을 감았다. 이때 이 카페에 누군가 문을 열고 들어왔다.

그녀였다. 그리고 그녀의 친구였다. 내 옆엔 가방이 있고, 내 가방 안에는 종이와 연필이 들어있다. 그리고 과자도 들어있다. 이 과자를 그녀에게 전해주어야지. 하지만 전해주지 못한다. 그래도 슬프지 않다. 아주 오랜만에 정신은 맑은 것 같다. 그래서 기분이 좋다. 그녀들이 내 손짓을 보는 것조차 거부했지만 크게 슬프지 않다. 누구보다도 난 행복하다.

왼쪽으로 고개를 들었더니 거울이 보였다. 거울 속에 비친 나의 얼굴은 편안해 보인다. 거울을 통해 그녀들을 바라보려 했다. 그녀들은 비치지 않았다. 거울이 아닌 실제로 보기 위해 뒤돌아 보았다. 그녀들은 보이지 않는다. 쓸쓸한 웃음을 짓는다. 그리고 자리에 돌아가 음악을 더 깊게 느낀다.

눈을 감고 내 집 건물을 생각한다. 초록빛처럼 따듯하게 변할 내 집, 따듯하게 날 맞이해줄 엘리베이터, 계단을 기대하며. 그리고 취업 성공을 기대하며 따듯한 미소를 짓는다. 눈을 감고 떠올렸던 그녀에 대한 짧은 환영. 그 환영을 예쁘고 깔끔하게 접어 마음속에 넣어둔다. 배를 쓰다듬는다. 배는 따듯하고 얼굴엔 편안한 미소가 깃들어있다. 그리고 카페 안에는 종업원과 나 둘뿐이다.

난 벌떡 일어나 건물 밖으로 나왔다. 택시가 아닌 버스를 타고 집 앞으로 왔다. 오늘 밤에는 좀 더 따듯한 바닥에서 잠을 잘 수 있을 것 같다. 달콤한 잠을 자고 초록빛 꿈을 꿀 수 있을 것 같다. 내일이 되면 합격 통보를 받게 될 것이고 난 열심히 일하게 될 것이다.

계단으로 올라갈지 엘리베이터로 올라갈지 고민을 한다. 계단과 엘리베이터는 나의 고민을 알아차리고는 따듯한 눈빛을 쏘아

준다. 엘리베이터, 계단, 햇빛, 취업에 대한 기대, 깨끗하게 접어 넣은 그녀에 대한 환영, 그리고 따뜻한 배. 이 모든 것에 감사하며 난 웃고 있다. 내일은 좀 더 따뜻하겠지. 열심히 일한 평일이 지나고 일을 하지 않는 주말이 찾아오면 그때 강렬한 햇빛이 나를 비출 것이다. 그때에는 초록빛 따뜻한 잔디밭을 마음껏 뛰어다닐 것이다. 그리고 앞으로 많은 사람과 따뜻함을 나누게 될 것이다.

가까워진 따뜻함과 함께 10층에 있는 내 집으로 가기 위해 계단을 택했다.

염탐자가 찾는 소리

초판 1쇄 인쇄 2020년 02월 11일
초판 1쇄 발행 2020년 02월 18일
지은이 성혜정

펴낸이 김양수
책임편집 이정은
편집·디자인 김하늘
교정교열 박순옥

펴낸곳 도서출판 맑은샘
출판등록 제2012-000035
주소 경기도 고양시 일산서구 중앙로 1456(주엽동) 서현프라자 604호
전화 031) 906-5006
팩스 031) 906-5079
홈페이지 www.booksam.kr
블로그 http://blog.naver.com/okbook1234
이메일 okbook1234@naver.com

ISBN 979-11-5778-426-4 (03800)